字行天下

测　字　小　说

杜青钢　著

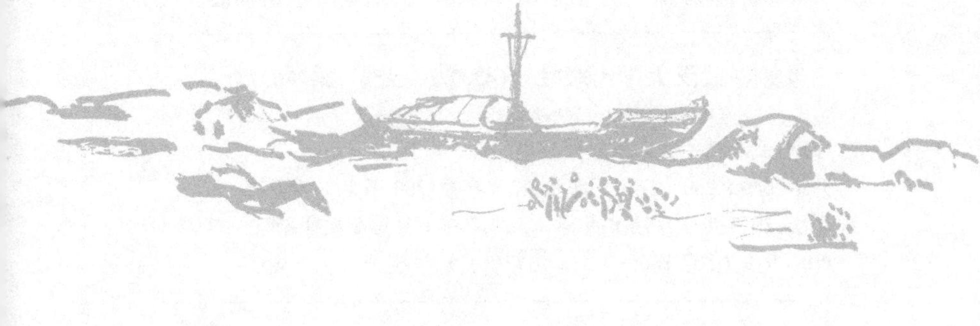

WUHAN UNIVERSITY PRESS
武汉大学出版社

图书在版编目(CIP)数据

字行天下/杜青钢著.—武汉:武汉大学出版社,2015.9
(2017.1 重印)
ISBN 978-7-307-16669-1

Ⅰ.字…　Ⅱ.杜…　Ⅲ.长篇小说—中国—当代
Ⅳ.I247.5

中国版本图书馆 CIP 数据核字(2015)第 204742 号

责任编辑:郭志安　　责任校对:汪欣怡　　版式设计:韩闻锦

出版发行:**武汉大学出版社**　(430072　武昌　珞珈山)
(电子邮件:cbs22@whu.edu.cn 网址:www.wdp.com.cn)
印刷:武汉精一佳印刷有限公司
开本:640×960　1/16　印张:22　字数:260 千字　插页:2
版次:2015 年 9 月第 1 版　　2017 年 1 月第 2 次印刷
ISBN 978-7-307-16669-1　　定价:39.00 元

题　记

仓颉造字那日，天雨粟，鬼夜哭，汉字通灵。在纵横交错的笔画里，潜隐炎黄的基因，暗藏人世密码，间或闪动西方神灵的光亮。

这是一部写测字的书，一字一故事，类似小说，远离迷信，作者无意纠缠真假识辨，只关注汉字的玄妙，看重华夏文化的博大精深，顺带解读中西文化差异，也揣怀了弘扬国学的良苦用心。

天地玄黄以文为径。

一字出，世间风姿多彩。

序　一

学者也玩心

毕飞宇

“读者”这个世界深不可测，写作者的命运全在这个深不可测里头。它可能是危险的，也可能是亲切的，没有人知道。从这个意义上说，写作又何尝不是探险呢，勇敢的写作者往往怀揣着探险的心就上路了，危险与亲切，他都想看看。

《字行天下》很可能遇上苛刻的读者，我就是一个苛刻的读者：这能算一部真正的长篇吗？但《字行天下》更可能遇上一位好奇的读者，我就是一个好奇的读者：这里的每一个相对独立的短篇是多么的好看啊！它们有机地组合在一起，这不是一部好看的长篇又能是什么？

好吧，作为一个读者，我还是不要急着去做自我测试吧，那有些无聊。是好奇心与满足感的陪伴，让我一气读完了这本书。我想说的是，文字与命运的奇妙组合构成了这本书的最大特色。

杜青钢是一位知名学者，一位以法语为业的教授。但这个教授有些玩心，是的，玩心，甚至说不务正业，他反过来了，他把他的母语，那些方头方脑的汉字当做了魔方，把玩起来。毫无疑问，这个“把玩”里头有他的成长机遇，但是不管怎么说，他对汉字就此入了迷，他渴望找到组成汉字内部的那个幽灵般的基因，而那些书写汉字的人呢，他们的命运与那些幽灵般的基因是紧密相连的，所以，命运就在你的一横一竖，一撇一捺里头。

我是紧张的，读这本书的时候我一直紧张，但我当然有我消解紧张的办法，我不停地告诫我自己：我才不信呢。

这本书是有些神秘主义的，常识告诉我们，神秘主义通常都不科学。但问题恰恰就出在这里：小说也不科学，小说有时候还反科学。话说到这里也许终于驶入了正题，——语言是科学的吗？——面对同样的世界，不同的语种出现了，这是科学的吗？——汉字，作为一种象形文字，它诞生了，出现了，被使用了，这是科学的吗？——汉字的组合是如此的复杂、有趣，当两个或三个汉字组合在一起的时候，新的意义又出现了，这是科学的吗？

如果说，这个世界还有那么多的"不科学"存在，那么，语言的内部究竟包含不包含命运，这个问题我们到底该不该问？

这本书最吸引我的地方也许就在这里，那就是作者杜青钢对汉字的拆解。这是饶有趣味的。汉字，作为一个整体，被我们运用得太熟稔了，它像我们最为亲近的人，因为相处的时间太过久远，我们反而忘却了他（或她）的性别、性格、长相，还有生理上的某些特征。这是生活常有的盲区，而盲区一旦打开，我们会大吃一惊，反而会说：怎么是这样的呢？其实，我们不该吃惊，事情是这样，一直都是这样。因为我们忙，我们都把自己的生活忙丢了。

我说过，这本书是有些神秘主义的，甚至有点巫气。其实呢，我们完全可以把这些神秘主义或巫气先放在一边，我们可以更加轻松一点。我们不妨先问一问，我们了解我们自己吗？我们了解我们的生活么？我们渴望知道明天么？这些问题都是本真的，不该被我们丢弃。如斯，

《字行天下》里所描绘的一切到底是不是真的,到底可信不可信,我们反而可以弃之不顾,我们“书写”了什么,我们为什么要“书写”,我们在“书写”的时刻怀揣着怎样的欲望和焦虑,这才是我们要面对的。

2014年12月3日

毕飞宇:中国著名作家,南京大学特聘教授,江苏省作家协会副主席。代表作品有:《推拿》《青衣》《平原》《哺乳期的女人》《慌乱的指头》《那个男孩是我》,多部作品被译成多国文字在国外出版。获茅盾文学奖、鲁迅文学奖、中国作家大红鹰奖、英仕曼亚洲文学奖、人民文学奖。

序　二

汉字奇说

[法国]勒克莱齐奥

跟随杜青钢，我出发去历险，在中国语言神秘的世界里历险，行走的并非坦达的逻辑之道，而是曲折小径，诚如作者所言，“我的身体与灵魂共舞，踏着一个字又一个字。”这场历险，即罗兰·巴特所谓的“语言鸣奏”，这是一个鲜活的场域，具有生命力，虽时而费解，但往往诙谐而充满智慧。探险者身上洋溢着童真之灵气。字词轻盈，傲然独立，在创造，在作画—— 一如杜青钢，盈巧亲切之笔法，简单而精到。一个个字让我们心跳，走向梦，走向生命，让我们随之一起远行！

2014年12月

（许钧　译）

勒克莱齐奥：法国著名作家，2008年诺贝尔文学奖得主，《诉讼笔记》等八部作品已译成中文。迷恋老庄和周易，近几年，常来南京、武汉等地讲学，是南京大学特聘教授。

许钧：著名翻译家，南京大学长江特聘教授，中国翻译协会常务副会长，是国内最早译介勒克莱齐奥的学者。

原文：

Le Diseur de Mots

Avec Du Qinggang, je pars pour une aventure, dans le monde mystérieux de la langue chinoise, non pas en suivant le chemin aisé de la logique, mais en remontant une piste en zig-zag — comme l'écrit l'auteur, "je dansais corps et âme d'un mot à l'autre" — Cette aventure, c'est celle que Roland Barthes appelait « Le bruissement de la langue ». Un domaine vivant, animé, parfois incompréhensible, souvent drôlatique, toujours intelligent. Il y a l'esprit de l'enfant dans cet explorateur. Les mots sont légers, indépendants, ils inventent. Ils dessinent aussi, comme Du Qinggang, d'une plume légère, familière, à la fois simple et recherchée. Les mots nous invitent au battement du cœur, au rêve, à la vie. Laissons-nous emporter !

Le Clézio

dec. 2014

目 录

机缘

一场怪风改变了达度的命运

酒旗飘飞，浊浪拍岸，小店集聚一拨文人，把酒高谈，粪土天下。不时，又微风玄雨，指染文字，在笔画间破解人生的密码。店堂里，惊叹四起，戏语交杂：

——这个字，测得妙，上靠《周易》，下落《尔雅》，中接《圣经》，堪称大师手笔。神说，奇才也！

——行家看门道，俗人看情窍。俺觉着，这技艺是贴揽女孩的绝佳手段，能否传授两招。小的年过四十五，媳妇还没个影，爹妈威逼，爷奶利诱。这会儿，只能病急乱投医，临时抱巫脚 。仁兄稳坐，俺弓腰举杯，在此给大师行礼了。

又一阵谑语欣欢。

文友所称的大师姓达名度,是一位测字高手,江湖号称“达半仙”。此人学外语出身,以教书为业。举态豁朗,谈吐幽默,敬党爱国。论表相,达度算不上俊伟:瘦高的个,单眼皮,两臂下垂手过膝,气宇却睿敏,神情飘逸。在他身上诸多对立因素得以巧妙统一:眉宇浅含仙风道骨,口袋里,揣着西洋博士文凭;既爱奶酪,又恋臭豆腐,间隔馒头啃黄油面包。半仙旅居国外六年,回国后仍一身土气,与女士交往,却温文尔雅,那修养,一般人难以企及。

闲时在校园散步,达度常爱平展双手,随景运气,天冷时,戴个硕大的耳套,从背后看去,像一个意味深长的“贵”字。

岁月婆娑,机缘神异,达半仙颇有来路,某些故事得从孩提时说起。

20 世纪 60 年代,达度寄居刘家湾,年仅三岁,有幸遇见一位乡隐高人。刘家湾隶属黄陂县,离武汉六十多公里,距黎元洪老家仅一山之隔。村落不大,却富传奇色彩,六百多年前,曾是明朝皇帝朱允炆的隐居地。村里有位老人叫刘贵德,人称刘先生,据说是明朝大臣齐泰的直系后代。

刘先生乃晚清举人,学富五车,擅古诗,通西学,书法堪称一绝。而且,会测字,众人敬称竹林神卜,与魏晋七贤似乎沾点边。1916 年,黎元洪总统顾恋家乡,开办孝义小学,先生特邀主教,桃李满门,名噪一时。老人家明事理,胸怀豁达,德高望重。抗战时期,曾救过三个日后当了高官的共产党人。新中国成立后,归隐茅舍,做了乡村教师,威望依旧,但风光已淡去七分。先生的后人却个个争气。大儿道朴在部队任师长,后升中将,极是风光人物。二儿道诚执管公社中学,能书善画,也是一方名流。

那年，先生七十晋八，老伴刚去世，一人赋闲，孤寞难当，便招了几个本家学童，以毛主席诗词做大旗，私下讲授古书。弟子们事后回忆，称之为“红幌私塾”。开初，学生只有三人：大头、小头（双胞胎，二儿道诚之子），外加侄孙友林。达度来自大武汉，寄居外婆家，年及五岁，在村里有些优越感，却进不了私塾，艳羡夹杂着悠悠的痛苦。

一场怪风改变了命运。

夏初,达度与伙伴在门前塘边玩要。突然间,树木开始摇晃,天空垒起层层乌云。未几,狂风兴作,许多大树被拦腰折断,前村的房瓦漫天飞舞。空中跃出一条云龙,由南向北,急速翻飞,一路扶摇旋转,飞沙走石。眨眼间,龙卷风奔至门前塘。

同伴都跑了,达度呆立塘边,吓得两腿发软。太阳忽地没了,一时间,天昏地暗,风冷飕飕。但见塘里的水,一股股蹿向天空,大塘瞬息干涸,正中央露出了那口传说已久的老井,井沿边隐现一红色的“中”字。如同“贵”,这个“中”有说法。

塘水被卷上天空后,风歇了,天放亮,古井内闪出道道金光,大地倏然宁静。稍后,扑通扑通,当空落下一条条活鱼。湾里响起呼叫声:

“下鱼了,天上掉鱼了,天上掉鱼了!”

村民倾巢出动,运气好的,拾得八九条,几乎人人有收获。当众人忙着抓鱼时,天空轰然三响,待转过身,太阳又露出了笑脸,门前塘的水复又盈满,那口神奇的井再度淹没在碧水之中。

达度没捡到鱼,却逮了只大乌龟,龟背上刻有一个“中”字。乌龟坠落在水塘旁的泥坑里,达度捧起,一步步踱向大塘,洗去泥,轻轻放进塘里。那龟游了一圈,回过头,定神看了达度一眼,随即潜入水中。这一切被伫立在达度身后的刘先生尽收眼底,巨龟入水时,他两手合十,躬身一揖。

翌日,刘先生登门纳徒:他家家(黄陂话:外婆),从明天起,让达娃来我屋里念书,一切用度我承担。达度喜出望外,却不知就里,十二年后方才明白个中缘由。

外婆赶紧泡糖茶,唤儿搬出太师椅,兴奋地对外孙说:达娃,文殊菩萨降福了,快快跪下,给先生行礼,敬茶。

达度当即伏地，磕了三个响头，而后，举双手将茶杯呈与老人。

先生安坐椅上，接了茶，小抿一口，抚着达度的头，缓缓说：

好好学，有了知识，长大更有出息。

私塾多一学生，气氛更加活跃。论年龄，达度居长，友林其次，大头小头扫尾，都是同年生，大小在月份。私学掖掖藏藏，前后办了三年，每日讲授两时辰，练习一小时，周末歇息两天。主讲《三字经》，选读《增广贤文》，对外张扬的却是毛主席诗词，也讲了四五首。那年月，无论做什么，毛泽东这面大旗不能丢。

大伙学习都很上心，平时碰面，常常会背几段《三字经》，或者，对几句《增广贤文》。甲说：拳不离手，乙接：曲不离口。合唱：一日练一日功，一日不练十日空。要么齐诵：教之道，贵以专。幼不学，老何为。玉不琢，不成器。人不学，不知义。两年后，《三字经》倒背如流，毛主席诗词也诵得三五首。

刘家湾一百余户，分东西两队，西队崇文，东队尚武。小头热衷武术，练得一身好功夫，其余三人也都学了些皮毛。

私学结束，各奔东西。达度回城里上小学，大头、小头、友林在农村就读。"文革"间停课，私塾又启一年，依托毛选主讲历史。中学放假，达度常回乡里，在先生的指导下，选读《论语》，初览《字触》，悉读《道德经》，数年之后，刻苦钻研《测字秘牒》。

1977 年，全国恢复高考，先生的四大弟子全都考入国内名牌大学，毕业后，八仙过海，各自成就一番事业。

读研二那年，达度考取法国政府奖学金，负笈巴黎，获索邦大学文学博士学位。回国后，栖落华中外院，尔后调入江都大学，三十出头破格升教授，几十年间专心向学，兼攻方术，在外语界混出了点名堂。茶余饭后,达度常给人测字,十有七八点中要害,浪得玄名几许,时有信者千里迢迢求测一字。遂后又相起洋文,常常把法国人说得目瞪口呆。也有说走样的时候,只不过,达度人缘好,又善于自嘲,朋友们便扬长弃短,相传时,尽往瑞中神奇处说。解字却多有高见,货真价实。

谈到测字,有人会问,字与事的应和可信吗?

本书的主角达度认为,对《字行天下》而言,这类疑问没有意义。人世间,真假难以明辨,荒唐可以说成特色。因角度和境界不同,真与假变幻莫测,波谲云诡。佛家云:世相皆虚妄,一切都是空的。然而,去了欲望,又回归本真。曹雪芹说得最精彩:假作真时真亦假,无为有时有还无。真假交汇,却能透些当代实情。本书近似小说,偏向虚构,远离迷信,无意纠缠真假识辨,只关注汉字的玄妙,看重华夏文化的博大精深。想当年,仓颉造字时,天雨粟,鬼夜哭,这说明:文字触动了宇宙的敏感神经,笔画里藏有人世间待解的密码。

一

画 一 横，说 破 世 态 人 情

明朝永乐六年，一测字先生携弟子在武昌设摊，来了四位应考的书生，写“巾”字卜第，用现在的话说，问考试的运气，四人将参加会试，考举人。一如当今，每逢高考，家长们常会抽签拜佛。

先生瞅了瞅字，一言不语，高高举起一根指头。书生茫然，明言问故，先生道：“字底，本山（测字术语，指测字者本人）已用手比划，汝等若未察觉，便是天机。待诸位考过，再来领判词，补交代口（测字费）。”

书生们离去，先生闭目养神。弟子却坐立不安，小声问：“师傅，他们四个人，您伸出一根手指头够用吗？”

“你倒说说，怎么不够用？”

“如果考取了两个呢?”

师傅道:“一半中举。”

“四人都取了呢?”

“一道中举!”

“要是都考砸了呢?”

“全军覆没,一人未取。”

师傅微微一笑:“还有吗?”

弟子不好意思地挠了挠头,敬佩道:“师傅高人,这个一,果真包罗万象。日后,还望师傅多多拨点。”

师傅乘兴发挥:“徒儿细看,‘天’字首笔为一,‘土’最后一笔是一,一者,顶天立地。《易经》上说太极生两仪,两仪化四象,这太极便是一,此乃《易经》之根,包含万物之理。石涛曰:一画之法,乃自我立。立一者,以无法生有法,以有法贯众法。本行,最简单的字是一,最难测的也是一。善说一者,可畅行天下……”

这位侃侃而谈的测字先生便是刘家湾的创始人刘老二,也是达度的远祖。

一,望无际。

一,言难尽。

随后的陈继儒(1558—1639)又独领风骚,说了一句承前绝后的话:一言之微而千古如新,一字之义而百事如见。一者,上通下达。故风、雨、雷、电,天之灵;山、川、民、物,地之灵;语、言、文、字,人之灵。

三灵聚汇,气象万千。于是乎,画一横,则天网恢恢,疏而不漏。立一指,可指点江山,激扬文字,尽说人世微幽。

时光如梭,转眼到了20世纪,看似简单的“一”仍旧玄妙无穷。达度也是测一的高手,他先后测过三个“一”。

20 世纪末,小头已在商界崭露头角,挣了一大笔钱,但未来如何开拓,心中没有定数。踌躇时,特意请来儿时伙伴达度,在上海希尔顿开了间套房,高居 26 层。清晨,小头去陪达度用早餐。入房,临窗而坐,达度洗漱完毕,也坐在临窗的桌前,与小头面对面。

窗外一轮红日冉冉升起,虽有几片云,天空还算明丽。小头道:“达兄,我写个字,你给我测测。小时候,爷爷常说,你的字感好,悟性强,我信你这包药。”

达度笑云:“请用墨。”

小头写了个“一”字。

达度看了字,对小头说:你先挪个位,我瞧瞧窗外。小头挪开,一轮红日正好悬在小头写的“一”字上,开初的云朵也飘散了。

达度解说:“这是个好字,前景光明。‘一’上悬一‘日’,为旦,即天明,含有蒸蒸日上之意。你我从小一同读历史,就以我此刻想到的古籍说字吧。《诗经·邶风·匏有苦叶》上说:‘雝雝鸣雁,旭日始旦。’旭日来自晨曦,通向光明,是吉兆。《后汉书·王符传》写道:‘旦脱重梏’。太阳刚脱离黑夜,景观尚模糊,有笔大生意一时把握不住。此刻,我建议,一如我文绉绉地说字,充分展示你儒雅的一面,在文化修养上做文章。以文自扬,或许柳暗花明又一村。有关‘旦’,我还想起《尚书大传》里的一句名言:‘日明光华,旦复旦兮。’这句话映示了云开雾散后的乐观景色。小头,心放平,尽力而为,自有良辰美景。”

小头听得高兴,话也多了:“不瞒达兄,今晚有一重要饭局。我在谋一个大项目,是大伯刘军长牵的线,万事齐备,但争的人多,关系复杂,局面扑朔迷离,成败就在今宵。听了你的吉言,我就鼓足信心搏他一回,同时,做好最坏的思想准备,天无绝人之路。”

达度笑曰:“有这等心态,何愁大事不成。这两天,你忙自己的事去,别管我。正好我有篇文章要写,需要冥思苦想,得了好消息,我们再好好聚一聚。”

小头离去后,达度潜心写作,悠然自得。

第三天下午,小头兴冲冲地赶来,嚷道:“兄弟,成功了!今天中午签了合同,我得了个几十亿的大单,谢谢达兄的启导。”

达度好奇地问:“你没使什么特别招法?”

小头说:“前期公关,种种手段,明的暗的,能使的我都使了,这是公开的秘密,别的人也不会闲着。几位竞争者不相上下,各有后台,关键就看前天晚上的临门一脚。那天,黄市长来了。我与他相识已久,知道他是历史系毕业。听了你的话,我拿定在文化素质上逞能。席间,黄市长大发感慨,说《三字经》是国宝,过去学童都能背诵。现在的孩子没几个背得出,别说孩子,大人都背不了几句。我见机插一句:‘黄市长,我能不能献献丑,背它一段,以助酒兴。’黄市长连连道好,说着还从口袋里取出一本袖珍版《三字经》,解释道:我是个好爹爹,每周要督促孙儿背几句。我自己也能诵几段,但背不全,这回要看刘总的了。我一口气背完《三字经》,没打一个梗。四座震惊!黄市长只说了一句:没想到啊。从他的眼神中,我已窥见成功的曙光。第二天,便得到通知,项目由我承担。事后我问市长何以信我,黄市长说:能背《三字经》,总会多一些仁义礼智信。”

说完,小头往床上一跃,在白色床单上躺出一个“大”字,将枕头一个个抛向空中,几分钟后,呼呼睡着了。

达度给小头搭上薄被,趁空看会儿书,这是他的习惯,无论去哪,包里总要揣本书,得空读几页,落得内心充实。做单位头目的第一天,他便给自己定下指标:每个月要读二三本书,事后回顾,基本做到了。如今潜心读书的知识分子越来越少。

达度住的套间宽大明亮,落地窗足有六米长,阳台向外伸出二米,一头朝东,一头冲西。向西眺望,一圆垂阳坠向地平线,整座城市渐渐滑入暮霭之中。

达度叫醒小头,催促下楼吃晚饭,小头两眼惺忪,看了看表:“不好意思,居然睡了两个多小时,这几天太累了。”隔了一会,轻声说:“稍等,一会儿,有位朋友要来拜访你,也是做大生意的。姓汪,就是我常提的三宝。我把你测的‘一’给他说了,这家伙学中文出身,极信玄术,非要请你指点迷津。三宝是我最要好的朋友,你给他测个字吧。”

“既然是你的哥们,只有从命了。我通常不给陌生人破字的。”

说着,门敲响了。小头道:“是三宝。”

打开门,果然是汪三宝。汪总为人豪爽,刚进门便嚷道:“达兄,你好啊,我是小头—— 刘总的铁哥们,你是小头的总角之交,朋友的朋友便是天然朋友。你来上海,小头事先没说,有失迎迓。”

达度忙说:“哪里,哪里,我要写点东西,特意叮嘱小头不要张扬,小头总在我面前提到你,幸会,幸会,汪总请坐。”

三宝取出两条黄鹤楼 1916:“小头说你抽烟,特意给你带了两条武汉烟草,熏一熏,写作更有灵感。”

达度接过烟,道了谢,汪总随性坐在阳台向西的安乐椅上,接着说:“今天,麻烦高人测个字,给我三宝指点指点。”

达度一展手:“请汪总写吧,但别太当真,开开心而已。”

汪总取出已备好的纸与笔,写一字,递了过去。

达度接过一看,又是个“一”字,他与三宝坐对面,抬眼望了望西沉的落日,轻声问:“汪总想测什么?”

“最近有个项目,想问该不该接。”

达度思虑稍许,缓缓道来:“你也写了个‘一’,是听了刘总的事后写的,刘总写一时,太阳在‘一’之上,故得‘旦’字;你朝西而坐,写字时已至黄昏,太阳在‘一’之下,那是一个颠倒的旦字,是渐渐滑向黑暗的落日,我照直说了,这不是吉象。刚才,你背着夕阳写一,将‘一’立直,放入‘日’中,得‘田’。刘总无意而为,你有心而写。再加一个‘心’,便是‘思’字。你名叫三宝,三与思合,为三思,请汪总谨而慎之,三思而行。再者,你写的‘一’既然与刘总的‘一’相关,你们又是好友,测字就该连起来说。我给刘总测‘一’时,取了《后汉书》的一句:旦脱重梏。此句之后,还有一句,即:‘夕还囹圄’。恐怕有牢狱之灾。”

汪总踌躇片时,坚毅地说:“我听达兄的,谢谢。今天我请客,咱们兄弟好好喝两杯。”

离沪时,小头一直送到机场,临分手,取出一块女表送与达度,“你们在国外旅行结婚,也不通知我,这块表是我送给嫂夫人的,补个心意,请达兄笑纳。”达度一心向学,不识商牌,以为是块普通表,道声谢,收下了。回去交与妻子兰花,说了来历。兰花惊曰:“这是块劳力士,二十多万一块,小头太破费,你不该收的。”

“我哪里知道。”随即,拨通了上海的电话。小头振振有词:“别说价钱,这是小弟的一点心意,嫂子高兴,你就别啰唆了。这是老天爷对你身怀绝技的酬报。”

达度不再言语,对妻子说:“小头厚道,是个干大事的人。”

果不其然,三年后,小头的公司上了市,如日中天。暴富之后,小头念念不忘“一”字恩,时不时,找个理由汇给达度一笔科研经费。每每说到感激两字,小头便借用老子的话应对:“‘道生一,一生二,二生三,三生万物。’我有今天多亏你当年说的那个吉一,随后的财富都是从一中生出来的。吃水不能忘了挖井人啊。”

达度无语。

半年后,汪三宝专程来武汉拜谢达度,小头一路陪同。汪总当年想接的项目,是三座连在一起的烂尾楼,三五个人在争,汪总十拿九稳,只要点个头,项目即可到手。测过字,却听了达度的劝告,退了出来。一位张姓老板接了单。开始很顺畅,汪三宝曾一度后悔。第四个月便出了大事:中间的一栋猛然垮塌,当场死了十一位民工,二十余人受伤,那是一堆豆腐渣工程。事故处理完毕,张老板几乎破产,扣押期间,还坐了几天牢。

汪总握着达度的手:高人,高人。随即,送给达度一支名牌金笔。达度推辞,小头便说:"达哥,收下,这是汪总的一点心意。厚道生意人都有个讲究,知恩不报,良心喧闹,好景长不了。"

达度只有笑纳。

说来也巧,那日,友林也来武汉出差,四人情趣相投,选了一爿临江小店,把盏高谈,纵横天下。杯箸交错之间,小头兴致盎然,说起达度测一的故事。友林不以为然,他与法律打交道,官居副处,至此慢待方术。为了戳穿达度的鬼把戏,他主动请缨,也写了个"一",并申明:"不用测未来,也不说过去。我们几个一道长大,我的过去,达兄一清二楚,只请你说说我想测什么事。"说着,在本上记下一行字,合上。"我想问的事写在本子里了,交给小头,你测完,他来验证。"

达度笑道:"不愧是司法干部,测个字也程序严谨,还要立个证人。我今儿也较把劲,用心测一回。你们先聊着,我休息几分钟,养养气。"说完便离了座,走向窗口,凝视波光粼粼的江面。俄顷,大脑刷新,感觉奇丽。转身回原座,读"一",而后,面向友林断然判说:"你要测生死之际的一件事。"

友林一怔:“说细一点。”

“一,是生之尾,死之头。它是‘生’字的最后一笔,‘死’字的第一笔。”

友林不语,小头开了腔,“我公布案底了。”翻开笔记本,上面写着:小时溺水,救起后,趴在大锅底上吐出黄水,捡了一条命。

汪总嚷道:“神奇!神奇!友林,你若不服,再写个字试试?”

友林较上了劲:“好的,这回我不写,我说两个字。”

达度笑曰:“刚才一测太耗能量,字不测了,我们做个游戏。你我之间,知根知底,你口才好,性欲强,两口子感情深厚。你随便说个字,我一定能与口才和性行为扯上边。说吧。”

友林张口便说:“一。”

众人皆笑,小头道:“堂兄是个执着人,喜欢一竿子插到底。”而后,冲达度一笑:“又是个‘一’,看你如何破解。”

达度便说:“这个‘一’是口说出来的,‘口’中加一横,可得两个字,一为‘曰’,即‘说’。‘曰’字,口中一舌,意寓:巧舌如簧,口才好。而且,‘曰’是古雅用语,说明友林兄古文底子好,说话经常引经据典;第二个字为‘日’,取俗意,就是性交。怎么样,两项都拉扯上了吧?”

友林连说:“钦佩,钦佩。小时候,我们一起读书,刘先生常说,达度字感好,当时还挺嫉妒的,这回真服了。刚才我只说了一个字,还有一字呢。这次,你测测我的仕途。”

“这是今天的最后一测。你们喝着,容我休整片刻。拆字,挺耗能量的。一个字写出来,有很多说法,可以好说,也可歹说,还能不好不坏地说。我读了字,要在一分钟内,根据气场,取个方向。取向,最费力,你得高度敏锐,眼观六路,耳听八方,此刻需要冥冥的超感。所谓气场,即求测人的身高、面相、表情、气度,外加周围环境,随测人的反应,等等。相字要察言观色,套人口气,行话叫班色、扳脚。有人把测字说得神乎其神，我不以为然，没那么神奇，我自己就常常出错。有人又把测字贬得一无是处，我说，他不懂汉字。我本人不迷信测字，但认为汉字奇妙无穷，善识者能说出些道道来。”

友林急催：“闲话后述，我再说一个字。”

“悠着点，莫急，我扒口饭，再去充点能量。”

吃过一阵，达度出了包间，面对长江，凭栏远眺，然后，坐下，静心养神。

余下的继续天南地北，三人是多年的朋友，平时不常齐聚，凑到一起，总有说不完的话。

一刻钟后，达度返回包间。

“友林兄，说第二个字吧。”

友林字备心中，伸出一个指头立于口中，依旧说了个‘一’字。

三宝大笑：“友林兄真认死理，硬咬着‘一’字不放。”

达度说：“当官就得有这个韧劲，这是个好字啊。吉象。一指立于口间，用口说(曰)‘一’便是个‘甲’字。‘甲’为天干的第一位。我估计你最近才升了一级。”

说着，扫了友林一眼，见他目光如炬，眉眼微跳，达度便顺着升官的脉络继续破解：“你的处长坐正了。”

小头急问：“是吗?”

友林点点头：“前天才宣布的，还没来得及报喜，我正想趁机考考达度的能耐，达兄，真真服了你。”

“我的话还没说完呢。口中说(曰)一，除了‘甲’，还有一个‘申’字。‘申’与‘升’谐音，在地支中，占位第九(子、丑、寅、卯、辰、巳、午、未、申、酉、戌、亥)。一字两说，双九暗合，九年之内，你还会再升两节。细节就免了，有的话只能点到为止。”

友林满心欢喜，赶忙收尾：“大言希声，就此打住！咱们多年没聚，今晚我埋单，哥几个再好生喝两杯。未来的事让岁月去说。”

患

写 一 字，天 空 炸 响 惊 雷

武昌起义前两天，黎元洪已闻到空中异常的火药味，便潜回老家黄陂，藏身黎家河。刘先生闻讯，前往拜访这位几近忘年的知交。寒暄过后，大谈时政。黎元洪忧心忡忡地说："大清的气数已尽，天下可能大乱，贤弟要有个准备啊。"刘先生道："多谢仁兄关念，我一介书生，守几亩薄田，借手中之笔可聊以为生。兵荒马乱，乡下反倒安全。仁兄风里来雨里去，要更加谨慎才是。" 黎元洪微微一笑："贤弟言之有理，你看，我不也归隐乡野了吗？"

云，越积越浓，风渐大，眼看就要下雨。刘先生起身关窗，口袋里露出一卷古籍。黎元洪便问："最近在读什么书？"

"读些杂艺，比如这本《测字秘牒》，是本好书啊，我已读十余遍。万一天下大乱，测测字，也多一路谋生手段。"

"久闻老弟卜神的江湖大名，今儿得闲，我也求测一字。"

刘先生霍然严肃："宋卿兄，请用墨。"

取过笔墨，铺开宣纸，黎元洪仰望满天乌云，写下一个"患"字。

刘先生思索未几，欣然道：

"仁兄以忠立身，堪为一国之主。恭喜，恭喜！"

"请说端倪。"

刘先生详解道："'患'乃'心'上两'中'，以'忠'自立，连中二元。其一，'中'字作动词，意谓'恰好得到'。'患'可拆为'中中心'，暗喻获取中心地域，武昌位居九州中部，仁兄将出任湖北首领；其二，'中'作名词，常指'中国'，'串'为'中'上'1个口'，此乃居国家之上发号施令的预兆。"

黎元洪喃喃道："问字，区区游戏，何足挂齿。"

然而，他眼中蹿动的火苗又分明道出对刘先生的信赖。大人物测字，总爱遮遮掩掩。沉吟稍许，黎元洪又说："贤弟别尽说好听的，也请指点不利的一面。刚才你抱拳道贺，我已瞥见你眼中的隐情。"

刘先生便照直说开："仁兄虽为一国之主，但根基不稳。'患'以'忠'而立，治国仅靠忠心，既安不了邦，也惠不了民。而且，'心'中含三点水，以水立国，沉浮难料，水可载舟亦可覆舟。"

一道闪电，下起倾盆大雨，滚滚雷声犹如阵阵炮鸣。

说来也巧，第三天，起义军找到黎元洪，逼迫他做了湖北都督，主宰九州中心地域。五年之后，袁世凯死，黎元洪出任大总统。翌年，因段祺瑞专权，又被迫弃职。1922年，直系军阀曹锟、吴佩孚赶走皖系总统徐世昌，黎元洪再次出任国家元首，可谓连中二元。然而，好景不长，次年曹锟贿选，黎元洪又下了野。两起两落，皆因宋卿忠有余而力不足，位尊而权不重，只能替他人发号施令。说到底，是根基浮浅，手中没有军权，如水上楼台—— 晃一眼，“串”像一座艉楼，分上下两层，飘在心中横卧的三点水上。这林林总总，全都隐藏在一个貌似不扬的“患”字中。

严复评价黎元洪说：“黎公道德，天下所信。然救国图存，断非忠诚二字所能奏效。”

此后，刘先生名声大震，求测者多为达官贵人，冯国璋、吴佩孚都曾是座上客，金条元宝不在话下。刘先生却困惑：我堂堂举人，饱读经书，闻名遐迩，若不是废弃了科举，早已是光宗耀祖的进士。而今，四书五经闲置一旁，士誉黯淡，却靠测字这等雕虫小技支撑家中的大梁。真可谓乱世出枭雄，兵荒靠异才啊。

新中国成立后，世态骤变，识时务的刘先生不再给人测字，但有一次例外，九十大寿那年给儿子的同事王师长测过一回，判说奇中。晚年招收得意门生达度，临终前三年，将测字秘诀全盘传授给这位关门弟子。

Aimer

以 爱 为 灯 芯，眼 里 多 了 几 丝 柔 情

告别平凡的厂区小学，达度考入江城外国语学校，主修法语。20世纪70年代，江城外校可是武汉最好的中学，这里曾是高干后代的堡垒。“文革”之后，招生的重点转向工农兵子弟。达度入选靠了三大法宝：第一，苦大仇深，根正苗红；第二，学习冒尖，曾在千人大会上一口气背出十首毛泽东诗词；第三，“文革”期间，工人阶级领导一切，达度的母亲从工厂抽调出来，任厂区小学工宣队组长，相当于现在的党总支书记。

中学六年，达度的法语成绩全班数一数二。汉语独自用功，深藏不露，假期还在刘先生家里读了十多部法国文学译著。数学、物理却一塌

糊涂。后来高考，数学仅得五分，达度始终没弄清这五分是怎么得来的。还落下了后遗症，工作之后，每每遇急事，达度就会做同一个梦：明天要数学考试，他两眼一抹黑，不知从何入手，只能抓耳挠腮，围绕桌子转圈圈。

当年学法语，适逢“文化大革命”，所用教材一律自编，开篇高喊“毛主席万岁”（Vive le Président Mao），而后疾呼“打倒刘少奇”（A bas Liu Shaoqi），全是当年盛行的政治口号。接下来历数旧社会的苦，高唱新社会的甜。在紧跟形势的同时，达度另辟蹊径，暗中啃读两大秘籍：一部原文词典，一摞《红色人道报》。

词典是在市外文书店无意撞见的，名曰《小拉鲁斯》，一千两百多页，三十二开，盗印版，标价五元。五元在当时可是天文数。达度住读，每月交伙食费十元，周末回家，往返车费八角六分，坐船则少两角五，但要慢得多。达度每月的花销为十五元，刨开伙食交通余一元四角，作零花钱。买词典，显然不够，又不想朝父母开口，怕增添家里的负担，那年月家家的日子过得都紧凑。

于是，打路费的主意。弃车坐船，来回各走几站路，一周可节省三角五分，一月下来多得一元四角。走了三个月，加上零花钱，终于买下那部心仪已久的原文词典。这是一部走出来的书，浸着奔跑的汗水，辉映巴望的目光。当天晚上，达度洗净手，轻轻翻开，贪婪把读。第二天又给字典包上封皮，正面写上“毛泽东选集法文版”字样。“文革”期间提倡又红又专，一味读原版词典叫只专不红，与《毛选》挂上钩，便可理直气壮。所谓红，指政治表现，专指专业技能。法语学得再好，若立场不坚定，等于零，甚至是负数。为什么？答案很简单：你政治不过关，一旦反党，专业知识越过硬副作用越大。所以“四人帮”说：宁要社会主义的草，不要资本主义的苗。达度如饥似渴，悉读“法文版毛泽东选集”,毕业时,几乎能背出词典的大部分词条。

几十年后,达度成了颇有名气的测字高手,他不仅能用中文测,还能用法语测。测法文自然离不开词的前缀、后缀,词族以及拉丁、希腊词源。这一切全都收录在《小拉鲁斯》词典里,或附于词后,或形以表格。后来去法国留学,带的也是这部字典。达度常说:这走来的伙伴是我日后做学问、用法文测字的启蒙大师。

“文革”期间,词典像一座灯塔,照亮了用汉字难以明示的思想角落。试举常用动词 aimer(爱)为例,在当时的自编教材里,与 aimer 搭配的全是神圣的宾语,如:Nous aimons le Président Mao. Nous aimons le Parti communiste chinois. Nous aimons notre patrie socialiste. Nous aimons la Place Tian Anmen(我们热爱毛主席,我们热爱中国共产党,我们热爱社会主义祖国,我们热爱天安门)。

查阅《小拉鲁斯》,达度在 aimer 词目下读到:Sophie, je t'aime(索菲,我爱你),如醍醐灌顶,没想到“爱”还能针对普通人,可用于暗恋的女生,达度的心突突跳动,却不敢张扬。当时,爱情是禁区,中学生很少涉足,偶尔有胆大的,也只是拉拉手,偷偷看场电影。表白时,一般不用“爱”字,而说:我对你充满了深厚的无产阶级革命感情。学问大一点的,会往马克思和燕妮身上靠,理直气壮地说:我对你具有马克思对燕妮的感情。马克思是当时的神,一如毛泽东,没人敢说他和他老婆的坏话。

以爱为芯,心中点亮一盏灯,眼里多了几丝柔情。十年浩劫,恨行天下,流行词语不是“批判、揭露”,便是“打倒、反击、揪出、痛打、针锋相对、以眼还眼以牙还牙。”最后,还要“踏上一只脚,砸烂你的狗头,让你永世不能翻身。”空气中弥漫着暴力,除了奉向毛主席和共产党,很难找到普通爱的温馨。

毕业后,达度好几个同学都在“爱”的怀里遭遇同样的尴尬。胡某到杂志社,与法语已脱节,但身上还背着外校毕业生的光环,同事便问:“你学了六年法语,法语中,‘我爱你’怎么说?”

同学搜肠刮肚,脑中洁白,脸上现出“茫然”二字,答曰:“不会,老师没教过。”

同事睁大了眼:“那你记得最牢的一句话是什么?”

同学脱口而出:“N'oublions jamais la lutte de classes.”(千万不要忘记阶级斗争。)

达度很幸运,早早见识了那三个字,十年后,他向心上人表白,用的便是《小拉鲁斯》的词条:“Sophie, je t'aime.”(菲儿,我爱你。)而且,一举成功。刹那间,风起云涌,江河翻腾。达度喟叹:政治躁动或可堰塞爱于一时,人类的情感却暗自奔流,与异族息息相通。中法两种语言虽不同根,却异中有同。aimer 的词首是“ai”,与“爱”同音,此爱即彼爱,又非彼爱,此乃中法两种语言异曲同工的生动演绎,也拉开了个体未来幸福的序幕。

达度依持的第二秘籍是《红色人道报》,由法国共产党马列支派创办,也是“文革”期间国内唯一准卖的法国报刊。两页,八开,每周一期。最后一面为中国专版,每每高唱“文化大革命”的赞歌,诸如:工业学大庆,农业学大寨,工农兵上大学,赤脚医生田间走,批林批孔凯歌奏,举国上下全力反击“右倾”翻案风。洋人们也众口一腔,齐声呼唱:红色中国,莺歌燕舞,无产阶级“文化大革命”好,就是好呀,就是好!

“文革”期间,萨特、波伏娃、克里斯蒂娃、索莱斯、罗布-格里耶、罗兰·巴特等法国一流作家、学者都应邀来访中国。然而,他们接触受限,没看到真情实景,因为,观光的路线早已划定,见什么人,受见者说什么话,像演戏一样,事先都编排得天衣无缝。回去之后,大多数来客只会唱赞歌。

只有符号学家罗兰·巴特慧眼独具,一路冷静观察,独立判断,回国后,写了一篇长文,题曰:这就是中国?作者如实道来:“每次接见,中国官员都操同一个腔调,翻来覆去那么几句话,一赞中法友谊,二颂‘文化大革命’。老百姓的衣着色彩单调,一片黑灰绿。作物也单调,从北京到湖南,满目的油菜花,只有油菜花,除此外,一无所有。”巴特的话隐现了“文革”期间政治专制的阴霾,只不过,这声音在当时的赞美大合唱中显得太微弱。热衷革命的法国人对“文化大革命”始终情有独钟,即便现在,只要谈起“文革”,法国人常常眼放金光,口若悬河。1986年法国第二次闹学潮,达度发现,满街都印着 En avant sur la voie tracée par Mao Tse-tong(沿着毛主席指引的道路奋勇前进)。法国人仿佛有“文革”情结,如今在巴黎街头,常常能看到穿军衣、戴军帽、头顶红星光芒耀的“文革”装束,逼真一点的,还要佩一枚毛主席像章。每每见了,达度都百感交集,不知该说什么好。隐隐觉得,“文化大革命”与1789年的法国大革命或许有某种说不清的牵连。

《红色人道报》一角一份,卖得不算贵,达度几乎每期必买,三年下来积了厚厚一摞。中国专版文章,重点品读,并且备一小本,记下生词短语,抄取名言格句,摘取与中国相关的地道表达法,而后,定期温习,还背诵了其中十多篇美文。

高一那年,教研室主任罗为民主持编写《法语政治常用语词典》,这是一项重点项目,当时叫政治任务。全班五十位同学每人分派三十个词条。有的同学不领活,达度都接了下来,合总有150条,全是当时流行的术语,比如:讲用,红宝书,开门办学,走资派,斗私批修,忆苦思甜,地富反坏右,无产阶级专政,社会主义蒸蒸日上,资本主义日落西山。翻成法语,难度颇大。众人叫苦,达度暗中欣喜,因为,这类词句百分之九十在《红色人道报》中可找到精确的表述。

一个月后，大功告成。老师接过一看，两眼闪光，轻声问："都是你自己翻译的吗？"

达度低头回答："是的。"

几十年过后，达度调入江都大学，恰好，罗老师出任江大外语学院院长，师生重逢感叹万千。达度主动自首："老师，当年我译的词条绝大多数抄自《红色人道报》。"

罗老师一笑："整个时代都在撒谎，你坦白的谎言就是负负得正的真诚了。"

达度的政治崛起也归功于《红色人道报》。中学期间，达度有个绰号，叫"夫子"，是从孔夫子那儿套来的，含贬义。那时，盛行读书无用论，许多同学忙于政治运动荒了学业，却可领受赞赏的目光，常常得到校方嘉奖。达度酷爱读书，专业成绩尤为出色。政治表现也积极，只是与法语相比，不那么起眼，多少带有只专不红的嫌疑，在政治上，不得志。

翻身的机会终于来了。

那年五月，外语学校与江都大学举办联谊活动，用法语讲解毛泽东创办的武昌农民运动讲习所。每人负责翻译一个段落，提前准备，而后去实地解说。活动临近尾声，双方的头儿突发奇想：有备而讲，看不出真功夫。今儿，我们临时翻译两段解说词，各校推举一代表，准备五分钟，现场表演。

达度当选外校的代表。临场受命，胸有成竹，暗自庆喜。他将译演的一段话，《红色人道报》已有报道，法国新小说代表人物罗布·格里耶还撰写了精彩长文。达度烂熟于心，关键段落可以背出。

江都大学的代表率先开讲，演说者抓住要义，行文流畅，层次清晰，用词得体,底气十足,讲完后掌声四起。达度借取《红色人道报》的威力,娓娓道来,遣词造句更为地道。演说完毕,一时寂静。老师们震惊:一个学了五年法语的高中生几分钟内竟能出口成章,而且,某些用语比他们心下默设的词语还要地道。

掌声雷动。

随后,达度被树为全校又红又专的典型,理由是:他小小年纪便能用法语塑造伟大领袖毛主席的光辉形象,滴水见沧海,日后,定能坚定不移地执行毛主席的革命外交路线。

一个月后,达度当上团支部书记,做了班里最大的官。

企

达 娃 撞 见 刘 先 生 的 一 道 秘 密

1975是大喜之年，刘先生年至八十九，按农村习俗，男子庆寿，做九不做十，村里决定给先生办九十大寿。适逢假期，达度返回刘家湾。寿宴定于7月12日。说来也巧，先生与达度同月同日生，但隔了七十三年。因这一玄机，先生将达度视作关门弟子，定为他终身学问的传人。

先生的长子道朴（刘师长）专程赶回，县长也来了。当时农村生活艰难，供给紧张，平时难以见到鱼和肉。大队打报告，特地杀了一头猪，打了两百斤鱼，做了三箱豆腐。刘家湾像过年，欢天喜地，热闹非凡。

随刘师长而来的，还有一位王师长。抗战期间，刘先生救过道朴所在军区的张司令。先生做寿，部队高度重视，张司令急赴京城，特派王师长前来道贺。王师长代表军区送给刘先生一套精装《毛选》，一枚黄金贴面的毛主席像章。县里呈敬一副金光闪闪的楠木长匾：

万流景仰，长寿不忘共产党；

儿孙绕膝，幸福全靠毛主席。

先生拱手致谢，却不言语。

这是刘先生新中国成立后最高兴的日子。他逢人抱拳，笑容满面。达度还发现先生秘而不宣的一道秘密。

寿宴后的一个黄昏，道朴与王师长在先生的书房闲聊，翌日两人将回部队。达度也去了，还有大头、小头。先前说了什么，无从知晓，但见王师长用钢笔写了一个“企”。

先生沉寂稍许，缓缓道来：“王师长，你想问的是功名。你会再上一层楼。‘企’字拆开，可得‘一人上’。谁上呢，将‘止’左边的一竖取出，横放‘止’上，再将‘止’中间的一横拉长，不就是个‘王’字吗？要提升的人已含在‘企’字中了。”

王师长激动，霍然站起，情不自禁，行了一个军礼，连声道：“谢谢老人家吉言。”

道朴接过话：“父亲，说神了，王师长叫王企仁。事先，我没告诉您。经您一说，顿时明朗，三个字音果然都含在‘企’字中，有‘王’，有‘企’，有‘人’。”

先生谦逊道：“巧合，巧合。只是，那拼合的‘王’字，中间一横还短一节，尚未成型，还得假以时日。估摸一个月可见分晓：‘王’字内含‘三十’之数。老夫祝王师长吉星高照，连连高升。”

王师长欲言，却又瞄了达度一眼。刘先生会意，道："这是我的大弟子，很懂事，自家人，有话但说无妨。"

王师长便直言透露："老人家，您测准了。我和刘师长是结拜兄弟，上过珍宝岛，生死与共，情同手足。今年部队有两个晋升指标，您儿子能力强，口碑好，又是张司令的红人，铁板钉钉。另外一个指标三人在争。道朴可作证，这几个，论能力我排第一，但我没有坚实后台。司令器重我，还是沾了您老的光：他知道我和道朴是拜把兄弟。一句话，这次提拔，有希望，没把握，心里总不踏实。还望老人家多加指点，这个月，我该咋办？"

刘先生道："临阵磨刀，手指易伤。'企'与'弃'谐音，心上弃之，坦然视之，争其必然，顺其自然。请记住老子的一句话：无为而无所不为。"

王师长会意，感动地说："真有那么一天，我一定专程向您报喜。"

离开先生家，天已全黑，途经门前塘，但觉岸边的浪语神秘莫测，满天的星星泛出玄奥的微光。寿辰的喜庆过后，岁月依旧，艰苦的时日在寻常间熬过。

一个月后，村头停了一辆华沙牌轿车。王师长又来了，身后跟两随从，提着大包小包，三人径直奔向刘先生的宅楼。友林寄居外婆家，常有羁绊。大头、小头、达度正洗耳聆听先生讲《字触》。见识了破字奇术后，三个弟子便缠着要学测字。先生开初回绝，最终松了口，便选了明末清初周亮工的《字触》授艺，该书收录了历代测字典故。先生每日选十余字，结合阴阳八卦，悉心讲解，正说到"中"字，便闻王师长在门口嚷道：

"老人家，小王来给您报喜了。"

先生放下书，出内屋迎客，王师长已跨进堂屋，握着先生的手，兴冲冲地说："老人家，这回提了副军长，您儿子和我都升了。昨天才公布结果。道朴一时抽不开身，请我代他向老人家报喜。我能上，全托您老的吉言啊。"

先生脸绽微笑，捋着胡须："哪里，哪里，我不过说说而已，能高升，是你干出来的。恭喜，恭喜了。"

屋四周已围满看热闹的村民，王师长懂得湾里规矩，让手下撒了糖果和香烟，乡下叫接宝。糖，孩子一人两颗，成人每人一支永光牌纸烟。刘家湾又过了一次年。看似大大咧咧，王师长却是细心人。或是避人耳目，他握着先生的手，直往内屋挪去："老人家，还是上内屋细谈，那是我的福地啊。"同时也邀了大头、小头、达度进屋。两个随从留在大堂，由先生的二儿道诚款待。

客主刚落座，王师长便低声说："老人家，您赐我的几句话：随其自然，无为而为，派上大用场了。我依教而行，全心做好本职工作，从不说三道四。另外几个上蹿下跳，你拱我，我咬你，闹得鸡飞狗跳。结果，上方一致定了我。"

先生笑曰："王师长，这是你的造化。《道德经》传了两千多年，许多人充耳不闻，视而不见。你能见能用，是智慧啊。"

王师长话头一转："光顾说话，心意还没表呢。"冲外屋一喊："顺子，上礼物！"

随即，提进两个包裹。先开大包，取出两瓶茅台酒，两条中华牌香烟，都是当年市面见不到的珍物。还有三袋食品：京果、酥糖、麻烘糕，样样稀奇。达度惊呆了，头两宗礼品，他第一次目睹。大头、小头见识稍多，也都兴奋异常。

更大的惊喜，在后头。

打开第二个纸箱时，王师长抬眼扫了一圈："还有三个小家伙呢？当时在场的。"大头、小头、达度赶忙挪到屋中央，仰头期盼，像三只待哺的小鸟。王师长俯身取出三套军装，还有军鞋、武装带："拿着，人人有份"。大头、小头立马接过，两眼闪光。达度伸出手又缩了回去：那年月军装可是稀罕物。在中学生的心目中，它的价值不亚于今天的一辆宝马。达度梦寐以求，却难遂心愿，最后在商店买了一件，聊以充门面。商店卖的都是假军装，颜色不纯，扣栓是塑料的，真军装的扣栓用黄铜制作……

迟疑之际，刘先生发了话："达娃，还不接着，谢谢王师长。"

达度立刻接过军装，鞠了躬，灵机一动，道一声："谢谢王军长。"

满屋大笑，王军长道："机灵，机灵，老人家，名师出高徒，您的弟子个个前途无量啊。"

"但愿如此。"先生笑盈盈地说。

达度感慨万千。没想到测个字，念几句《道德经》便有如此妙用。这意外得来的军装，虽是间接恩惠，却让达度足足兴奋了几个月。他暗自下决心，一定学好《道德经》，一定要学会测字。

蛊

高 考 发 榜 后，刘 家 湾 名 声 大 噪

伟大领袖毛主席教导我们说：

农村是个广阔天地，在那里是可以大有作为的。

走出校门，尚未擦干惜别的泪，达度便响应主席号召，奔赴农村安家落户。当时下放，分为两类：第一，插队落户，单打独干；第二，单位建点，集体温暖。达度随单位下放，所去的知青点恰好在刘家湾附近，来回只有三里路。知青点三十六号人，达度任队长，自有一番气象。开初，轮流帮小队出工，除草、插秧、割谷、摘棉花，样样都干。达度在农村长大，会农活，能吃苦，颇得领导赏识，也有群众威信。三个月过后，还当过一次县劳模。

此刻,小头已入伍,友林务农,大头做了民办教师。

达度一度困惑:学了六年法语,原以为要做翻译,去法国执行毛主席的革命外交路线,没想到竟落户农村,整日与泥巴打交道。

离校前,同学们追问党总支书记:

“领导一再要求我们扎根农村,如果在田里待一辈子,我们学了那么多年的法语顶什么用处?”

书记反问:

“中国要实现四个现代化,需不需要进口法国拖拉机?”

众人答:“需要!”

“拖拉机的说明书不需翻译吗?”

众人又答:“需要!!”

书记一锤定音:

“这不得了!”

到达知青点的第二天,达度便找到目仅识丁的大队长,朗声问:“队长,我们队有几台法国拖拉机?”

“你说的么牌子啊?”

“法国的。”

“法国牌是国内哪个厂出的?”

“法国是欧洲的一个发达国家。”

队长大笑:“扯鸡巴蛋,我们连东方红的大拖都买不起,哪有钱买外国货。”

达度一脸茫然。在农村熬过几个月,达度渐渐发现,毛主席说的广阔天地并不广阔。

毛主席去世后,开始拨乱反正,全国气象渐新,然而“文革”的残雾并未散尽。达度告诫自己:前途渺茫一时,总会云开雾散,法语不能丢,书要多读。刘先生常说，艺不压身，我还要学点其他本领。于是，想到测字。

空闲时，常去刘家湾，摸上暗楼偷读几小时禁书，尔后，缠着先生学相字。通读了《字触》，获得几许皮毛。某日，达度又去求访刘先生，瞧见一部封面残缺的古籍，问是何书，先生答：《测字秘牒》。

达度怯生探问："这书，我，能读吗？"

"当然可以，但现在不是时候。听道朴说，大学招生今年可能有重大变化。你们要多读正经书，把高中课本再看一遍，早作准备。测字属于旁门左道，现今没用场，你要真感兴趣，考上大学，这本书就送给你了。"

达度会意，潜心向学。

1977年10月12号是一个难忘的日子，晚上知青点突然集会，传达中央文件。喜从天降。

全国即将恢复高考！

大头、友林、达度当晚聚于刘先生家中，商榷复习事宜，个个兴高采烈，灰暗的天空终于透现一束光亮。先生欣然回顾：

"道光年间，龙卷风吹干了门前塘。十二年后，一个生肖轮回，宣宗驾崩，改年换代，文宗登上龙椅。1964年，那是你们亲身经历的，龙卷风又吸干了门前塘，十二年后，毛主席去世，邓小平上台，国家有了新气象。高考是天赐良机，你们一定要抓住。逮着了，前途无量；错过了，只能面朝黄土背朝天，在农村窝一辈子。"

接下来，开始收集复习资料。大头、友林报文科，达度考法语，小头在部队也报了名。《道德经》《论语》只得暂弃一边，《字触》也无暇问津，众人集中精力，主攻应试章法。

知青点特惠：时间紧迫，考生只出半天工，达度复习更从容，大头、友林全天候备考。隔一周,三人汇聚先生家中,道诚集中辅导政治和语文。

刘先生年晋九十一,体力渐弱,但头脑清醒,心明如镜,“我所教的,不合时宜,却是童子功,进了大学会派大用场。复习备考,要多听道诚的,他当了多年校长,又一直在上课,经验丰富。我心里有数,只要努力,你们四个都没问题。临大事心态要平,既要重视,又要放得下。考的时候,莫想太多,把已有的水平发挥出来就可以了,今年不行,还有明年。”老人把当年考举人的经验都贡献出来了。

复习近两个月,考期临近。考点设在长岭一中,距刘家湾三十多里。考前一天,大队借来一辆大型拖拉机,专送全队三十一名考生。达度、大头、友林随众人上了车。

那是1977年12月9日的下午,天气微冷,夕阳西下,余晖染红了田野和山峦,刘家湾静得出奇,送行的人黑鸦一片。刘先生拄拐杖立于人群之前,一言不发。大队书记一声令下,拖拉机开了,载着众人的厚望,“突突突”驶向远方。大头、友林、达度一个劲地挥手。一拐弯,拖拉机消失在山坳里。

到了公社,三人找到旅店,安下身,房费每人每天五角。为了高考,达度父母寄来二十元钱,刘先生给了孙儿十五元,友林最富,带了三十块,是干爹道朴邮来的,友林八岁失去爹娘,从小过继给了堂伯道朴。安顿完毕,去公社中学,各自找到了考场。尔后溜进小食店,达度宣布:“今天我请客,每人两碗肉丝面。”肉丝面两角一碗,在当年属于高档享受,三人大快朵颐,精神大作。后来,大头、友林也分别请了一次客。其余时间,各自买饭票,在中学食堂就餐。返回旅店时,天已擦黑,街两边临时搭起十多个高粱秆简棚,每一棚中聚有三四人,都是离家远的穷家子弟。他们带了馍和水壶,正就着水啃馒头。有的边啃边在马灯下温书。

翌日，三人一早赶到公社中学，肃然伫立，热血沸腾。大门还闭着，寒风凛冽，校门上方拉起一条横幅："考生们，站出来，接受祖国的挑选。"

向左看去，但见一妇人，挺着大大的肚子，左手执书，右手拿馍，边吃边看书。往右看，一中年汉子，头发蓬乱，胡子拉碴，也在临阵磨刀，腰间系着草绳，脚下一双破鞋，腿上还残留着田间的污泥。

达度深切感到了高考的分量。

门开了，考生涌入，秩序井然。头一轮，考场座无虚席。第二天，位子空了三分之一。最后一场，几乎空出一半的位子。1977 年全国有 570 万考生，录取率仅为 1.2%，真正的百里挑一。那是中国 20 世纪后半叶最耀眼的一束希望之光。高考中断了十年，机会难得，众人都想一试。无奈，"文革"耽误了一代人。许多人忙于政治运动，荒废了学业，一上考场便现了相，中途纷纷退场。

第三天，考法语，全公社只有达度一人。考场设在校长办公室，两位监考，和蔼可亲。那年湖北考法语，共用英语试卷，小语种考生只做最后一道大题：用所学语种翻译十个中文长句。

对达度来说，专业考科轻易而举。读中学，他便是全班的法语尖子。下放农村，又未中断专业学习。早上起来，朗读法语半小时，出工时，揣个生词本。晚上背背《小拉鲁斯》，读读《红色人道报》。

达度还作两种笔记，其一用法语，记内心的苦闷、萌动的春心、不宜张扬的壮志。第二本用中文，全是应景之作。写完之后，放在显眼的地方。达度那年评上县劳模，中文日记发挥了关键作用。某日下午，公社书记突击检查，窜到知青点宿舍。一进门，便看到达度那本耀眼的笔记。翻开一看，记的全是读《毛选》的体会、下放农村的心得。模式也简单,不外乎:某年某日,遇见一难事,刚开始,私心重重,畏惧连连,千钧一发之际,想起毛主席教导,脑中跃现农民伯伯的光辉形象,于是,心明眼亮,干劲倍增,最后,做了那件事。比如,给人挑一担水,帮人推一下车,顶着烈日锄完一块地,等等。当年都这么写,与众不同者,达度在记述过程中,巧妙插入历史典故,显出了学问,毛主席写文章也爱出经入典。公社书记是个文化人,看了日记,当下拍板:县劳模的知青名额定给达度!

汉语也没荒疏。达度遇刘先生仿佛命中注定,年轻时,先生便钟爱法兰西,熟读雨果等名家。先生家中辟有一间小暗楼,夹层里藏有几百部禁书,相当一部分是法国文学名著,而且是经典译本。翻译文本是中国白话文学的重要组成部分,鲁迅、钱锺书、茅盾等名家都由外国文学译本引领走向创作之路,最后成为一代宗师。"文革"期间,农村动作小,先生是军属,人缘好,行事低调,湾里没人装怪,西学的火把隔代相传。假期,达度躲在阁楼里读了《悲惨世界》、《巴黎圣母院》、《茶花女》、《高老头》、《红与黑》、《基督山伯爵》等名著。下放农村后,又蜗居小楼,阅过《夜航船》、《聊斋》、《子夜》、《围城》等汉语经典。

开考的铃声响起,达度收回纷飞的思绪,定神于试卷。仅用五十分钟,十道题全部做完。检查两遍,还剩五十分钟。达度心血来潮,用法语写了一篇散文,题目是:站出来接受祖国的挑选。开头,已记不具体,结尾却久久未忘,大意如下:"门开了,考生井然有序,涌入学校,散向考场。众人缄默,心潮澎湃。从打开的校门中,我窥见了光明的未来,看到社会主义祖国更加美好的前景。"

试考完毕,感觉良好。中午,大头请客,又吃了两碗肉丝面。完后,收拾行囊,步行回家。三十来里路,需要四五个小时。中途遇见一辆顺路拖拉机，师傅听说是考生，二话不说，让三人上了车。到了刘家湾，径直奔向先生家，报了考情。先生额手称庆，陶然自得。

友林请求道："爷爷，我们写个字，您测一测，看我们高考的运气如何？"

先生说："不用写，你手里不拿着字典吗？先定个序号，随便翻一页就可以了。"

友林说了声：左边第三个，随手一翻，得到的是个"蛊"。

先生晃了一眼，喜上眉梢，却紧紧闭住嘴。测字，习性各异，达度了解先生的心态：重大天机，说了怕破。此刻，用老子的话说，最好知者不言，大言稀音。

刘先生匆匆敷衍："孙儿们，是个好字，不用我测，事后让达度来解一解。试考完了，随么事莫想，好好玩几天去。"

随后两周，三人远离书本，信马由缰，各行其道。下棋，神侃，摸鱼，捉鸟，找漂亮村姑穷开心，好不轻松自在。一个月后，便死死盯住邮递员。最后，达度考入江都大学法语系，大头考上华中师范大学历史系，友林考取西南政法学院，小头考进重庆大学。

高考发榜后，刘家湾名声大噪。全公社有六百多人报考，知青占了一大半，正规大学只考取七人，考分最高的四位出自刘家湾，其中三人是刘先生的弟子。小头在部队中的举，还没算进去。

"这是刘家湾的荣耀啊！"先生逢人便说，仿佛他自己中了状元。

高考过后，小头从部队赶回，弟子们围聚八仙桌，喝着当年的新茶，欢欣雀跃，得意洋洋。刘先生发了话："达度，你把那个'蛊'解给大伙听听。"

达度有点紧张，这是他第一次正儿八百说字，他知道先生在考查自己，这一说尤为重要。其实，任务下达近一个月，判词早已成竹在胸，静了少许，达度开说："首先，感谢先生信任，荒谬之处，请先生拨点。第一，'中'与'皿'之间是个卧躺的单人旁，指人，'蛊'拆开是'中四人'，果然，我们四个都被大学录了。第二，将'蛊'下的'皿'竖起来为'目'，切去'皿'字伸出的两小横，放在目下，是个'貝'，貝上加虫，是'貴'字，正好吻合先生大名的第二个字（先生叫刘贵德），说明我们的成功离不开先生多年的栽培，刘先生是我们四个的贵人。"

说到这里，达度望了先生一眼，先生颔首微笑。

达度壮了胆，索性倒出心中的全部说词。

"第三，'蛊'的原意是把许多虫子放在器皿里，使其互相吞食，最后剩下的为蛊，这层意思仿佛是针对'文化大革命'的。现在开始拨乱反正，我们看到了'文革'有害的一面。当年我们就像是被放在'文革'这个大瓶子里的虫子，武斗杀死了一批人，众多不读书的又被高考淘汰了一批，我们四个跟着先生学到真本领，幸运地闯出了瓶口，用当下的话说，成为时代的骄子。我的话完了。"

天寒地冻，达度却出了一头汗。刘先生鼓起掌，兴奋道："达度字感好，青出于蓝胜于蓝啊，后面的含义我都没看到。还有一层，达娃没说，蛊上是一个'中'字，这是明代第二任皇帝朱允炆留给刘家湾的遗墨，意味深长。过两天，我给你们详细讲讲刘家湾的历史。"

话毕，先生从书柜里取出一本古书，隆盛递出："达娃，接着！"达度屈膝在地，磕了三个头，举起双手承接。

这册书便是清初测字大师程省的《测字秘牒》，专讲测字技法，正是那部封面残缺的线装古籍。

中

砍倒楠竹，七彩光立刻消失

《古代汉语词典》释义：

1. 内，里。《孟子·离娄上》："胸中正则眸子瞭焉。"2. 内心，内情。《汉书·韩安国传》："其人深中笃行君子。"3. 中间，当中。《孙子·九地》："击其中则首尾俱至。"4. 正。《后汉书·杨震传》："不奢不约，以合礼中。"5. 一半，半。曹植《美女篇》："盛年处房室，中夜起长叹。"6. 中等。7. 适当，适中。《后汉书·安帝纪》："朕以不明，统理失中。"8. 射中目标。《战国策·西周策》："去柳叶百步而射之，百发百中。" 9. 符合。《管子·乘马》："因天材，就地利，故城郭不必中规矩，道路不必中准绳。" 10. 伤，中伤。《论衡·订鬼》："气不和者中人。”

《现代汉语大词典》释义：

1. 里面。毛泽东《卜算子》：“待到山花烂漫时，她在丛中笑。”2. 媒介，居间。《收获》1981 第四期：“最近教会方面托县政府出面做中。” 3. 犹可，行、成。李英儒《野火春风斗古城》：“旁的看我的眼色行事，就中了。” 4. 指中年。邓小平《在军事座谈会上的发言》：“老的要结合中青。”5. 中国的简称：古今中外。6. 考取，录取。老舍《女店员》：“没想到咱们一考就考中了。”7. 得到。沙汀《丁跛公》：“这龟儿，就是中了头奖，什么人还想占你一文么？”

“达娃，知道当初我为什么主动招你为弟子吗？”

达度连连摇头。

事过十二年，刘先生终于交底。

“那是因为你抓到一只背上刻了‘中’字的乌龟，这是缘分。那只龟是我的爷爷放的，距今已有一百三十年。爷爷曾说：得龟放生者是奇缘人，将连连高中，福泽旁者。如今，你们四个都中了举，也该识识家谱，详尽了解祖先的来历。”

接下来，细说村史，释道世间沧桑。

刘家湾起源神奇，与明朝的两位大人物紧密相连，第一是朱允炆，第二是齐泰。洪武三十一年(1398 年)，朱元璋驾崩，长孙朱允炆继位，史称建文帝。新任皇帝的二十四位叔父，全部分封各大要地，每人拥有一万五千人的卫队。朱允炆坐立不安。按惯例，皇位该传给儿子，太子朱标(朱允炆的父亲)早逝，本该立老二。可太祖偏爱朱允炆，独断专行，把龙袍传给了长孙。朱允炆的防范心理自然厚重，甚至有点过分。他听信齐泰、黄子澄等文臣的建议，登基不久便开始削藩，一口气削了

五个叔父。朱元璋四子朱棣自感险危,借清君侧之名,奋然起兵。这便是“靖难之役”。仗打了四年,最后朱允炆败北,纵火自焚,朱棣做了皇帝。这是官方记载。民间传说,朱允炆并没有死,危急之际,他打开祖父留下的秘匣,但见一把剃刀,一份度牒(和尚证件),一件袈裟和若干碎银。于是择宫后水门逃出,削发为僧,浪迹江湖三十多年。后来,朱棣的重孙朱祁镇继位,恩怨渐泯,朱允炆才表明身份,回到宫中终其天年。

开初,朱允炆据说藏在武昌的宝通寺,躲了两年,大概露出蛛丝马迹,又窜到黄陂,隐身刘家湾的竹林寺。那寺不大,仅一主殿,两禅房,三四僧侣。与众不同者,寺院建在竹林中,隐蔽而幽静。据家谱记载,乾隆年间竹林占地三百六十亩,现在仅剩八十多亩,却也存留了往昔的风韵。庙已毁,竹子却根根粗大,林间辟出三条小径,正中央展现一块亮地,依稀可辨六个石墩。这便是竹林寺的遗址,此乃一方圣地。刘家湾有两圣:竹林、老井。竹林秀于村后,古井卧在村前,十里之外是赫赫有名的木兰山。

小时候,四位弟子常在竹林寺玩耍,所谓庙,只剩一间空屋,佛像已破损,和尚都强行还了俗。几年后,“红卫兵”又一把火把小庙烧了个精光。先生痛心疾首,哀声叹息:造孽啊,造孽,连个空壳也不放过,我们愧对祖宗。而后,整整一个月缄默不语。

夏天进入竹林,静谧凉爽,仿佛离了凡尘,满眼的绿,翠得不可思议。朱允炆定居竹林寺,潜心向佛,每日挑水,打坐,念经。两耳不闻朝中事,一心面竹拂红尘。然而,一想到床下深埋的那个小罐,又心神不宁。瓦罐里装了什么?是一枚玉玺,那是逃出宫时携带的宝物。也就一块石头,只因刻了几个字,便搅得天翻地覆、血流成河。中国近两千年的历史几乎都围绕皇帝的印章展开。

“离宫五载,也该脱身了。”朱允炆喃喃自语。他选了一个月色微明的夜,挖出玉玺,出了竹林,走向一片洼地。洼地中央的杂草中掩隐一口废弃的古井。井很深,丢一块石,半晌才能听到落底的回声。朱允炆将玉玺丢入井中,返身回庙。填埋床下坑洞时,却发现一只乌龟。建文帝宽慰一笑,安然就寝。

夜奇静,没有一丝风。

三刻之后，却下起倾盆大雨，天仿佛被捅了个洞，大股大股的水泻落而下，不偏不倚，就落在古井四周，声如洪钟。当空一团浓云，四围却星光闪烁，五里开外不见半点雨迹。

第二天，洼地变成了水塘，占地近百亩，这便是刘家湾门前塘的来历。

翌日早晨，来了两后生，一胖一瘦，两人围着水塘转了一圈，便在竹林与水塘边坐下。胖者解开行囊，取出刀，砍竹去了。瘦者拿出铁镰，去割茅草。黄昏时，搭起一间简易竹棚，刘家湾从此诞生。一个月后，竹棚变成竹房。刘氏兄弟先以打鱼狩猎为生。安顿后，开始垦荒种地，喂鸡养猪，娶妻生子，家业逐渐扩大。兄弟俩能文能武，身手不凡。几年后，设了私塾，建起武馆。老大授拳，老二教书，还给人测字，文与武并辉，远近闻名。

朱棣赶走了侄儿，自己做了皇帝，便大开杀戒。他要把当年拥护建文帝的一帮人统统除掉，一共杀了一万四千多，还派人到处寻找朱允炆的下落。在朱棣所杀的十多个大臣中，有一人叫齐泰，他是朱允炆的兵部尚书，管军队的，现在叫国防部长，他是建文帝的心腹，力主削藩的骨干。齐泰和他的几个兄弟全被杀了。两个儿子却逃了出来，逃到了竹林寺。这两人就是刘家湾的祖先刘老大，刘老二。

先生说："你们四个都是刘老二的后人，第29代孙。"

友林问："他们不是姓齐吗，怎么叫刘老大、刘老二呢？"

刘先生捋了捋长须，反问道："你们仔细看看，这'齐'跟'刘'有什么共同之处？"

先生在黑板上写了"齐""刘"两字。

沉默。先生也不急于给答案。

达度举起手。

"你说说看。"

"我觉得这两个字笔画一样,只是偏旁换了个位置,立刀从下挪到了右边。"

先生高兴地说:"达度有眼力,看出了门道,'齐''刘'同形。齐泰的儿子逃出来,朝廷派人到处搜查,他们只能更名改姓,姓了刘,又留了'齐'的根。再看,这'刘'字拆开,一文一刀,意思是'能文能武'。不过,刚才说的都是回头解读,也算历史的神秘返照吧。当时用的却是繁体,'劉'中但见两把刀,父亲被杀,兄弟俩自然要报仇雪恨,用剑影刀光效忠建文帝,复得金銮殿。后来大势已定,只得隐姓埋名,尚文习武,繁衍生息,这也是后来简体'刘'字昭示的运势,由此可见,文字与时世密响旁通。再说,在明朝的十六位皇帝中,朱棣堪称一代明主。他做皇帝比朱允炆称职。不过这复仇的欲望一直埋在刘家湾人心底,我的小名叫克棣,是爷爷起的,朱棣死了四五百年,他还让我去克他。"

几年过后,刘家湾兴旺起来,齐氏族人纷纷投聚。朱允炆隐居村后的竹林寺,刘老二是庙里常客,也是朱允炆的密友。那时朱允炆已做了住持,人称慧通长老,只有刘老二知道慧通的真实身份,他先前见过朱允炆。据说,刘老二几度提议招兵买马,东山再起。慧通连连摇头,稍后,用竹枝在地上画出一个字:中。老二心有不甘,慧通用竹指指天,比比地,再指彼此,复又落在"中"字之上。刘老二不再言语,黯然回村。后来,两人常在竹林品茗长谈,吟诗,测字,说禅,海阔天空,但不谈国事,不议朝政。农闲时,刘老二常去武昌摆摊测字,一来打探消息,二来挣点闲钱补贴家用。

"这'中'有什么含义呢?"小头问。

先生不答:"你们说说看。"

大头说:"不偏不倚,指中庸之道?"

先生颔首。

达度说："就测字而言，'中'表示一个指头放在口间，让人别吱声，要保守秘密，我等只能隐居，不可张扬，否则，性命难保，国无宁日。"

"高见！"

友林道："我觉得建文帝还想东山再起。当年，先生给黎元洪测字时，曾说，'中'作动词，指'恰巧获得'，朱允炆还想巧取中国，复获帝位。"

"有见地。"刘先生直点头。

小头也有想法："'中'由'丨'和'口'合成，一竖表示'立'。画家吴道子说：一画出，天地立。建文帝想让后人远离朝政，以口立身。所以刘家湾后来尽出教书先生，出测字大师。到了清末，出了测字名家大不同。"

"有道理！"先生点评道，"五百多年间，刘家湾一共出了五位进士，二十九个举人，秀才不计其数。民国时期，汉口的许多高官富商都把孩子送到刘家湾寄读。"

达度接过话："建文帝好像很犹豫，他留下'中'字，是要后人记在心间，'中'立'心'上为'忠'，忠于谁却没明说，也许是朱元璋的遗命，即他自己，也许是他四叔主政的朱家江山，不管怎么说，他们是一家人。"

刘先生笑吟："越说越有味道，的确如此，流亡之初，朱允炆以晋公子重耳鞭策自己，希望有东山再起的一天。但后来他发现，木已成舟，朱棣管理国家，能力比自己强得多，慢慢地就打消了复国的念头。有联为证：'有梦难圆，尘世着魔迷本性；无风易醒，竹林悟道静凡心。'"

公元 1436 年，英宗派出的钦差来到黄陂。路过刘家湾时，发现竹林寺上方闪现七彩光，此乃帝王之兆。钦差停了下来，入庙探查，复又上路。第二天，竹林来了三十几位神秘游客，众人直奔小庙，不言不语，挥刀砍断最高的楠竹，又在寺对面六根大竹的底部各砍一刀，还好，没有伤及庙里的和尚。刀起，竹面浸出一条朱痕，鲜如人血。再看被砍的主竹，根桩已被血一样的液体染红。神秘人悄然离去，巨竹倒后，七彩光便消失了。

此时，朱允炆早已离开竹林寺。他在刘家湾只待了六年，临行前给刘老二写了个"中"字。随后混迹天涯，建文帝的下落众说纷纭。有的说去了湖南湄江，那里留下了朱允炆的许多诗句；有的说到了余杭东明寺，寺内殿柱上刻有如下对联：僧为帝，帝亦为僧，一再传，衣钵相授，留偈而化；叔负侄，侄不负叔，三百载，江山依旧，到老皆空。

毁了楠竹，留住"中"，势运波谲云诡。建文帝隐身江湖，齐泰的后人渐渐淡出历史舞台。如今刘家湾众口相传：本来，我们村可以出天子的，因砍了竹，出了血，断了帝王龙脉，后人只能做平头百姓。

其实，龙脉并未绝断，只不过，挪了个地方。五百二十年后，在距刘家湾一山之隔的黎家河，出了一位黎元洪。虽然屡屡被架空，但名义上还是一国之主。忆当年，朱允炆离别刘家湾时，赠留一个"中"字，黎元洪出道前写"患"占卜。"患"字含有两个"中"，而且，朱允炆暗求的"忠心"赫然外露在黎元洪的"患"中，只可惜，忠心未能稳定黎总统的宝座，一如建文帝，黎元洪当总统两任加起来也不足四年。这文字串合的机缘难道只是巧合，仅仅是文字游戏？

光绪十八年，龙卷风吸干门前塘的水，现出了老井，村里人在井沿琢上朱允炆的遗墨。数日后水又神奇般归位，刘先生的爷爷，当时的族长，将一个刻有"中"字的乌龟放入塘中。

说完历史，已至黄昏。晚饭在先生家吃，备了肉和鱼，还有鸡蛋豆腐，这也是先生对弟子春闱告捷的犒劳。美美吃一顿，周身舒坦。那年月,鱼肉蛋同吃在平时可是罕见的立体享受。还要感谢王军长,奇缺食物是他派人从武汉送来的。

晚饭后,弟子们围绕村庄转了一圈。翌日,四人将各奔东西,离别这块神奇而厚重的土地。凝望轮廓模糊的刘家湾,大伙内心涌出浓浓的眷念和别愁,耳边又回响起“人之初,性本善”的咏读声。

仕

友 林 的 书 架 上, 供 了 一 枚 硕 大 棋 子

坚冰刚刚融化,友林与小头便结伴上路,逆水入川,那一年,高校是春季开学。沿三峡而上,船开了五天,一路欢欣奇叹,最后抵达重庆。远离黄陂,又是一片天地:出门见山,路道起伏,美女多多,精巧的麻辣在舌尖跳舞。友林考取的西南政法学院位于歌乐山脚下,紧靠烈士墓,几百米开外,是大名鼎鼎的白公馆,向北走三里,便是小说《红岩》着力描写的渣滓洞。小头就读的重庆大学相距五站路,直线距离不到两公里。

仰望高大的教学楼,友林心潮澎湃,暗自鼓劲:我一定要学出个名堂。七七级大学生都很珍惜来之不易的求学良机,读起书来,个个如饥

似渴，废寝忘食。辅导员不停在屁股后叮嘱：同学们，你们要顾惜身体，劳逸结合，多点娱乐，该耍的时候，不要摸书。

友林擅长的娱乐是下象棋，而且，功底厚，出手不凡，后来获得山城高校亚军，还当了个管文体的校级学生干部，兼任象棋队教练。小头也爱象棋，技艺比友林却低个档，即便让他一马，也输多赢少。友林的床头架上，像供神一样，摆了一枚硕大的“仕”。同学们瞧见那个明晃的棋子,纷纷打趣:林教头,你娃改下象棋算了,做个胡荣华,挣的钱比法官还多。

友林笑而不语。

小头却明白童年伙伴的心机。字典上说:仕,旧指做官,常见的相关词有仕宦、仕途、仕进。小时候读红幌私塾,刘先生经常引诵孔子的名句:仕而优则学,学而优则仕。只不过,老人不大鼓励做官,更强调读书。

节日放假,小头提两斤广柑,又来找友林挑战,苦战三局,终于完胜一盘。兴奋起来,小头话也多了,举起供在书架上的仕,朗朗说:"佩服你呀,堂兄,入学两年不到,就立下了当官的宏愿,我只是弄不清,这叫笨鸟先飞呢,还是鲲鹏抖翅。"

友林撇开幽默,理直气壮地说:"连官都不想当还读什么书,更何况是学法律。你学商,不也常说要挣大钱、为富而仁吗?"

小头笑曰:"我们之间,知己知彼,肚里有几根蛔虫都逃不过对方的眼睛。不瞒你说,我不光念叨挣钱,还付诸了实践。我在给一个体老板当助手,才干一个月,昨天领了100元,相当于处长一个月的工资。激动得一夜没睡,今天来给你报喜,顺便送你20元,按你刚才的说法,这叫为富而仁。"

友林连连道谢。那年月,20元可不是一笔小数目,肉丝面两角一碗,大学生一个月的伙食才15元。

小头又回到"仕"上:"我有点不解,要当官,何不摆个帅,立个大志,仕只是国王身边的保镖,算不上大官呀。"

友林微微一笑:"仕在宫中,是皇帝的保镖;离开京都,就是钦差大臣,各省的巡抚都得低三下四地巴结,这官你能说小吗?汪东兴最早是毛主席的警卫,最后当了中央常委。我嘛,一时还没有那么大的野心,我供的仕已脱离棋盘，活动范围更广，泛指做官，既小又大，可大可小。正常发育，大官得从基层做起，我拜仕，还是很务实的。”

小头笑说：“一谈官，你就滔滔不绝。不扯乌纱帽了，你让我两个仕，我们再下一盘。”

“要得，整一火。”

硝烟起，两人再开战，小头开局架当头炮，集中兵力，猛攻对方中路，连连叫将。友林缺仕，捉襟见肘，平时善于横冲直闯的车只能留守王宫。没了仕，八方受敌，宫殿大乱，很快就败下阵来。

小头再度兴奋：“我觉得，你的确是当官的命，离了仕，就方寸大乱，没了章法。”

友林一笑，“我真还没下过让双仕的棋。”顿一会，又说：“看到了吗？这个貌似可有可无的仕作用何其大。”

在食堂用过饭，又猛吃几个广柑，两人便分手。做官经商都是缥缈的远景，当务之急是读书，学本领。

离友林宿舍三百来米，有一个山洞，卧隐小丘半腰，新中国成立前是国民党的岗哨。洞内设有石桌石床石凳，光线明亮，外口装了铁栏，曾被荒草淹没，是友林发现的，他撬开锈锁，换上新将军，置备了常用家什。重庆夏季酷热难当，那年月，宿舍没风扇，更别说空调。洞内却凉爽，门前绿荫如盖，清泉涓流，可谓山间桃源。几经拾掇，这山洞便成了友林夏日读书的别墅。

没课的时候，一般中午去，困一会觉，心静气足地悬梁刺股，直到吃晚饭，比在图书馆还舒坦。待过两周，友林发现一道奇观。每到下午五点，从山上会走下来一位老人，年纪看上去七十多岁，背一大篓青草，拄着拐棍，一点一探摸下山。步履蹒跚，仿佛是盲人，口里却常常吟诵《易经》或《论语》，比如：一箪食，一瓢饮，人不堪其忧，回也不改其乐。

要么:君子有攸往,先迷,后得主。声音洪亮,压根不像七十多岁的老人。山路离岗洞仅一百来米。老人背草,日复一日,风雨无阻。开始未曾留意,见多了,便关注起来。终于有一天,友林迎了上去:“老人家,您这大年纪,眼睛又不好,每天还要上山割草啊。”老人却挺乐观:“老朽皮表沧桑,年岁倒不太大,今年五十八,就是得了白内障,两眼蒙蒙只能瞅个轮廓,看不了书,难受得很,再不动一动更是废人了。”

一来二往,成了忘年之交。背草老人姓魏,叫以达,经历坎坷,命运多舛。他读过三年师范,新中国成立前夕做了地下党,小小年纪担任站长。由于叛徒告密,组织遭受灭顶之灾,两个手下牺牲了,与他单线交接的上司被关进渣滓洞,生死不详。他躲过一劫,却与组织失去了联系。新中国成立后多方申说,杳无定论,关键是没找到与他单线联系的地委王书记,只得独吞苦水。后来,在中学谋了个教职,娶了妻,日子过得也安稳。“文革”期间,却被揪了出来,罪名是叛徒,不由分说被关了五年。出来后,饭碗没了,妻子已改嫁,他只得去码头做搬运,混个生活。屋漏偏逢连夜雨,近两年,眼睛又出了毛病,扛不了麻袋,断了活路,穷困潦倒。这时,知他根底的童年伙伴伸出了援手,故友在歌乐山下开了个奶牛场,搭个偏房,聘他做卫生,一月三十块,老人的生活有了保障。朋友还自掏腰包帮他上串下联,四处寄发申冤材料。老人感恩,除了打扫牛圈,还以活动筋骨为名,每天上山割两大篓牛吃了更能出奶的鲜蒿草。

每当老人背草下山,友林便邀他到山洞小歇,端出糕点,摆摆龙门阵,还送了老人30元钱,小头后来也捐献30元。老人精通历史,胸有文墨,碰到一起总有话说,两个后生受益匪浅。

周末,友林来到老人的住处,屋内家具不多,收拾得却很干净。书柜里,摆着一个硕大的“进”字,笔法苍遒,犹如座右铭。友林便问:“魏大哥,这个字有什么说法?”

老人答:“含义可多,寓意繁杂。古汉语中,‘进’可以表示:到朝廷去,呈献,自荐,谋求重用,看起来白滋拉寡的‘上进’二字一直在鼓捣我扳命。《史记·吕太后本纪》中有句话说中了我的境况:忠臣进言,上惑乱弗听。这正是我前些年的情形。就字形来说,进由‘井’和走之组合,我落入枯井,就要往上跳,多活动,才有可能洗掉不白之冤。”

友林加一句:“繁体的進,由‘佳’与走之合成,现在是拨乱反正的大好时机,只要不停走动,就会有佳音。”

老人高兴,连声道:“多谢兄弟的吉言,身正不怕影子歪,我坚信会有真相大白的一天。而今,我就紧紧抓住这个‘进’。”

友林心头一闪:我的书架上摆了个“仕”,与“进”一拼即“仕进”,表示以做官谋求个人发展。反过来拼,得“进仕”,意味升官。这两字含祥兆,我与魏大哥有缘。

老人拿出一瓶江津老白干:“好多年没沾酒了,这还是用你给的钱买的,我借花献佛了,来,哥两个整几口!”两人就着花生米喝将起来,又聊了两钟头。离别时,背草老人连连念叨:要是王书记还活着就好了。

接下来,友林赴天涯岛实习,随后是暑假,两人半年没见面。开学后,友林去找背草老人,门却锁了,奶场老板说,魏大哥被接到省城去了,他的事可能有眉目。

1981年晚秋,天气依旧炎热,临近冬天,又窜出一条秋老虎,最高气温达40°,不知是人的热情过高,还是老天爷太激动,依古代观象法,这叫迎临盛世,热火朝天,吉兆。

那日,友林在洞中闲读,突然觉得光线暗了,抬头一看,洞口站着一位戴眼镜的中年男士,一身崭新的中山装,春风满面,气宇轩昂。正纳

闷,来人开了腔:

“不认识了!”

一听声音,友林惊叫起来:“是魏大哥呀,你、你找到组织了?”

魏大哥直点头,却半天说不出话,两人紧紧拥抱,友林连连道:“恭喜,恭喜你了。”昔日的背草老人老泪纵横,泣不成声,过了许久,才平静说:“阿弥陀佛,终于水落石出,王书记还健在,是那次渣滓洞大越狱逃出的八人之一。‘文革’期间,也进了大牢,罪名和我一样是叛徒。去年平了反,当了省委副书记,得知我的音讯,立马叫手下接我到省城,给我落实了政策,恢复党籍,安排了工作,虽是闲职,也算个处长,享受副厅级待遇,还补发了一笔钱。”

友林着实替魏大哥高兴,定眼看去,发现他两眼清亮,便问:“帽子摘了,白内障也消了?”

“托时代的洪福,好事成双,老朽上个月做了手术,很成功,视力恢复到1.0,戴眼镜护一护,过几天就摘了它。”

仔细端详,发现魏大哥起码年轻了二十岁,人胖了,皮肤白了,皱纹也少了,模样与神态判若两人。友林暗中感慨:苦难可以堆加脸上的皱纹,心情却能改变一个人的容貌,这是生命的秘密,也是时空的辩证法,内中含带了唯心论的正能量。

翌日,魏大哥邀请奶厂老板、友林和小头在沙坪坝最好的餐馆美美吃了一顿晚饭,答谢以厚礼。席间,魏大哥抖出一句至理名言:厄运怕坚韧。依托那个“进”,老人跳出枯井,终于洗去不白之冤。由魏大哥引荐,友林毕业后做了省委王书记的秘书,官运一路畅达,事态验应了友林心中的“仕进”二字。

魏大哥却走了回头路。在省城待了半年,不适应官场俗套,便辞了闲职,返回歌乐山,负责整理重庆市成立前夕地下党的史料。闲暇时,潜心撰写回忆录。乐得其中。写累了，便上山割一篓青草，一如昔往，只是丢了拐棍，脸上增添了红光。看着魏大哥乐颠的身影，友林一度困惑，几十年后，才恍然大悟：

原来，魏大哥才是名副其实的“仕”。

古汉语，士与仕通用，士又与土近形，也就是说，接近土地，居官位而立本的人才是真正的士大夫。

船

汉 字 里 居 然 有 圣 经 故 事

留学巴黎的日子里，隔三差五，便有传教士登门造访。达度无意信教，却想练口语，于是，来者不拒，津津乐谈，可谓洋为中用。事后回顾，却困惑：这等做法不知叫实用，还是投机，最起码，不地道。法国传教士的奉献精神却令人敬佩，他们白天上班，晚上风尘仆仆，周末马不停蹄，任劳任怨。而且，个个知识渊博，口才上佳。

夏末，达度又接待一位名叫巴西娄的女传教士。在塞纳河畔找了一家露天咖啡馆，各自点了饮料，临河交谈更舒展。斜对面，便是举世闻名的巴黎圣母院。钟声响起，巴西娄仰望塔楼，循循开导：

“主在上，时时关爱芸芸众生，要想拯救痛苦的心灵，我们必须抬头向上，信奉耶稣。”

达度面有难色，释解道：“我读过圣经，也常去教堂，深明主心伟大，可我是中国人，信佛，若再奉耶稣，回国后，如何向菩萨交代呢？”

以往举此挡箭牌，传教士们大多会戛然止步。基督教为一神教，套用佛学词语，讲究不二法门。巴西娄却不以为然，当即撂出一句勾人的话。

“知道吗？神有通性，在汉字中就有创世纪的圣影。”

达度一惊：

“请说具体点。”

“汉字中，有个‘船’字，讲的便是诺亚方舟的故事。”女传教士坚定地说，随后娓娓道明原委：

开天辟地之初，亚当、夏娃偷吃禁果，人类负上原罪，该隐杀弟揭开了恶的序幕，众人相互残杀，乌烟瘴气。上帝后悔创造了人类，“我要用洪水尽除所造的人。”唯有诺亚一家蒙恩例外，他们将是新人类的种子。遵循上帝旨意，诺亚做了一条大船。洪水临至，一家八口躲进方舟，逃过一劫。汉语的“船”，可分解为“舟，八口”，正好印证了诺亚方舟的故事。而且，“船”与传宗接代的“传”谐音，也吻合上帝的意旨。

再往下听，“男”与“婪”也与创世纪遥相通应。

始祖偷吃禁果，受到耶和华的惩罚。上帝对亚当说：你必须在地里终身劳苦，汗流满面，才能得到吃的。汉字的“男”正是田间下力的人。在伊甸园的密林里，最先起贪心偷吃禁果的是夏娃，中文里，贪婪的婪，可拆解为林中之女。

接下来，女传教士又滔滔不绝，谈起中法文化交流史，从另一个角度，昭展汉字的超凡，与达度一拍即合，中法文化交流也是达度做博士论文所涉的领域。事后得知，巴西娄是巴黎索邦大学的副教授，主攻中法文化交流史。此间长谈,牵合一份学缘,造就了跨国友谊。

东西交流的话语唤出满天的彩霞,那日,巴黎的天空格外的蓝,已到晚上 9 点,红红的太阳依旧挂在塞纳河上方,远远看去,像汉语的“旦”,绚烂的暮色美过达利笔下的超现实图景。

交谈之中,达度获悉,汉字与圣经有瓜葛源自三百年前法国传教士,与黄嘉略还有些许牵连。17 世纪下半叶,清政府与法兰西国王路易十四互赠礼品,拉开了中法文化交流的序幕。1685 年,经路易十四批准,法国向中国派遣五名传教士,名头却是数学家。来往的书信激发了法国人了解中国的强烈兴趣。1688 年,《论语》节译本在法国出版,《道德经》也部分译成法文,巴黎兴起了“中国热”。此刻,康熙的臣民,除了个别信徒,对于法国却一无所知,个个自以为居于世界中心。

第一位到法国的中国人是黄嘉略,法语名叫 Arcade Huang。黄嘉略生于 1679 年,福建莆田人,通金石,会解字,笃信基督。1701 年末,黄随法国传教士梁弘仁赴罗马,五年后定居巴黎。皇家总管获悉,立马报告国王。随后,黄嘉略被任命为路易十四的中文翻译,附带编写法汉辞典。法国学者纷纷找上门,询问东方古国的风貌,打探中国文化的特征,许多人拜他为师学习汉语。上课时,黄师常常说文解字,法国徒儿听得目瞪口呆,满面敬慕。

黄嘉略在日记中写道:“吾以‘武’解示,尚武旨意何在?在于 arrêter(制止)武力,故曰:止戈为武。法儒惊羡敬服。”这等解说,已接近测字。“止戈为武”最早出自《左传》,许多人认为这是汉语测字的雏形。达度觉得测字的历史还可向前推一千年。殷商时期,盛行龟占,巫师先在龟壳上钻些小坑,用火一烧,壳生裂痕,形成某种纹路或图案,时称“兆”,许多兆与汉字相似,甚至同形,占卜者根据龟纹断说凶吉,预测祸福。可以说,龟占便是最早的测字。

黄嘉略写日记常常中法文混用。事出有因,第一,守根护本,立于汉字便有了家;第二,法语尚不精道;第三,为了隐私,便于发泄。他娶的巴黎女郎,生活常有磕碰,愤怒时,多用中文记载,快畅宣泄一通又妻不识鬼不觉。这是一种身为异客的活法,个中苦闷,不言而知。黄嘉略出洋后,再也没有回过故国。还有一大遗憾:因岁月捉弄,那本众人期待的法汉词典最终没有编出来。

黄嘉略的日记现存法国图书馆,是研究中法文化交流的重要史料。日记中记载:凡尔赛宫落成后,举办隆重典礼,路易十四特邀黄嘉略参加,而且是贵宾。为了展示法国的富强,国王令管家打开所有喷泉,开放金碧辉煌的内厅,看得黄嘉略瞠目结舌,手足无措,最后写出一首诗:此景只应天上有,人间得见成仙郎。

国王心满意足地笑了。

巴西娄详细解说其中缘由:

1686 年,法国传教士首次拜见康熙时,曾送了一幅路易十四骑马挎刀的油画。康熙看过,惊奇而故作平淡地说:嗯,不错,还像个明君。这个"还"字透露了康熙大帝居高临下唯我独尊的心态。私下里,却又请法国画师给自己绘了一幅肖像:他身披软金铠甲,骑马挎刀,外加一把弓、十几支箭。总之,比法国明君要多点什么。路易十四也是个好大喜功极重面子的人,他大张旗鼓邀请黄嘉略游凡尔赛宫或许就冲着那个"还"字来的。

话匣一打开,久久合不上,这一段史料达度不甚了解,只能洗耳恭听,偶尔插几句感想,间或点拨汉字的奇妙。随后,巴西娄又抖出达度未知的许多珍贵史料。

1713 年,孟德斯鸠经人介绍,与黄嘉略进行了三次长谈,整理出一份长达二十六页的记录。在《论法的精神》中,孟德斯鸠六处引用黄嘉略的言谈。法国名流傅尔蒙、弗莱雷跟着黄嘉略学中文,后来都成为著名汉学家,为传播汉字作出了重要贡献。

1709—1712年,黄嘉略翻译了中国明代小说《玉娇梨》。译完三章后,弗莱雷觉得情节单调,不合法国人胃口,黄嘉略便停笔,遗稿仅存三章,这也是介绍到法国的第一部中国小说。译作并未发表,但已在学者中传开。1714年9月7日,弗莱雷在美文学院宣读了一篇题为《关于中国诗歌》的论文,用汉语朗读了《玉娇梨》中的两首中文诗。这也是汉语在法国最早的正规语音亮相。

黄嘉略在法国居留十年,1716年因病逝世,年仅三十七岁,留下一个女儿。他的遗骸如今可能弃落巴黎地下无主公墓,在十多万具尸骨中,已很难找见黄氏的牌位。但有一点可以确认:黄嘉略是跨国说文解字的高手,他是中法文化交流的先驱。

达度感慨:今人常说"西学东渐",殊不知,早在三百多年前便有"中学西传",而且,影响甚大。于其中,汉字发挥了重要作用。

那日,同女传教士足足聊了三个多小时,抽了半包烟,喝了四杯咖啡,外加两瓶矿泉水。达度没有改信基督教,却练了口语,加深了对汉字的认识,与中法文化比较研究结下了持久之缘。

云

我 们 可 以 说 两 天 中 国 话 了

途经索拉姆,顺便给刘元打了个电话,哪知,刘元高兴得什么似的,执意要留达度小住两天。

“你待在车站别动,我马上去接你。”

刘元也是刘家湾人,学物理,公派波尔多大学读博士。除了奖学金,还给导师当助手,每月收入加起来有八千多法郎,在 1985 年,这待遇已接近高薪阶层。还买了车,虽是二手货,已经很风光。刘元去法国比达度早三年,两人初识于刘家湾,同读江都大学,又在巴黎重逢,亲上加亲。在法国分开后,常有电话来往。

索拉姆是波尔多附近的一座小城,环境优雅,风景独特,生活极为方便。但有一弊，方圆几十里，没有一个中国人，街头也看不到一个汉字，一年到头只能讲法语。

一刻钟后，刘元开车赶到火车站，数月未见，激动万分，学着法国人的样儿，相互热烈拥抱。刘元连连说："这下好，可以痛痛快快说两天中国话了。"当时，达度并未理解其中的含义，他住巴黎大学城，同一栋楼住了八九个中国留学生，其中两位还是同班学友。大伙平时经常串门，拉家常操的全是汉语，自然不知独处异国语境的困苦。

刘元又说："这几天，别沾法语，只说中国话。"达度终于会意，连连点头，并补充："我们干脆说黄陂话。"刘元额手称赞："好主意，家乡话更温馨。"

各位看官，可别小瞧了黄陂话，据说这县级方言差一点成了国语。民国大总统黎元洪是黄陂人，人称黎黄陂，走南闯北，操一口黄陂腔。1922年国务部开会定国语，黎元洪提议黄陂话，在座的随声附和，几乎成定局。临投票时，黎黄陂内急，去了一趟卫生间。回来时，大家举过手：北京话以一票之优被定为普通话。黄陂人扼腕叹息：若黎总统憋一憋，再游说几句，现在广播电视里说的可能全是黄陂话了，那该是何等亲切壮美的语境啊！最起码，黄陂人谋生要容易得多，找不到好工作，可以去各地做做播音员。

开着二手车，很快抵达刘元的住所，二室一厅，六十多平方米。法国的住宅只算实用面积，六十平方米一人居住十分宽绰。先操黄陂话拉了一阵家常，吃过饭，刘元去厨房洗碗，达度打开电视机看会儿新闻。稍后隐隐听见："我洗碗，我扫地，擦了灶台，倒垃圾。"

猛然间，声音变大。

"打，打，打，打死你。"

达度一惊，以为来了歹徒，急忙操起木棍冲向厨房，但见刘元系着围裙手拿苍蝇拍在追打一只蟑螂。一边打，一边高声嚷叫“打死你，打死你，看你往哪跑？”完后，又自言自语：“门打开，碗进柜，收完锅盆再关水。”

紧绷的神经松弛下来。

“你做家务怎么念念有词，打个灶妈子（武汉方言：蟑螂）叫得狼嚎似的？”

刘元赧然一笑：

“达兄不知，这小城就我一个中国人，去实验室也全是洋舌头，一年三百六十五天，说不上一句中国话，再不自言自语咕叨几句，过两年，中国话恐怕都要忘光了。”

此刻，达度才真正领会刘元开初强调说中国话的背后含义。

接着摆谈各自在国外学习的苦与乐，依旧说的家乡话。一转头，达度发现书桌上立了一个小相框，是一幅书法作品，只写了一个字：中。

刘家湾人对“中”尤为敏感，这是明朝第二代皇帝朱允炆留给族人的遗墨。“中”写得苍劲潇洒，中间的口闲逸飞扬，仿佛飘忽不定的游子。字，形散意不散，中间一竖像定海神针，稳住了游离的灵魂。

“刘兄还挺有爱国情怀的，身处异乡，立一‘中’字，时时提醒自己是炎黄子孙。”达度赞道。

刘元呵呵一笑：“文字上的事都逃不过你的眼睛，是有这层意思，身在他乡，中国在心中的分量更重了。”

达度深有同感，身处异域，炎黄子孙更眷念故乡。祖国强大了，我们在洋人面前腰挺得更直，头昂得更高。达度也常抱怨，对国内许多事，比如精神污染，就嗤之以鼻，颇有微词。但牢骚只限于同胞之间，当着外国人的面，从来不骂娘。洋人偶有误解，还会争他个脸红脖子粗。

过一会，刘元又问：“知道这幅字谁写的吗？”

达度摇头。

“这是清末测字大师大不同的手笔，是件宝贝呢。传说，大不同是刘家湾人，后来沿江而下，去了常州，他测的第一个字与中相关。”

说起测字，达度两眼闪光，催道：“快说来听听。”

“光绪末年，大不同在常州摆摊测字，迎来一书生写了个串字，问科举的结果。大不同便说：这是吉相，你会连中两第，‘串’为两中，后来一一验证。那书生中了举，次年又取了进士。书生的同窗得知后也找到大不同，同样写‘串’字测问翌年应考的结果。大不同断说：小伙子，明年开考，你可能时运不济，而且，还要注意身体，当心得病。头一位书生写串是无心插柳，你写串是有心栽花，‘串’加‘心’为‘患’，‘患’寓灾难，表忧虑，非吉相也。第二年，也就是1905年，大清废止了延续一千三百多年的科举制度。对于寒窗苦读的考生，这无疑是灭顶之灾，那书生忧愤成疾。”

“精彩！”达度拍手称赞。其实，这则故事出自《字触》。此刻挂在大不同身上，情景更生动。刘家湾人个个能讲几则测字故事。

刘元又补充：

说起典故，大不同给尼姑测的一字流传最广。某日，一个尼姑求测，写了个“青”字。大不同问测什么，尼姑答：“测终身。”大不同说：“清不清，静不静，你出家不合适。如果想出嫁，找个好男人，还有生儿育女的希望。你看，青字的上部像个生字，下部是育字的底部，是不是？”尼姑满脸通红，扭捏而去。旁边知情的人说，这个尼姑本来就不守清规，早就动了还俗的念头。

达度暗忖：刘元的确让国语给憋坏了，平时寡言，此刻遇见同胞便滔滔不绝，讲起故事一个紧接一个。可见中国话不仅是一种语言，也是一根精神支柱，更确切地说，那是我们的根。法国学者西乐朗(Cioran)

曾说:我们的寄身之处不是一块土地,而是某种语言。

听完故事,达度随手拿起相框,细下端详,发现左下角留了印章,还签了名,“大不同”三字写得极有功底。关于大不同,史料奇少,后人仅知他是光绪宣统年间人,祖籍据说在黄陂,也许在刘家湾住过几年,行迹却飘忽不定,传说驳杂。而今见了大师的遗墨,如果是真迹,达度又得到一条信息:大不同是一位功力非凡的书法家。

又拉起家常,相濡以乡音,一直聊到凌晨四点。

达度在索拉姆住了三天,刘元请了假,陪同老乡四下游逛,几乎跑遍了整座小城,还观览了附近的几处名胜。法国的城镇各有魅力,看与不看,收益大不一样。古人云“读万卷书,行万里路”,这是经验之谈。历行之后,从书上得来的知识更扎实,用起来更有底气。达度有句名言:要吃透某国文化,必须接地气,由地及人,最后上升到文化模式。语言是通达模式的要道。

两人一边游,一边狂侃神聊。末了,刘元总结道:“这三天说的中国话比我在小城呆两年说的还多三倍。”

离别前的晚上,达度独自看书,又听见刘元口不由己地自言自语:“我拖地,烧开水,洗了碗,倒垃圾。”

过去,达度只关注书面汉字,那一刻却深切感受到中国话的厚重分量。

巾

弥 留 之 际, 先 生 用 手 指 在 毛 巾 下 画 一 横

1985年12月底,风啸雨凄,电闪雷鸣,历经三朝的刘先生与世长辞,享年99岁,虚岁过百。那天晚上,村后的竹林传来戚戚怪响,据说,某几竹节上还浸出殷红的液体,蚂蚁在庙基旁排出一个游动的“中”字。按测字大师谢石的解法,“中”含上下两横,代表天与地,一竖串之,表示顶天入地。

依达度测解,拿掉“中”的左右两竖,横着往下一放,便是“圭”字,圭乃古代帝王诸侯祭祀或举行丧葬仪式所用的重要礼器,冥冥之中,自然界的异象道出了老人的高贵与至尊。

而且,与西方神灵遥相呼应。“圭”上下分开,但见两个“土”。圣

经上说:你来自尘土,归于尘土。

老人故去,反响悠远。中央发来唁电,葬礼空前隆重。军区张司令亲临吊孝,向这位曾经救过他性命的百岁恩人跪行三叩;市里县里的头目,依次屈膝;村民们鱼贯匍匐,络绎不绝。道朴与道诚轮流跪在棺木旁,一一还礼。遇上晚辈,则由大头小头跪陪,这是黄陂的规矩,别处也大同小异。

主管后勤的王军长派来一个炊事班,周围十余家的堂屋里摆起桌椅,流水席热热闹闹吃了三天。张司令深情地说:"老人家学识渊博,爱党爱国,不惧日寇舍身救人,为新中国作了重要贡献,他老的品格令人敬佩。这么多年,从来没有为私事找过部队,刘老故去,我们再不尽点心意,对不起恩人,对不起良心,对不起国家啊。"

友林端茶敬烟,呼前忙后,八当、百可、老泰等童年好友都来打下手,村里人随叫随到,个个尽心卖力。达度远在巴黎,尚不知噩耗。当时通信不发达,跨国发不了电报,县城不通国际长途,与国外联系全靠信件,从武汉寄一封信到巴黎最少需要十八天。

出殡那日,花圈摆满全村,天空下着大雪,漫山遍野飘起白孝带,送葬的队伍绵延二三里。墓地位于八里之外的六合塔,左青龙右白虎,依山望水,名堂开阔,是蒙顶寺高僧挑选的一块风水宝地。按老人的遗嘱,墓志铭除了生卒年月,只刻了一个红色的"中"字。

下葬前,还嵌了个插曲。老人驾鹤的第二天,蒙顶山的长老带着两徒儿,来为先生送行。关上门,念了超度经。当时佛教刚刚复兴,做法事还不能大张旗鼓。道诚明悉来龙去脉:长老是刘先生的知交,他师傅是先生六十多年的密友,半年前才圆寂。念过经,长老对道朴、道诚低语:先生是高人,会有些讲究。第三天下葬不要太匆忙,最好凑齐三大异象。第一,马骑人;第二,鱼上树;第三,头顶锅。聚齐此三项可告慰贤灵,荫福后人。道朴连忙表态:全听长老安排。随后,两个徒儿带着八当在村边巡游,友林、百可、老泰随长老在村里坐镇。黄昏时,走来一位看热闹的木匠,肩上扛着四腿凳,乡下叫木马。长老欣然:第一象有了。稍后又凑来一位破冰摸鱼的外村人,友林递上烟,来人将一兜鱼儿挂在树杈上,腾出双手躬身承接。这是乡下的冥礼,故主未下葬,来客的手中物不能随便往地上搁,接烟,必须用双手。百可赶紧报告,长老低吟:第二象现也。到了第三日中午,气温骤降,本来亮堂的天空突然下起小冰雹,接着大雪纷飞。一位在镇上买锅的村民听到刘家湾悲凉的唢呐,顶着铁锅,跑了过来。长老欣曰:三象齐全,老人的后代将会出大才、大富、大贵之人。道朴、道诚心间涌出一股暖流。等到下午三点,长老说:可以起棺了。道朴点头,礼主一声令下,唢呐喧天,鞭炮齐鸣。道朴执遗像开道,八大金刚齐声呼唱:天堂门开,请老人上路!随后,齐力抬起棺木,徐缓前行,四野哭声一片,全村男女老少,无一例外,全都加入了送葬的队伍,附近村落来了几千人。这盛况是刘家湾几百年绝无仅有的。

回顾晚景,众亲颇感欣慰。四弟子离开后,刘先生的时日过得还挺充实。一位做过先生学童的老中医叶落刘家湾,先生又得一忘年之交。两人常在一起探讨卦辞,念叨古书。去世前三年,先生又青睐周易,关注佛经,时常接待庙里的高僧,还去过一次蒙顶寺,是王军长派的专车。中国的某些高官,嘴上不说,心里都信点什么。可喜,可贺,做人总得有点信仰。

空闲时,也摆摆谱,下下棋。临到春节,便忙着给村民写对联。老人家身体扎实,直到故去,仍头脑清醒,生活可以自理。大儿刘军长多次游说父亲去武汉定居,说城里条件好,看病方便,老人至多待一周,又返回刘家湾。他离不开村后的竹林,离不开门前塘下的那口老井。道诚在公社任中学校长,一直守候在老人身旁。

假期,四位弟子必回刘家湾,达度偶有例外,那是先生最开心的日子。老人笑逐颜开,挨个询问大学的子丑寅卯,打探孙儿未来媳妇的绰姿约影。尔后,阔谈易经,细说慧能。对达度,关爱有加,悉心传授测字秘法,隔三差五送一卷古籍。大头不无妒意地说:“达哥,以后假期不准你回来了,你再回几次,就把我爷爷的书柜掏空了。”先生宽厚一笑:“书落谁家,是命中定的谱,我倒希望大头和达娃把我的书全都分了去。你们几个,我估摸达娃最先出洋,藏书远走他乡,也是读书人的一大荣耀。”

先生不愧为神卜。读研二那年,达度获得法国政府奖学金,赴巴黎索邦大学攻读博士。一到目的地就给先生写了一封长信,结尾说:我一定学出个名堂,接您老人家来巴黎看一看。先生当即回复,得意如孩童:你拿到博士后,就立刻给我订机票,我一直想看一看雨果的故乡。20 世纪 20 年代,黎元洪曾给先生办好赴法手续,船票都订了,后因战乱,终未成行。

老中医会望气,对归西的预兆颇敏感,到 12 月中旬,他发现刘先生常常遥望西方,口中喃喃:“达娃说了,要接我去巴黎……”声音日渐含糊,念叨一遍又一遍。

老中医对道诚说:“我估计,先生的大限快到了,你们得有个准备。能不能叫达娃回来一趟,先生一直在惦记他。”

“可能不现实,寄封信就要 20 天,来回的机票几千块,达度去法国半年不到,哪来的钱。机票小头可以出,等钱寄去,再折腾出入境手续,可能丧事都办完了。月有阴晴圆缺,只好留点遗憾了。”

“那就叫另外三个回来一趟吧。”

“好的,我马上通告。”

三位弟子赶回刘家湾时，先生已卧床不起，话也说不清了，只能“嗯、啊”回应，但神志尚清醒。屋内生了火盆，大头在爷爷身后塞一床棉被，让他斜靠床头，握着老人的手，大声问：“爷爷，我们三个都回来了，您有什么吩咐？”

先生抬起手，指了指床头挂的一张毛巾，小头立马取来，以为爷爷要擦嘴，先生却没接，只用手指在毛巾下画了一横。

大头会意，凑到爷爷耳边：“您在惦记达娃，希望我们几个团结得像一家人，相互帮助，共举大业，顶天立地，是吗？”

先生连连点头。

友林急问大头：“你怎么瞧出来的？”

大头把握十足地答：“毛巾的‘巾’，下面加一横是个‘中’，这是刘家湾的传家宝，其中的口，有四笔画，但‘巾’还差一横，因为只回来了三个，爷爷想再加一个。爷爷常用‘家口’指一家人。小头举毛巾，老人比划一横，是希望我们四个合成一口，像一家人，团结互助，共同高‘中’（读第四声）。”

小头凑到老人耳边，大声说：“爷爷，您放心，我们四个像亲兄弟，很团结，都很努力，我们会成功的。”

先生脸上露出满意的微笑。

其实，这个“巾”还有一解：“中”最早图示一支箭射中靶心，意喻达到目的。“巾”缺一笔，表示目的没达到，钟情法兰西的刘先生最终没能去成法国，岁月在老人的命簿上留下一道缺憾，用法国名言说，C’est la vie（这就是生活。或者，这就是命）。

末了，小头拿来笔和日记本：“爷爷，您给达娃留句话吧。”

先生颤颤悠悠，使出余力，写了一个“貴”。

下午，道朴一家也赶了回来，临终前，先生见全了至亲，当晚，安然离去，脸上不见一丝痛苦，可谓寿终正寝。只是朝西的左眼，落气时，没有完全闭拢，是大头用手抚合上的。

办完丧事，三位弟子又聚在一起。

友林问大头："你对测字有研究，这个'貴'有什么寓意？"

大头答："老实说，我也看不大清楚。爷爷或许想说：达娃，你要专心做学问，钱（貝）只是一条小'虫'，不值得为它过度劳心费力。"

小头接话："也许是相反的意思，'貴'的上端是'中'，表成功，下面是钱财（貝），爷爷或许想说，成功要有经济基础。达度对挣钱从来不执着，因此，爷爷劝他，不要光顾读书，该挣的钱一定要挣。现在的人越来越实际，没有经济基础，找不到好媳妇。"

大头打断猜度："我们都别妄自解读了，测字讲时间效应，遥遥相赠，只能让未来给答案。我马上给达度发一封挂号，把这个字也寄给他。"

三周过后，达度接到大头的来信，足足愣了两刻钟，已无心看书。下午，便去卢森堡公园，观望，静坐，悠荡。街对面，是巴黎先贤祠，堂内安葬了雨果、伏尔泰等名人。高大的门楣上刻着雨果的诗句：A la grandeur, la patrie reconnaissante（伟人，祖国感谢你们）。下了一场小雪，地上仿佛铺了一层白孝纱，恰巧吻合了达度的心境。在《悲惨世界》中曾描写的古树中段，达度发现，两条枯枝上各挂了三颗叶芽，形同"非"字，映落"心"间，这次第怎是一个"悲"字了得。端详手中的"貴"，脑中一片空白，但达度心下明白，对这个字，未来将给出众多解说。傍晚，达度走进巴黎圣母院，请一支白烛，合着悠扬的钟声，为先生祷告，遥祝老人在天堂开开心心，快快乐乐。

一晃三年过去，达度获得了博士学位。答辩完的第二天，便去中国城，买了十二沓冥币，全是法郎、美元，还在索邦大学复印了博士文凭。

回国后,立马与小头一道赶回刘家湾。小头的父亲道诚已调到县里当教育局长,老屋废置,满目沧桑。两人住在儿时伙伴八当家。上坟之前,达度算出冥钞的总额,正经八股写了汇款单。来到先生墓前,却发现有一沓钱少了十张。后来问出是八当抽去了,准备留给他老爷子。那时,国内很少见到外币冥票。

汇款单必须重填,可两人身上都没带笔,坟地距刘家湾七八里路,四周荒无人烟。小头说:算了,汇单将就用,金额有点出入也没什么大碍,烧烧纸,意思一下就行了。达度不依,说先生与文字打了一辈子交道,没有准信,钱寄不过去,文字上的事不能有丝毫马虎。

两人又回湾里,将八当臭骂一顿,重新填好汇款单。复返墓地后,按当地习俗,拔杂草,扫墓台,给四周的坟头压上纸钱,然后点燃香烛,伏地虔诚三拜,最后烧了外国冥币和博士文凭复印件。

达度多待了一会,抬头仰望,竟发现,蓝蓝的天空划出一道白色航迹,一架大型客机正朝巴黎方向飞去。

达度略感欣慰,喃喃道:先生已收到钱,买票去法国了……

谢石

但 见 一 团 烟 云，老 人 忽 然 没 了 身 影

宋高宗时代的杭州，虽比不上北宋开封（汴州）的大气，却也是江南名都，人间天堂，第三产业勃勃兴旺，这辱中偷闲的繁华从诗人林升的反讽诗中可窥见一斑：

山外青山楼外楼，
西湖歌舞几时休。
暖风吹得游人醉，
直把杭州作汴州。

杭州城(时称临安府)内设有六大商业街,餐馆、客栈、青楼、歌舍、茶馆、当铺鳞次栉比,热闹非凡。在一繁华地段但见一爿不起眼的小店,门前挂着一面醒目的幌子:谢石相字。

这谢石,便是中国历史上大名鼎鼎的测字大师,堪称泰斗,也是刘先生最推崇的小黑传奇人物。说测字不提师爷,相关的笔墨就没了成色,运笔难成体统,更何况,谢石传下的故事最精彩。

那是五月的一天,四野暗沉,街头寥落,谢石独守小摊,悠然自乐。临近黄昏,走来三位客人。中间一位商人打扮,手拄拐杖,气宇轩昂,旁边两个一看便是随从。来人问:能求测一字吗?谢石抬头,微微一怔,来者气场非凡,便说:请写。求卜者用拐杖在地上画了一横,谢石又一惊,眼前这人有来头。为了确证,测字大师恭敬地说:可否请官人再写一字。来人又用手杖在地上写了一个“問”字,因地面凸凹不平,問的两边向外飞飘。谢石遂离了座,伏跪在地:圣上光临,有失远迎,万望恕罪。

来人问:你怎么知道我是当今皇上?

谢石答:刚才您用手杖在地上画一横,“土”上加一,便是个“王”字。第二个字,問,两边外飘,左右皆“君”也,君者国之首。离了您,谁还能是当今皇上呢?

来人道:平身,明日到殿上来,我再测一字。

这人果然是宋高宗(1107—1187年)。是时,宰相秦桧专权,遮圣上眼目,高宗常常微服私访,体察民情,也算有点明主的范儿。

翌日,谢石来到宫中,高宗写了一个“春”字。谢石沉思少顷,开解道:秦头太盛,遮日无光。“春”与秦桧的“秦”同一字头,那“秦”之头将太阳(日)整个给盖住了,压得天子黯然失色,有口难言。后一句,是大头奉出的新解,他精通中国测字史。

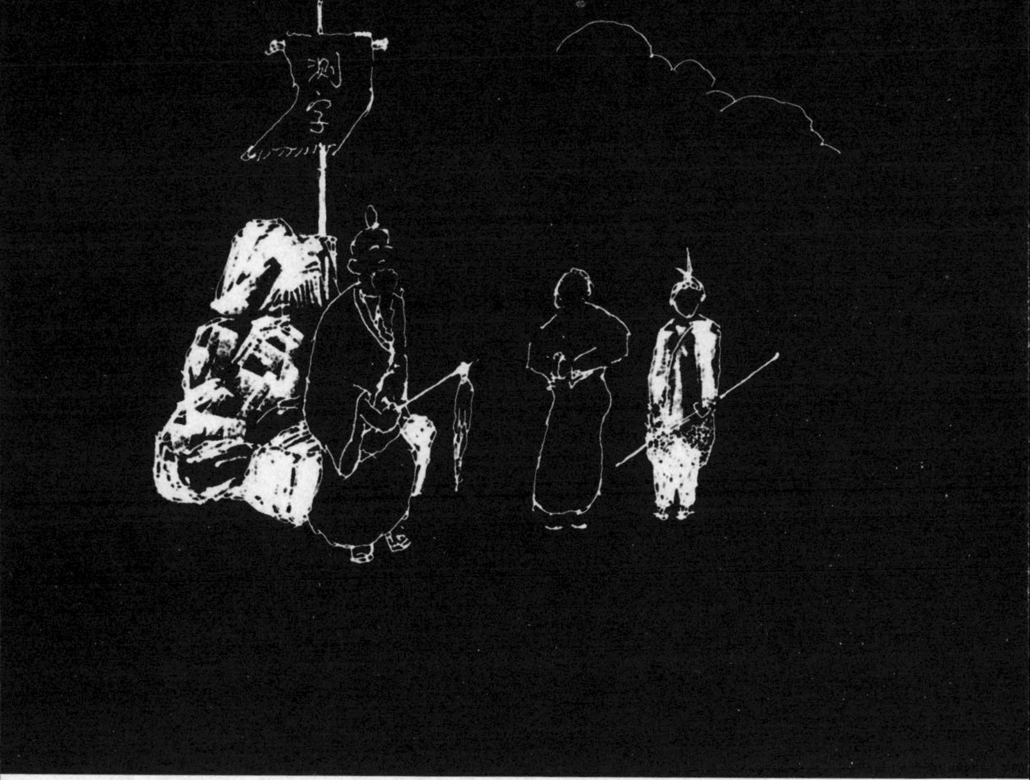

“日”拉扁了为“曰”，表“言说”，日与曰近形，却又不成其为“曰”，故说有口难述，有苦难言。

听闻判词，高宗内心阵痛，又无可奈何。北面，丢了半壁江山，父亲徽宗、哥哥钦宗二代皇帝被金人软禁在北方五城国，掳去的三千贵妃、公主、宫女遭金人恣意蹂躏。然而，女真马高人悍，武力强盛。他赵构逃到南方，定都杭州，建了南宋，稳住了江山，却无力收回旧山河，只好偏安一隅。再者,高宗有他的小算盘,若收了故地,哥哥钦宗回了朝,他咋办?龙椅只容坐一人。中国历来看重皇位,国耻可置于一边,国家利益也可抛至脑后,这龙椅却要死死守住,而且不惜一切代价。为了皇位,弟弟可以杀哥哥,叔叔可以宰侄儿,子弑父、父灭子,都是皇位惹的祸。

秦桧也曾被俘到金国,后放了回来,得到了高宗的重用。秦桧是个能干人,关键,他力主求和,属于投降派,没了他,高宗很难与韩世忠、岳飞等主战派抗衡。很快,秦桧便控制了朝政,有时皇帝也要让他三分。

谢石前脚出殿门,测字的事儿便传到秦桧耳中,宫内到处是他的爪牙。秦桧动了怒,随便找一罪名,将他发配到偏远的蜀国。还好,没判死罪,只是换个住处。宋朝器重文人,这遗风在秦桧身上尚未消失殆尽。

几天后,兵卒押着测字大师踏上流放之路。翻山涉水,行至一片树林之前。路边,兀现一座小山,山旁,伫立一位白胡子老头,手举一牌,但见两个醒目大字:破字。

谢石纳闷:我乃当朝测字第一高手,竟有人敢拦我的道,想必此叟有些来历。

遂揖手敬问:老人家能给我测个字吗?

老人淡淡说:请写。

谢石写了他的姓:谢。

老人立刻解道:你和我一样,也是测字的。

“请大师详说。”

“‘谢’分开,为‘言、身、寸’,你是在寸言之间立身之人,不测字,还能做什么呢?”

谢石钦服:我再写一字,测测我的处境。

说完,写了个“石。”

老人开说:眼下你处境不佳,随你而行者,是一兵卒。“卒”与“石”相合,是个“碎”字,好端端的日子被几句话打碎了。

我的前景如何?谢石又问。

老人没立刻解答,却问兵卒的姓氏。兵卒答:我姓皮。

前景黯然。老人指了指手中的幌子,缓缓说:“石”遇上“皮”,得一“破”字,人走家败,有家难归呀。

谢石黯然不语,句句话说到要害处。大师到成都后,仍旧以测字为生,再也没回过首府,却在偏远的蜀国成就了测圣的美名。

临别前,谢石问老人:请问高人尊姓大名?

老人微微一笑:我站在小山旁已给出了答案,这还要问吗?

谢石顿悟,伏地三拜。

“人”立“山”旁,是个“仙”字。

待谢石抬起头,但见一团烟云,白须老人忽然没了身影。

字触

门 内 加 活 是 个 阔 字

历代测字大师中,官位最高者,当数周亮工(1612—1672),别号栎园先生。亮工是明末进士,开初任山东潍坊县令,因守城有功,晋升浙江道监察御史,李自成攻下北京时,曾投缳上吊,但尽忠未遂。顺治二年(1645),豫亲王多铎挥师江南,亮工投降大清。

入清后历任盐法道、兵备道、布政使、左副都御史、户部右侍郎等,官从三品,相当于现在的副省级干部。当官也非一帆风顺,曾两次下狱,险些丢了命,后来承蒙皇帝大赦才得以全身。

中国古代的文官好多是作家,周亮工也一样,生平博览群书,爱好绘画篆刻,工诗文,著有《赖古堂集》、《读画录》等,是明末清初有些名气的文学家、篆刻家、收藏家。

对于测字，周亮工的最大贡献是写了一部《字触》。达度学测字以此书入门，大头研读历史从中挖掘众多珍贵史料，这部测字经典不容小视。

晃一眼，《字触》像一部文字学专著，其核心却是方术，取的《易经》的理路。“事物相感而动，引而申之，触类而长之，天下之能事毕矣。”简单说，相字不能就字论字，而要“借题发挥，纵横捭阖。”

《字触》是一部资料汇编，涵括文史哲，涉及面极广。全书七万多字，分为六卷。

卷一，廋部。汇集古代的隐语，相当于民间所说的字谜，谨举一例："董卓时，有谣言曰：千里草，何青青；十日卜，犹不生。又有道士将‘布’写得像个杀，合‘吕’，递给董卓看，董卓不悟，最后被吕布所杀。”

这则故事选自《后汉书·五行志》，“千里草”即“董”，“十日卜”为“卓”，预示董卓虽盛极一时，但活不长。这也是一种谶语。

卷二，外部。记述了古代各个时期的测字故事，以宋居多，本书开头所讲的谢石典故便出自该卷，外加两宋几大高手的测字事例，如汪龙、朱安国、张九万等，从这一卷中可以窥见古代测字术的主要理论与方法。就测字而言，此卷是全书的精华。

某日，宋徽宗派太子赵桓写“太”字问卜。谢石说：这是天子之兆。怎讲？谢石答：太下一点，写得像一小横，过些时这一小横移到“大”之上，不就是天吗？不久后，赵桓登基，做了天子，是为钦宗。由此可见，谢石的确名动公卿，他给徽宗、钦宗、高宗三代皇帝都测过字，更何况三公九卿。

卷三，晰部。“晰”本义为明白，这里含有“剖析”之意，即将一字分离成数个字，以此预断吉凶。

三国时期,杨修给曹操当主簿,修建相国门,大门的框架搭好了,曹操看到后,让手下在门上写了个“活”字。杨修看过,立马叫人把门拆了。手下不明就里,杨修道:魏王嫌我们的门做大了,门内加活是个阔字。

卷四,几部。“几”指征兆,重点在解梦。在我国,占梦历史悠久,商周便有记载,那是统治阶级的一种信仰,后来演变为一种国家制度。每遇大事,但向梦里寻说法,没有梦怎么办?向神去求。秦汉以后,占梦走向民间,并且与测字结合起来。

汉高祖刘邦当亭长时,做了个梦,他追一只羊,抓住羊角,结果角掉了,尾巴也落了。解梦人便说:无脚无尾的羊是个王。后来刘邦果然做了汉王,最后君临天下。诸葛亮出征北谷口,魏延为前锋,在山边扎寨,当晚他梦见自己头上生了个角。问占梦师赵直,解曰:这是吉象,麒麟有角而不用,百兽自退,敌人见您来了将不战而散。私下里却说:“角”分解开是“用刀”,他的头将供刀下之用。诸葛亮死后,魏延同长史杨仪争权,被马岱砍下了脑袋。

卷五,谐部。谐指诙谐、戏谑,此卷萃集了以析字为形式的幽默逗趣故事,大多是文人墨客的戏谑之作,外加离合诗、酒令、双关语等文字游戏。三国时期,蜀国张奉出使吴国,当着孙权的面嘲笑尚书阚泽的名字,阚泽无言以对。名儒薛综借敬酒的机会,笑着对张奉说:您知道,蜀是什么吗?加狗为獨,不加狗是蜀,将目倒下来,为苟,苟且偷生。张奉强说:吴国不也大同小异吗?薛综回驳:可能不一样。天加口为吴,意喻天子之言;不加口为天,君临万邦。张奉哑口无言。

卷六,说部。这里的说相当于说文解字,以分拆字体来解字,但不限于字的本义,任意附和,别出心裁,虽是文字游戏,却常常能透现中国文化的许多隐秘。如:两戈争貝为賎。同田为富,分贝为贫。这等字说

现在很流行,网上俯拾皆是,试举五例:

闹 在门内开市场。车来人往,人喊马嘶,货物堆积,讨价还价,心烦意乱,晕头昏脑,乱七八糟,如此模样,怎会不闹?

尖 一头大一头小为尖,实乃一小人。一个投机钻营、削尖了脑袋往上爬者,非小人若何?

贪 今贝为贪。何意也?已经有了很多钱还不满足,吃着自己碗里的,瞅着人家锅里的,欲壑难填,蛇欲吞象,是为贪。

和 众多高人指出,中国文化可浓缩为一个字:和。"和"是什么?右边一个"口",左边即表粟米的"禾"。所谓和,就是有口饭吃。一旦没吃的,民众就会闹事,就会造反,天下就会大乱。

体 繁写为體,左边从"骨",右边上"曲"下"豆",合为甲骨文中的"礼"。最初,"曲"是放玉帛的器皿,"豆"是盛祭牲的餐具。远古,礼很神圣。繁体的體,既有骨气又有秩序,有礼有节,不卑不亢,讲究体面和尊严。现在的情景却不尽如人意,不少人为了多得点好处,就卑躬屈膝,低三下四;或者不择手段,拿肉体做交易。

就整体而言,《字触》是一部文字游戏杂集,侧重于字的分解离合,集中收录了众多历代测字典故,保留了大量相关珍贵资料,现在国内流传的测字故事大多取自这部杂集。幸亏是杂集,又和经史子集沾了边,不然,很可能会失传。大名鼎鼎的王安石也写了一部《字说》,与测字难分彼此。此书在当时被炒得沸沸扬扬,后来却消失了。今人只能从当时旁者或褒或贬的评说中获见《字说》的只鳞片甲。

周亮工不仅收集解字的故事,自己也给人测字,名气还不小。某日,有人写"午"字,问远方儿子的病情。周亮工说:"午"字上面是个人,卧床不起,下面为"十"字,十乃数之终,令子已病入膏肓。后来,那人的儿子果然病死他乡。

有一个姓冯的人收养的儿子不辞而别,不知跑到哪里去了。主人便在仆从的手心写个“走”字,让他去求问测字大师周亮工。亮工简要问了字的来源,解说:你们两人合呈一字,两人加走,是个“徒”,徒劳无益的徒。不用找了,找也白搭,他不会回来的。而且,这人活不了多久。“走”拆解开是“土下人”。几天过后,果真发现那跑了的儿子死在一棵枯树之下。

测字先生中确有许多文化高人。

《字触》收录详尽,众多字例都标明了出处。所据材料,除正史外,还有大量的笔记小说、野史及杂说,如《耳谈》、《启颜录》、《会稽录》、《铁围山丛谈》等,所涉书目凡二百余种。《字触》与程省的《测字秘牒》是研究古代测字的珍贵文献,也是学习测字的必读经典。

春

唐僧肉要烤着吃

“春”是中国测字史上最经典的范例，也是达度公开给外人测的第一个字。说来，颇神奇。那日，达度游览重庆名胜——统景。到了景区，耳目一爽：两座青山拥夹一条小河，碧水柔波，颇有世外桃源的情韵。安下身，出门游探，迎面走来一看相的，手执标牌，其上书写了毛泽东早年的《虞美人·枕上》：

堆来枕上愁何状，江海翻波浪。

夜长天色总难明，寂寞披衣起坐数寒星。

诗文只录了上阕,未注作者。看相人和颜道:“先生,您是贵人,给您看个相。”若在平时,达度不会接茬。身处仙境,赏了美文,又听到一个“贵”字,心下却有些活动。再瞧看相人,四十来岁,敦厚本分。达度停下脚步,随口吟诵:

晓来百念都灰烬,剩有离人影。

一钩残月向西流,对此不抛眼泪也无由。

这是《虞美人·枕上》的下阕。儿时,达度由刘先生启蒙,学过这首词,童年背的东西记得比较牢。

吟完下阕词,看相人竟放下标牌,鼓起掌来,连声说:“今日遇见真正文化人了,幸会,幸会。”接着,滔滔不绝,谈起毛泽东的词:“一代伟人毛泽东,不仅是政治家,也是诗词圣手。他‘笼天地于行内,挫万物于笔端’,将豪放演绎到极限。《虞美人》则体现了伟人婉约的一面,句句发自肺腑,情真意切。毛泽东很少写离情别爱,《枕上》弥足珍贵。这首词丰富了毛泽东的魅力,再现了立体的伟人形象。”

“高见!”达度肃然起敬,想不到算命先生中也有文化奇才,可见,这方术并非全是一钱不值的小技。达度尚在咀嚼,看相人又补充道:“毛泽东对中国文学还有一大贡献,他将白话文推到一个难以企及的高度,又将其普及民众之中。这个点与面当代无人能及。历史上,能与毛泽东媲美的只有苏东坡和李煜。‘大江东去’、‘问君能有几多愁’等名句在诗与词、文言与白话之间搭起关键的一座桥梁,功德无量啊。毛主席也是当代中国的散文高手,就白话文来说,20 世纪是毛泽东的话语时代。”

达度细心品味这独到的见解,虽有异议,却充满敬意。紧接着,看相人又滔滔列举毛主席的名句:好好学习,天天向上;前途是光明的,道路是曲折的;枪杆子里面出政权;妇女能顶半边天;革命无罪造反有理……

话闸打开,一泻千里,早把面相抛到九霄云外。看相人口若悬河,一口气背了几十条毛泽东语录。争强好胜的达度也不甘示弱,补充道:"毛泽东最神秘的一句话是:天要下雨,娘要嫁人,由他去吧! 最意味深长的一句话是:中国永远不称霸,但是,唐僧肉一定要烤着吃!"

话到兴头,又想起初衷,达度心血来潮,提议说:"言归正传,我也会测几个字,要不,你先写个字,我测测,然后,再请你给我看个相。"

看相人立马答应,取出纸笔,即兴写了个"春"。

"春"的测字典故繁多,按粗俗说法,可拆为"日三人。"解曰:结过三次婚,或情人众多,性关系复杂。然而,置身幽然见南山的情润之中,达度取了另一相度:

"你怕老婆,恋母情结又太重,由此,影响了夫妻关系。"

看相人一震,半晌无语。达度详释道:"春,取出一横,可分解为'日'上'一夫人'。按易经的说法,'日'代表男子、丈夫,易曰长男。'夫人'居上位,压住了太阳,丈夫黯然无光,胆战心惊。而且,'夫人'在古汉语中,是对女性的尊称,此处可与母亲通连。你很孝顺,供奉慈母不怠,然而,重孝常与爱妻发生冲突,用庄子的话说,熊掌与鱼难以兼得。"

看相人应道:"服了,服了,今儿遇到了高人。实言相告,老婆我怕了十几年,后来奋起反抗,上个月才离的婚,一个重要原因就是婆媳不和。我七岁没了爹,是老妈一手把我拉扯大的,我能娶了老婆丢了娘吗? 母亲只有一个,可做老婆的女人遍地开花。"

赶忙安慰看相人,为他分担愁苦的心,达度提醒道:"我的字测完了,现在该你给我看相了。”

哪知,看相人双手抱拳,躬身一揖,朗朗道:“有高人在此,在下告辞了。”达度忙说:“别别,我是教书的,随便说说,瞎猫子逮个死老鼠,你靠此谋生,怎可一走?”

“家有家规,行有行道,遇到高人,我如果不躲闪,以后无法长进,谋生就更困难了。”

话至此,达度不便再劝,遂提议:

“我们留个联系方式吧?”

迟疑未几,看相人果断说:“不用了,供我们这行的讲个缘分,下次见得到,兄弟伙好好整两杯,交个铁板朋友。”说完,转身消失在山间小道。临别前,还撂一句:朋友,记住我的话,毛主席诗词奥妙无穷。

达度只能目送那中年汉子匆匆离去的背影,满怀歉疚,又带几分得意。没想到,初试身手,便有如此的佳绩。细下想想,也觉水到渠成,为了这一天,达度研习汉字已有三十个年头。

或许缘分未到,之后,达度两次返回统景,再未见到看相人,却时常怀念这位对毛泽东情有独钟的同道朋友。以看相人为缘引,达度踏入测字江湖。

重

打开一看，里面装着五沓钞票

那年，湖北省青年委员集会，一百多号人，相聚在宜昌，热闹非凡，达度还当了个小头目。

会后，委员互相串门。

委员中有一大款，叫牟立伟，重庆仔，跨鄂渝两地做饲料生意，20世纪90年代中期，已累积家产数千万，财大气粗。其他委员赴会乘公用大巴，独他，带了司机，坐奔驰而来。那司机也了不得，曾是全省的散打冠军。那年月，发了财的主儿都爱显摆，牟总也未能免俗，但他的为人却有口皆碑：胸怀大度，仗义疏财，与人交往极讲信用。

开了一天会，人已倦乏，达度在房里小憩。

门敲响了。

来的是牟立伟，达度沏茶以待。牟总连连摆手，轻声说：“达教授，都说你是测字高手，今晚，我请你喝一杯，咱们静心聊一聊。”

达度只好应许。

乘了奔驰，几分钟，到达咖啡馆。

上了夜饮，牟总径直开口：“今晚，请老兄给我测个字，可否？”

达度微笑点头：“本是娱乐，何必这般庄重。”

牟立伟正色道：“我信这个。”说着，拿出已备好的笔记本，抽出派克笔，撕一页纸，写了一个“重”字。

达度微闭双目，静了一刻，定神看字，道：

“牟兄起家，速度极快，‘重’字拆开，可得‘千里’两字，中间的‘田’，又可分解为‘一日’，合起来，‘一日千里’。”

牟总欣然道：“托改革的洪福，感谢邓小平。我还想问问，下一步我运势如何，该朝哪个方向发展？”

达度略加思索，说：“里，拆开，可得二甲，就是好上加好，为富更上一层楼。至于做什么，你所写的字已明示，无须我多言，‘里’分开，但见‘田’与‘土’。老兄该做房地产。”

“去哪发展好呢？”牟总迫不及待地追问，说着随手将茶杯压在写了‘重’字的纸页上。

“有两个地方，你写了个重，接重庆，这是你的根据地，不可放弃，这一点明摆的，无需多说。另一地，应在千里之外，上面说过，‘重’拆开，即‘千里’。做大生意，不能把所有的鸡蛋都放在一只篮子里。刚才你无意中将水压在纸上，‘重’下的‘里’加三点水便是浬，读作海里，是计算海洋距离的长度单位，1 浬等于 1852 米，1000 浬约 1800 公里，你朝南就坐，大概要伸到海南岛。”

牟总两眼闪光,半晌无语,伸出双手:“兄弟,握个手。”

握了手,牟总叫道:“达教授,神奇,神奇啊!今天,只有我们两个,见了高人,不打妄语。不瞒兄弟,我正准备进军房地产,已在故乡开发了一大块地,还准备在海南岛买一块地。重庆的前两天签了合同,海南岛还在犹豫。闻兄一席语,我主意已定。若能甲上加甲,我一定当面向你说声谢谢,还要带点内容。”

会议结束后,各奔东西,达度与牟总也断了联系。

又过了两年。中午,达度讲完课,刚出教室,发现门外站着一壮汉,是牟总的保镖司机。“达教授,牟总让我来接您,给您家里打电话没人接,我只好去系里打问,查到您有课,我等了半小时。不知您现在或晚上有空没有,牟总想请您吃个饭。”

“今晚不行,有安排,明后天可以。”

司机当下取出一块方砖式的大哥大,与牟总联系,当即定了时间和地点。

翌日,达度乘了奔驰,来到会仙楼,那是当年武汉最豪华的饭店。达度抵达时,牟总已守候在包间。见了面,嚷道:“两年前,我许诺过,成功了,要当面说声谢谢。今天,我是来道谢的。我的两处房地产都搞成了,挣了些钱。谢谢达兄当年的吉言啊。”

达度一拱手:“测字只是游戏。牟兄腾达,全仗你的能力与时运。”

牟总认真道:“冥冥之中的事,信则有,不信则无,但是,我信。当年海南岛那块地,我准备放手的,听老兄‘一千海里’的预言,我才拿定主意。当初就说好,搞成了,要当面酬谢。今天,我们要好好喝两杯。”

接下来上菜,吃的火锅,达度的最爱。杯盏交错,众乐融融,不在话下。

宴毕,牟总拿出一小黑包,鼓鼓囊囊的。

"一点心意,请笑纳。"

达度接过包,打开一看,里面装了五沓百元大票,五万人民币。在当时那可是一笔巨款。达度测字,仅为游戏,从不收费,便推辞道:"万万使不得。"

牟总不由分说,硬将钱塞进达度的手提包:"这是我资助老兄的科研经费,供你出个差,买买书,别客气了。这点心意都不领,我今后哪个好上加好。"

言真意切,又含带生意人特有的讲究。

达度不再推拒,换个模式欣然领受:"我是单位小头目,这笔钱就捐给法语系吧,我与大家共享。在此,我代表全系老师向牟总深情道一声谢谢。"

牟总两手抱拳,朗笑道:"达兄下棋总高人一筹,敬佩。往后单位有事,打个招呼,牟某一定效力。"

五万,是达度相字意外获取的第一笔豪款。翌年,为了印证生存能力,达半仙去成都望江公园举牌测字,守了一晚上,幸得 2180 元,除此两笔,达度测字再也没和现钱打过交道。

旭

靠 测 字, 我 能 养 活 一 家 人

鸟欢蛇动春暖花开的某个下午,达度忽发奇想:老祖宗立“中”字规劝后人以口立身,我若失了业,靠测字,能否养活一家人?心萌玄念,两手便犯痒。那时,达度在成都讲学,大头长居蓉城,两人一合计,当即邀约三五朋友去了望江公园。聚合后,选一茶馆,要几杯青山绿水,舒舒展展摆起龙门阵。用过餐,已近晚上八点,微风柔抚,皓月悄悄爬上枝头。达度亮出测字标牌,开始练摊。

十余分钟过后,走来一对情侣,可能是在读硕士、博士生什么的,年纪看样儿都过了三十,甚为亲密。

男的写一“旭”字问感情。

达度凝视少顷,问:“照直说,还是拐弯抹角?”

“直说,直说!”

“你俩关系和谐,堪称美满,因为男方雄性十足,性能力强盛。‘旭’拆开,为九日,一天能做九次爱,惊天动地。倒过来,日九,九谐久,点明续航能力强。而且,女方阴润温柔。你刚才写字时,背上恰好披着一层柔柔的月光,此乃夫妻和谐之吉相。”

女孩面带羞涩,男人脸上浮起得意的微笑。女孩问:“大师,对未来有啥子建言?”

达度扮起圣人:“夫妻之间,性爱为栋梁,但仅仅靠性也持续不长。希望有的时候这位兄弟能把‘旭’中的‘日’写扁一点。‘日’拉扁为‘曰’,即‘说话’。不仅能日,还要会说,甜言蜜语是男人的美德。”

女的欣然:“说的好准,我们这位就是口紧,那三个字,我逼了他半年,才听他扭扭捏捏说了一回。”

男的赧颜,呵呵一笑。

达度趁热打铁:“甜言说多了糖分会变淡。将日写扁,得‘九曰’,一天说九次,有点娘娘腔,不可取。九天说一次倒是个理想频率,温心话说了又不上税,九天说一句不算多吧?只不过,说的时候,变变花样,据语言学家统计,‘我爱你’有三十六种常见表达法。而且,表情要真诚。”

哄然大笑,桌四周堆满探奇的脑袋。

男的亢奋——男人都以性能自豪,连连说:“高人,高人,敬佩。”立刻又返回现实。“我该付多少钱?”

“随意,说遂心了,不妨鼓励鼓励。”

男的没犹豫,掏出一张百元大票。对于学生,已是慷慨解囊。这也是达度设摊所挣的第一笔钱。

接下来,又测了四个,人越集越多,钱越给越少。四人一共付了 80

元,实在体现不出大师的价值。成都人,看热闹的多,出手大气的少。测字要讲信用,开初有言,随意付酬,中途就不能变卦加码。大头用肘拐了拐达度,“歇一会。”达度会意,一瞬间,想到两个字:矜持。于是收起手中的笔。

此刻,求测的人排起长队,个个争先恐后。

达度宣布:“我每天最多只测六个字,已经拆了五个,最后一个要等机缘中人。现在我要休息一阵。”

说完,面迎明月,阖目养神。

人群纷纷散去。一刻钟后,睁开眼,桌前站着一位气度不凡的中年男士。一看便知,是位财主。那人已带七分醉意,谈吐却儒雅。

“适才,一直在看热闹,这会人都走了,能否给我测一字?”

“客官请写。”

求卜者写了一个“中”。

对这个字,达度异常敏感。一时间,刘家湾的传奇、中国近六百年的历史扑面而来,形成感应独妙的气场。

达度轻声问:“测什么?”

“测一测我待会要安排什么活动。”

达度已察觉中年男子来历非凡,最起码,懂测字。一个字,往大处说,比如爱情、事业、财富,捭阖起来容易。若限定在某个狭小范围,判说就考功力了。达度取一支烟,点燃,凝视眼前的“中”字。触通六极,思绪纷飞。尔后,娓娓道来:

“一会儿,你们将去寻欢场所。‘中’由‘I’与‘口’组成。‘I’形阳具,一柱擎天。‘口’寓阴户,那是《道德经》第一章说的‘玄门’。‘I’插阴户,想做什么,一目了然。”

“果然是高人,”男的低声说,“做生意,总得办点招待。我先去安排一下,若有空,我再回来。你们一时不走吧?”

“我们起码要喝到夜里十二点。你先忙去吧,今天是阴历十五,月亮太圆,做事小点心。这样吧,我写一字,装入信封,封上口。你若有空回来再拆看。”

说完,写一字封进信袋,还让中年人在封口画了押。

中年人离去,压根没提钱。

朋友欲提醒,达度连连挥手:“此刻谈钱,好没情趣,诸位放心,他要回来的。”

约莫一小时,中年男子果然折了回来,走路一拐一瘸,身后还跟着司机和助手。

“兄弟,回来看看你葫芦里装的什么药。”

“客户都安排好了?”

“全妥了,我喝多了,刚进门就摔一跤,小腿跌肿一块,疼得揪心。”

拆开信封,里面写了个“肿”字。

“神奇!”中年人惊叫。

“刚才,你写‘中’时,头上顶着一轮圆月。‘月’与‘中’相拼,得‘肿’,不是个好字眼。由此,又想到阴盛阳衰,所以劝你谨慎行事。”

中年人从公文包里取出一个信封,递给达度。

“测字的辛苦费,请收下。”

达度接过一掂,约莫两千块。是个大数目,便说:“钱能还给你吗?我是教书的,有固定收入,今儿摆摊,只想验证谋生能力,游戏而已,交朋友却是头等大事。”

中年人道:“生意人都信点什么,遇高人不敬,往后的路会越走越窄。朋友交定了,但我的心意一定留下。添补一句,我爷爷也是测字的,行道上的规矩多少懂一点。”

达度收了钱,谢了施主,欣然自得,对大头说:“实践证明,靠测字我能养活一家人了。”

困

小 头 关 掉 手 机, 与 外 界 断 了 联 系

攀爬两小时,终于登上蒙顶山。太阳快下山了,不远处袅起一缕青烟,林丛间,透现几处金黄屋顶。两人舒口气,歇了片刻。

欤烟起处残阳薄,
山门困顿枯叶落。
借问佛法何处有,
长老闲指一木桌。

小头即兴作起诗来,景理交融,顿挫有致,似乎还夹带点先知预觉,

达度点赞：这是童子功，真真儒商。小头浪荡商海，肚里却有文墨，心中向往终极关怀，两人想脱一回俗，去庙里住他十天半个月。

礼失求诸野，心困祈佛光。

朝金黄屋顶走去，远远瞥见一座庙，这便是黄陂的蒙顶寺，距刘家湾七八里路。进了山门，一片静，游人寥寥，香客稀少。庙内的楼阁不大，看上去还有些残破，但内务整洁，气场雄浑，成片的古树拖出历史悠长的身影。

终于找到一方净土。

两人肩着行囊，径直趋向大雄宝殿，拜了佛祖，再赴后殿，参拜该庙的始祖陈惠明。读了简介，得知这庙与六祖慧能还沾了点边，属禅宗一系。

公元672年，慧能在黄梅山得了衣钵，怕人迫害，连夜奔往南方。行了二百余里，黄梅东山寺的弟子们追了上来，为首者，俗姓陈，法名惠明。依《六祖坛经》记载，此人是四品将军，属于唐朝的高官，但“性行粗躁，慧能去后，极言参寻，为众人先。”众僧很快追来，想跑也跑不了。慧能取出衣钵，置于草中。惠明立马去搬，使了九牛二虎之力，怎么也搬不动。当下明白，遇见高人了。随即向慧能行礼：“行者，我为佛法而来，不是为了抢您老的衣钵，请大师开导。”

“那就先请放下种种杂念，而后，回答我的问题。”

“恭听。”

“告诉我，什么是你未生之前的本来面目？”

惠明大汗淋漓，半天无语，抬头望慧能，但见他面容平和，既无惊鸿，也无诧痕，当下顿悟。于是，驱散前来追赶的同伙，自己也消失在林丛之中。随后跋山涉水，抵达黄陂，建了蒙顶寺。如此说来，这小庙应有一千两百多年历史，是一方圣土。

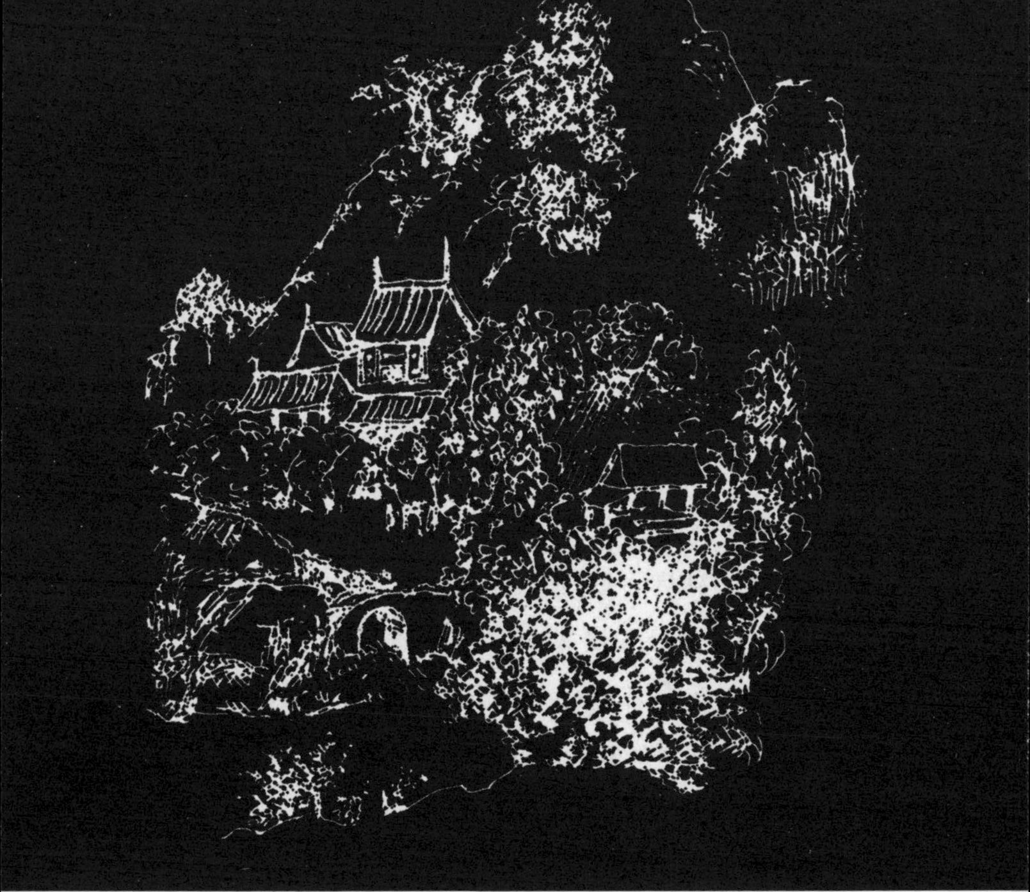

跨入惠明殿,气场顿觉宏厚,这是寺中的主庙,香火最盛,已有六七个拜男跪女。一旁静坐两位和尚,年幼者敲木鱼,年长者执珠念经。香案上供满水果、香油、红绸,功德箱里只铺有一层零星小票。

小头走向功德箱,敬献人民币六千元。在当时,这是一笔大数目。老和尚微微一怔,定眼看去,但见两人表情肃穆、举态虔诚,便换下小和尚,亲自敲起木鱼。小头、达度伏蒲长跪,庄严磕了三个头。老和尚念过经文，踱了过来："二位施主，是头次来本寺吧？"

"正是。"小头答。

"朝圣为何带行囊？"

话到关节处，小头径直说明来意："不瞒大师，我们是读书人，敬奉六祖坛经，今日想借住宝刹，盘桓三四周，做一回居士，这是我俩多年的心愿。不知长老可否收留。"

老和尚答："我乃本寺住持，法名云际。刚才两位的善举，老衲看在眼中，甚为感激。然而，承先祖之命，本寺讲机缘，敬重见性之会。我写一字，若解得中肯，本寺诚情挽留。可否？"

"请大师开导。"小头急答。

随住持进了佛堂侧间，长老先独自整理内务，而后用粉笔在桌面写了一个"困"字。达度心头一亮，默不作声，用抹布擦去"困"四周的"口"，并在"木"下加上一横，将"困"改成"本"。

住持不言不语，旁若无人，依旧做他的功业。达度小头面面相觑。突然间，长老唤了一声："尘戒！"话音刚落，走进一个小沙弥。

"将施主带到寮舍去，一人一间，安排向南的上房。"

两人连连道谢，长老平平说："铺床去，收拾完了，吃饭。"

寝舍临崖而建，气势俊伟，达度、小头各住一间。房中一床，一桌，两凳，外加一书架，窗明几净，空间宽阔。安置完毕，木鱼敲响。两人前往斋舍，堂内仅有六七个和尚，估计是蒙顶寺的全部僧侣。长老作了简单介绍，众弟子一一揖手。达度、小头赶紧合掌鞠躬，还了礼，随后各自打饭菜，吃将起来，都不说话。吃的倒挺合口，有豆腐、青菜、萝卜。饭菜不限量，萝卜是白水煮的，可以蘸辣椒调料。豆腐红烧，有滋有味。第一顿斋饭吃得颇舒心，最起码，比预想的要好。

用过膳，天尚明亮，达度与小头告别长老，一道去后山转了转。登临峰顶往下看,寺庙已笼罩在暮霭之中。远处,炊烟袅袅,村落渺小。刘家湾却看得真切,门前塘的形状像太阳,村后的竹林有如弯弯的月亮,日月同辉,颇像武则天创造的那个“曌”字,难怪有人说刘家湾有帝王之气。

夜色渐浓,峰峦把繁杂的市嚣远远隔在山外。

小头感慨道:“换个视角,景观全然不同,心态有异,感受大不一样。平时逛庙,来去匆匆,体验不出这样的静谧。当了居士,好像融入庙中,人与山水合为一体,却同下界拉开了距离。”

“是啊,此一时,彼一时,如果做了和尚又该是另一番心境了。”达度喃喃,几近自语,他想起了弘一,那是一位皈依自心、超然尘外的佛学大师,他自己只是“狂来轻世界,闲时敬庙堂”的过客而已。

向晚心愈静,登高人渺小。

商定好斋居计划,两人各自回房,看会儿书,就寝。山寺通了电,装了电话,吃水有井,生活方便。小头却关了手机,断了与外界的联系。

清晨,达度和小头早早起床,喝了粥,便去佛堂参见长老。

云际说:“你们是文化人,有备而来,庙里的大戒自然明了,除此外,可随意一些。本寺不拘繁礼,讲究平常心,道法自然,两位施主可看看书,听听课,念念经,做点杂务。”

随后的日子便有条不紊,每日读读书,写写文章。长老说经,逢场必到,时常随和尚念晚经。白天,帮庙里打杂,拾柴、打水、种菜、扫地,样样都做,严守“一日不劳,一日不食”的禅门家风,日子过得悠然自在。

达度喜欢拾掇菜地,园内栽了许多瓜果,黄瓜又长又嫩,香瓜又白又甜,想吃就摘,受享天然。菜园边,荷花点缀,静卧一弯清澈的小塘,水四围,蜻蜓穿梭飞舞,大小各异。大的爱在黄瓜架下歇息,小的巡塘低飞，婷婷颤翅，情态楚楚动人。

达度最喜爱一种晶亮的大蜻蜓，两眼闪蓝，身体透绿，是那种世间罕见的蓝绿。这尤物，达度儿时见过三次，孩子们称之为苏联老吊，或曰蓝头吊，是蜻蜓中的极品。

第二回遇见蓝头吊，是在刘家湾的菜园里。老吊歇在丝瓜架下，煞是诱人。那时达度只有六岁，见了蓝头吊，便忘了一切。地上有什么，视若无睹，只见他伸长右手，两指开启，一步步挪向心中的圣物。蓝头吊很警敏，稍有动静，闪翅高飞，而且远远离去，不像别的蜻蜓，绕一圈常常又飞回原处。

那日，蓝头吊仿佛在休眠，一动不动，眼看就要逮住。哪知，相距几厘米时，左脚突然踩进小粪凼，那是农家沤肥的小坑，踏了一腿屎尿，关键是，那梦寐以求的苏联老吊飞跑了。

达度惆怅了整整一个月，长大回想起来，依旧暗自惋惜，仿佛落下一道心伤。

想不到，蒙顶寺的菜园里竟然汇聚了几十只蓝头吊，即便惊飞，也不远逃，真真奇迹。达度终于逮到一只，一时间，风起云涌，整个童年扑面而来。小时便发誓，若抓到蓝头吊，一定做个笼，白天挂在门前的树下，晚上收回家中，每天抓蚊虫给她吃。

到了蒙顶寺，心态起了变化。老吊在手，童年的心愿已了，观赏几刻，遂将蜻蜓放归自然。

我们都是时间的过客，许多美好的东西，只宜共享，不能独占，拥有会给生活设置重重障碍。

小头负责打扫藏经楼，与二师兄混得滚熟，大师兄常年云游在外，一直未见过。庙里除了长老，武功数二师兄最高。小头从小刻苦习武，功底扎实，练的也是太极拳，套路与蒙顶寺的相差无几。小头与二师兄推过手，据他说，两人不在一个档次，但差距不算太大，理路相通，只是他练的少，对打经历有限。二师兄评定小头说，民间能有这等功夫实属罕见。初涉商海，小头常遇黑道，一身功夫帮了大忙，人称黄陂一雄。盘子做大后，远离打斗，练功只为强身健体。然而，拳脚的威名经久缭绕，余震黑白两道，成全了小头的基业。

在藏经楼，小头还看到爷爷刘先生早年的墨宝，说明蒙顶寺与刘家湾交往已久，爷爷的墓就在附近。感情加深后，二师兄还传给小头一套秘牒——扫地功。小头基础好，领悟快，迅速得了要领。每天从藏经阁三楼一直扫到底层，再扫院落。左两步右三步，再右两左一，柔中带刚，腾挪有板有眼，像跳舞似的，姿态极优美。扫完地，便在藏经楼后的石墩上打坐。二师兄说，那儿气场好，长功。石墩有两尊，小头占一处，二师兄蹲一座。远远看去，宛若两尊活佛。

扫地功随后带回家中。小头做房地产，在武昌建了一栋临湖别墅，当年，是小头的常居地，还有一个十多亩的庭院。家中雇了女佣、门卫、司机、保镖。每天早上，小头七点起床，司机送孩子上学后，他便开始扫地，从屋内扫到屋外，从前庭扫到后院，疾缓有致，淡定从容。乐得朵儿（小头之妻）久久合不上嘴，朵儿还说：要是谁再发明一套洗衣功就更好了。扫地，无形中也长舞功，练了几个月，小头的迪斯科蹦得优美绝伦，方圆十里无人能比。每当有人问起在庙里学到什么，小头便答：扫地。

二师兄有说法：只要心间有禅，一举一动都是功。

达度、小头还随长老去地里间过苗。豌豆已长了半尺高，绿油油的，一棵紧挨一棵，煞是可爱。长老让拔去过密的苗，隔一尺五留一株。达度、小头在农村长大，懂得间苗的理，但不忍心多拔，苗与苗间只留了半尺的空隙。长老微微一笑，说：好吧，你们间的地就这样留着，收豌豆的时候，你们再来一趟。两人点头应许。数月后上山一察，长老拔得稀疏的那块地,豆荚累累。达度、小头拾掇的一溜地茎叶繁茂,却没结几个果。云际微微一笑,两居士豁然开朗。

小头悟性高,善于活学活用,从间苗中还提炼出两条生意经。第一,关键时刻,该花的钱一定花到位,出得多,进得也多;若小手小脚,掖三留四,到头来掉得更大。第二,做生意也要有所为有所不为,贪多伤身,揽多易损。

贪多是许多成功人士的通病。想当年,聂卫平在中日围棋擂台赛上连克日方四员高手,夺了冠,成为风云人物,大功告成之后,却经不起荣誉的冲击,整日应付公务,到处演讲,最后又迷上桥牌,棋艺一落千丈,逢赛必败。求教于吴清源,大师只说了一句话:搏二兔不如追一兔。

达度也有所获,重新认识了一个词,那便是"豁"。他认为,"豁"记载了古代的间苗法。该词由"害"与"谷"构成,"害"即损,该拔的苗一定得拔去。谷物,一如豌豆,栽密了不结果。由此可见,仓颉时代的炎黄子弟已领悟损与益、舍与得的辩证法。而且,人间之道与植物相通,格物致知:只有拔掉过多的欲望,人才能豁达,生活才结得出愉悦的硕果。

一花一世界,一叶一佛陀。

第七天,长老来到寝舍,小头正与达度在室内闲聊,外加两个沙弥。众人起身,长老连连摆手,自己也坐在床边,径直问:"达施主,能否讲讲开初为何把我写的'困'改成'本'?"

达度道:"若在六天前,我可能会理直气壮地告答,见识了长老的学问、众僧的悟性,却不敢贸然开口了。"达度心下会意,长老已接纳他俩,有意深度开导两位心诚的居士。

长老微微一笑:"施主长进了。不过,先前想的说说也不妨,你是当老师的,就算是课堂讨论吧。"

小头凑热闹："说错了，也好请长老指点指点呀。"

"那我就献丑了，迷惑处，请长老点拨。依愚见，许多人的愁苦都源于一个困字。以西方的视角看，这'困'字像一人背着十字架，束缚在圈围之中，草木被围了，人也困在大方框内，这圈既是外部局限，也是凡夫作茧自缚。向佛，则要去樊篱，远离概念的俗限，向本求源，立本见性。"

小头接道："六祖的偈诗里，就有两个'本'字。菩提本无树，明镜亦非台，本来无一物，何处惹尘埃。"

"两位言之有理。"长老赞许。

"而且，蒙顶寺的创始人惠明也与'本'字结了缘，"达度接着说，"当年六祖开导他，问的便是：不思善，不思恶，正与此时，哪个是明上座本来面目？"

长老微微颔首，淡淡一笑："我再写一字，你俩解一解，如何？"

"请长老指点。"

云际取出粉笔，在桌上写了个"口"。

小头眉头一动，来了灵感，便在"口"中直立一笔，"口"变成了"中"，解释道："禅师说，用手指月有禅，一旦说出，便没了禅意，在口中加一竖，如同一指立于口中，表示禁声，禅宗的要旨是教外别传，不立文字。"

云际轻声念诵："善哉，善哉。"而后，转向两沙弥："尘戒，浮戒，你俩别光顾念经，还要向两位施主多多学习。"

隔了一会，补充道："这个'中'源远流长，博大精深，离本寺七八里，有个村子叫刘家湾，那是一方圣土。五百多年前，建文皇帝一度隐藏在村后的竹林寺，临走时，留给湾里一个字，就是这个'中'，本寺的看家拳也叫中功，还是刘家湾的始祖刘老大传授的。"

小头、达度惊喜不已，面面相觑。达度低声说："小头和我都是刘家湾的，他是嫡传，我属偏支。"

“那一定认识刘贵德老先生了。”

“认识,是我爷爷。”

这回该长老惊喜了,他拍了拍小头的肩,兴奋说:“缘分,缘分啊。蒙顶寺与刘家湾从明代起就来往密切,刘老大、刘老二都是庙里的常客,致富后,兄弟俩经常捐助香火。你爷爷又与我师父是莫逆之交,新中国成立前,刘先生定期斋居蒙顶山,常与师父联诗作对,测字下棋。本寺1983年召回长老,重起烟火,我师父又与你爷爷来往上了。刘先生我见过多次,学识渊博,淡泊功名,是当今罕见的圣隐。更神奇的是,两人同年生,也同年故去。师父圆寂半年,刘先生驾鹤西归,我师兄还参加了你爷爷的葬礼。两位高人的寿地隔山相望,间距只几百米,一下一上走过去却要半天时间,这近与远含有深奥的佛理。”

“庙里的事,爷爷对我们说得极少,可能是‘文革’在老人心中留下了创伤。刚才听了长老一席话,我对刘家湾又多了几分了解。”

聊过家常,又回到开初的话题,长老归纳说:“听了两位刚才的解说,看得出,你们对禅宗的历史很了解,这是一大功德。老衲认为,口头禅不可取,但该学的要学,该记的要记,时代不同了,文盲中再也出不了第二个慧能。其实,慧能识字,读过不少经文。因此,我常劝弟子多读书。然而,对你们二位,更重要的却是心感神受,身体力行。”

达度、小头仿佛又明白了许多,随后的日子过得更自然。喝粥专心吞咽,喝了粥洗碗;扫地则聚精会神,一招一式不马虎;念经则全神贯注,口与心联通。事要一件件地做,做一件了一件,疾缓有序,自然而然。

山上住久了,也随沙弥下山走一走,蒙顶寺通公路,常有便车来往。山下有个长堰镇,宋代两程曾在那设讲坛。两人到了镇上,便打开手机,联系朋友,遥控生意,而后大吃一顿,但不饮酒,不沾荤。两人已约定,戒斋一个月。长堰离刘家湾只隔一条河,以前常来常往,当了居士,再度回来，感觉又不一样：镇还是那个镇，人还是那些人，先前觉着的势利浮躁，这会儿司空见常，似乎更能容忍。小头喃喃自语：喧闹是一团浮尘，琐碎透出生命之本。

尘戒笑曰：居士已见山不是山了。

尘戒年仅十七，出家才两年，还是个沙弥。庙中等级森严，和尚分三坛，初坛授戒为沙弥，二坛授具足戒成为比丘，过了二坛才算真正意义的和尚。五年后，受菩萨戒，升三坛。

尘戒下山，更有新奇感，他爱问价，买也问，不买也问，许多店主都是他的朋友。时不时，开几句玩笑。购完庙里所需物器，小头抢先付了款，又自掏腰包买了九大包点心，租辆车，林林总总，拖到山顶。和尚们得了糕点，个个兴高采烈，包括长老。那时的蒙顶寺香火还不太旺，财大气粗的施主凤毛麟角，寺里的生活比较清贫。小头是富豪，却不显摆，解囊点到为止，恰到好处，直到离开蒙顶山时，和尚们才知晓他是巨富。十年过后，蒙顶寺成了景区，香火大盛，僧侣剧增，又是另一番景象，于其中，尘戒立了大功，这是后话。

住到第二十天，长老再度登门，邀约两人去后山竹林小坐，这是长老为小头和达度专门开的小灶。平常，长老每周讲三次经，周二、周四针对寺里的僧侣，周日面向香客。平时讲《六祖坛经》，周日则深入浅出布日常之道。有些话看似浅显，道理却深。如：不闻就是清净，不看就是自在，不辨就是智慧；原谅就是解脱，知足才能放下；心眼小的人，天地大不了，在心间找不到安宁，去哪都是浮躁人。

落座后，小头便问：长老，这自然二字该如何理解？

长老答：自然的“然”是个动词，表“自行运作”，老子说“人法地，地法天，天法道，道法自然”，这个“然”即依循自身规律而动，禅宗尤其讲究顺其自然。

有人问赵州和尚:何为佛法大意?赵州反问:你喝粥了吗?

僧答:喝了。

那就洗钵去吧!

和尚顿时开悟。

此间说的便是自然之理。

达度接着请教:参禅的难与易,长老您是怎么看的?

云际答:参禅很苦。初入佛门,要发四大弘誓:众生无边誓愿度,烦恼无上誓愿断;法门无尽誓愿学,佛道无上誓愿成。践行起来却简简单单。北宋禅师守端有首偈诗:

饥来要吃饭,寒到即添衣。

困时伸脚睡,热处爱风吹。

后人简化为:饥则食,困则眠。饿了就吃,困了就睡,有什么比这更容易呢?其实不然。多少人该吃饭时却食不下咽,或与人生了气,或因没加成工资;该睡觉时却辗转反侧,因为担忧、算计;不困不饿时又争先恐后追名逐利。

两居士默默倾听,微风拂面,山坡开满向阳花。

再聊片时,长老以杖击竹,林间传出清脆的回响。三人肃默少顷,缓缓走向斋房:饥来要吃饭了。

转眼到了八月下旬,达度、小头已在山上住了一个月,翌日,两人将返回俗间,又去教书、又去做生意。当晚,长老把众人招到佛堂,额外讲了一次经。而后,在黑板写上“困”与“本”,再问达度和小头:

“斋居一个月,两位施主对这两个字又有何解?”

小头道:“五祖弘忍说:‘不识本心,学法无益。’悟道的关键是去执着,心下当明白,一切世相皆虚妄,求法之人应无相为体,无住为本,该舍的一定要舍去,立本才能解除困囿。”

“施主能有如此境界,没有虚度一月的光景啊。”

达度接着析解:“拿去‘困’下端的一横,在左上方开个口,透点光,就变成了‘闲’。将树植于心间,悠然而自得。‘本’的原意是树根,老子说:致根本,守静笃,万物并作。向本离不开人,‘人’与‘本’合为‘体’,‘体’后加词,参禅便具体可行了。加什么?加‘验、会、念、谅’,我们要体验、体会、体念、体谅。身体力行,宽恕众生,求自在,觅安妥。”

顿了顿,达度鞠了一躬,问长老:“明知不可言,却要言说,您说这是立还是破?”

长老执杖,往上一举,低声道:拿杯水来!达度倒一满杯水,递上,长老却收回已伸出的手。达度稍稍一顿,将水泼去一半,剩余的,自己喝了。随后,与小头一道,向长老行了个礼。

长老轻声宣布:困了,都睡觉去吧。

经坛散场。

第二天清晨,达度、小头早早起床,行装早已收拾完毕,来时各自驮了两大包裹,下山时只剩一个小手提包。长老为首,众僧立于山门前。一辆奔驰越野车开了上来,司机跳下,冲小头恭敬喊道:“刘总,我们来接您了!”

小头脸一沉:“不是让你们在镇上等吗?跑上来做什么?”司机欲辩,小头一扬手:“把车开下去。”

奔驰向山下驶去。

与长老、僧友一一告别,疾转身,踏上归俗的路。来时抄的小径,下山选了大道。长老及众僧友伫立山头,两人稳步下山,背上久久驮着慈祥的目光。

测字术语汇编

下列测字术语表取自杨昶、宋传银著《古代测字术注评》一书的附录，在网上也能搜到。两处都没注明原始收集人。网上登的文字，估计源于《古代测字术注评》，该书印行于 1991 年，是改革开放后我国第一部论述测字的专著，中国的网络是近十年才普及的。窃以为，列出测字术语表，也是杨昶、宋传银两位先生对测字研究作出的贡献。

以下术语大多是晚清至民国时的测字行话，现在人测字极少使用，说起来也是情理之中的事。语言与时俱进，别说测字，即便《三言二拍》里众多生动的语句，如托大、没下梢、忌克，当代人也都生疏了，更何况属于旁门左道的小黑。时至 21 世纪，与测字相应的社会文化背景消弭殆尽，测字作为一种职业几乎灭绝。遥想清末民初，写字用毛笔，百姓对文字怀有敬畏，带有文墨的纸页不敢随便乱丢。人世间，正与反、利与弊总相辅相成。钢笔、圆珠笔提高了书写速度，也淡化了文字的神圣感，破四旧又火上加油，去了鬼也消了神。等到电脑横行，汉字的神圣感触已烟消云淡。新中国成立后，测字高手寥若晨星，如今，街头庙旁算命的，几乎全是抽签、看相、解八字，测字的我尚未遇见一人。

十五年前，我在成都遇到一位曾以测字为生的老人，诚心请教，获悉许多鲜活内情，上文“民国小黑”讲的便是他爷爷的故事。成都老人回顾说：过去的测字先生文化修养比较高，识字多是基本功，测字最怕遇见不认识的字。除此外还要弄懂阴阳八卦，熟读《易经》，写得一手漂亮的毛笔字。水平高的要懂历史，判说时，能出经入史。别的不说，光练书法，就不是一年半载的事。

老人透露：操行话是测字的一大技巧，目的是凸显高深莫测，标示与众不同，如此，判说方有权威性。但是，行话俚语一次不能用的太多，因为每用一句，你都要做点解释。行话抛多了，得解释半天，求字人最关心的还是凶与吉的定论。成都老人还说了一段经典话：“汉字巨含细入，充满玄机，小黑大有名堂，高手能看出些道道，但也要讲个字缘。落到一般人手里，也可成为黑人钱财的勾当。”

行话是一种隐语，或迂回说法，高手测字，一不能直说一，要拐弯抹角，讲求形象生动，雅俗共赏。刺耳的词往好处连，病不能直称病，要说延年，背景心愿即延年益寿。墓地为土龛，龛是什么？拆开为龙盒。是供奉佛像、神位等的小阁子，比如，佛龛，神龛。供墓即敬祖，祖先崇拜是中华民族有别于他国的标志性特征。如易中天所说，测字源于其中的巫术，在印度变成了宗教，在希腊变为科学，在中国则变成了伦理和艺术，即礼乐。图腾在埃及变成了神，在罗马变为法律，在中国则变成了祖宗。其他民族的身份认同或者靠神，或者靠法，或者靠信仰，只有我们靠认祖归宗。有了祖宗崇拜，便有家国体制，专权制度坚如磐石。透过测字术语，可以窥见一个国家遥远的身影。

幽默是测字术语的筋骨，行话都暗藏谐机。云叫瞒天，来自兵书三十六计，以小小欺诈钩来横生的妙趣。“雾”叫“隔面”，平平常常，市市俗俗，但又以市之趣破了雾之阴霾：“雾”算什么，不过一缕隔着你我之面的气烟。对测字而言，雾霾乃凶兆。如今，人们设法躲避的雾霾已漫天张扬，北京、上海深受其害，武汉、重庆、南京也常天地玄黄，灰头灰脑，腐败也是一种雾霾。

测字行话尤其讲高雅，文气浓厚。雪为凝絮，登楼叫步云，走茶馆测字曰踏青。落俗求雅，如同穷家待客要做八菜一汤，门面是要撑起的，这也是国人面子观念在行道文字里的闪现。旧时说云用词更雅，叫想裳，这个词无疑来自李白那首赞美杨贵妃的名诗：

云想衣裳花想容，
春风拂槛露华浓。
若非群玉山头见，
会向瑶台月下逢。

云朵想与玉环的衣裳媲美，花儿想与贵妃的容貌比妍，诗句极言杨贵妃的美貌及高贵。由此可见，测字先生还得有文学修养，测字比抽签看相之类的似乎要高个档次。众所周知，文字乃文明的主体标志，具有教化作用，久经文字熏陶的人总有些素养，如同教徒大多善良。作家冯唐说得精辟：文字是我们的宗教。

还有一个趣点，术语表中列了“不端”一词，意表字没说准，说明测字常有败笔。然而，在《字触》和《测字秘牒》等古籍中却没有一则不端的记录，说明报喜不报忧也是测字尊奉的意识形态。即便在边缘角落，人们也看重舆论导向，坚持正面报道，事实真相尽可丢在一边。

最后说明，杨昶、宋传银两位先生附录的测字术语表分了四大类：通用术语，席地摆摊测字术语，茶馆测字术语，蛤蜊壳测字术语。本书的主旨不在研究测字，而是以测字为依托展现汉字的独妙，昭展生存智慧，表现当今的生活情态。为此，这里去掉了过细的分类，删除许多生僻术语，又加了几条新词目，解释部分略微做了补充。

二~五画

入微　　风。

十五　　打官司胜诉。

十六　　打官司败诉。

小黑　　测字的总称。

不将　　向求测者多讨钱。

不端　　拆字断事未说中。

天盐　　雪。

太咒　　油嘴，油腔滑调。

少阳　　火。

长口　　巷口。

平桥　　测字用来写字的板。

付　　生意不成。

代口　　价目表，测字费。

出扶桑　　太阳。

古坚　　生意不好。

司载公　　地。

司覆公　　天。

市杪　　街头。

布鼓　　雷。

本山　　测字者的坐处。

未未晞　　露。

东升　　月。

正财　　金钱、财富、薪水。

六~九画

列晷　　星辰。

并包　　天。

观枚　　亦作观梅,以字之象形断吉凶的方法,也是测字的别称。

合　　事成。

吐风　　说话,说出来。

问土龛　　测坟墓。

问毛生　　测畜牧。

问水　　测财气。

问托孤　　测诉讼。

问求禄　　测谋官。

问含欠　　测六甲,即身孕。

问相公　　测筑灶。

问相逢　　测和合,即婚配。

问延年　　测疾病。

问流　　测出行。

问钻曲　　测谋职业。

问窑堂　　测家宅。

问摆昏老　　测安床

问漂底　　测寻人。

呕风　　讨钱。

扳脚　　套人口气以定吉凶。

沛生　　雨。

杏花雨　　雾。

步云　　登楼。

卖法　　招揽生意的言语,也称抛风词。

苦冈　　说坏话。

拆字　　测字。

板识　　看。

相字　　宋代称测字为相字。

昌　　生意做成。

青山　　茶楼。

空青　　天晴。

降冈　　说好话。

拱北　　星辰。

洒润　　落雨。

宪　　胡言乱语。

残叶　　测字用纸卷。

砚地　　在地上测字。

秋白　　露。

十画以上

借光　　灯。

离毕　　月亮。

透骨　　风。

桥梁　　在桌上测字。

烘隆　　财气旺,生意好。

将康　　骗人。

班色　　观人神色以定字之臧否。

破字　　隋代称测字为破字。

破碎　　事败,源于谢石测字的故事。

匾官舟	打官司。
常圆	太阳。
混板	板上墨画测字。
排六	落雪。
排烟帐	起雾。
想裳	云。
悉率	财气不旺。
偏财	外财、横财、意外之财。
搁浅	人不归。
游墩	走。
焰老	火。
隔面	雾。
遮尘	铺地摊用的布。
暗	无,没有。
疑絮	雪。
端	测字说中。
劈琴片	分钱。
瞒天	云。
踏青	走茶馆测字。
震公	雷。
露销	霜。

缈

做人，不能无法无天

达度有一朋友，叫炎金渺，也是大头的至交。那“渺”，原是虚无缥缈之缈，后遇测字高人，说“炎金缈”火势太旺，恐有不测。朋友不以为然，其父却信以为真，耿耿于怀。儿子他了解，为人善良，表里如一。但脾气太暴，说话口无遮拦，总爱得罪人。为口直，吃过不少苦，“文革”后期，被关了半个月，整得他神魂颠倒，精神几近崩溃。

历经磨难，禀性依旧。数年前，全国高校展开创优迎评，评估本是件好事，可以规范教学。运作起来，却变了调，逼着大家弄虚作假。一时间，教师们整天忙着补遗：缺试卷，召集学生再做一遍；没听课记录，相互窜合，伪造一摞。底下怨声载道，上方一意孤行。恰好，有关部门派人收集意见,金渺作为所长应邀到会。其间,大多数人以赞扬暖场。轮到金渺发言,会场立刻寂静。众人皆知这仁兄惯说直话,而且,常有妙论。

“某某某领导,”金渺开了腔,两位秘书认真记录——“是个十足的混账!”秘书戛然停笔,这等粗话怎可如实录下。接着,直言控诉迎评的弊端,有几句说得精彩。“全国上下,齐心造假,你们想过没有,这对我们的诚信是多大的摧残,往后老师说话,学生们还会听吗?高校若没诚信,这个社会还有救吗?”

达度也在场,听了这刺耳的直言,深表敬佩。而今,众多教师一入官场,棱角立刻磨平。如此境况,金渺的率真尤其可贵,只不过,凡间与神界应有区别,此乃下文要说的故事。

朋友拗不过父亲的苦口规劝,最后还是改了名,以“渺”取替“缈”,加三点水,以弱火势。

某日,达度与金渺赴成都参加学术论坛,会后,参观中灵寺。这是一处仙境,三方峻岭合围一窝盆地,朝南遥见一片绿水。庙宇建在半山腰,空气清新,泉语花香,欲滴的青翠赏心悦目。种种感觉化为两个字:纯净。

临近高庙,却俗音缭绕。

导游欣然宣称:“各位运气真好,是有缘之人,今天全国有名的高僧慧真大师云游落居此地,可为游人开光。”

进了庙堂,隐约瞧见一瘦小老头合掌念经,他手下的两位助手却个个肥头大耳。这老头便是慧真大师。众人立于佛像前,肃然跪拜。念了一会儿经,老头缓缓睁眼,扫视信徒。这时一位助手开了腔:各位施主,大师要选一位与佛有缘的人。达度微微一怔,那一瞬,他隐隐觉得自己将被选中,于是,跪的更虔诚。金渺等人站在最后一排,冷眼旁观,

不为所动。果然,胖和尚开场选中了匍匐在第一排的达度。

出列后,随第二个助手步入内间,屋内存放了高香和红烛。达度很自豪,百余人,大师竟然只相中了自己。随后要做什么,却无从知晓,反正是渡心救人之类的事儿。未曾想到,几分钟后,那胖和尚又选了十八九个与佛有缘之人。助手像牧羊一般,一个接一个往内屋赶。达度不悦:不是说只选一个吗?怎么挑了近二十个有缘之人。紧接着,胖和尚一人发了一个熠熠闪光的小纸条。

“请将诸位的心愿写在纸上。”

众人纷纷填写姓名，达度尤为认真，还绞杀脑汁地排个序，因为，美好心愿只能献给三个人，整多了，怕效用会打折扣。

一环紧套一环。

心愿写毕，胖和尚又发指令：“请将心愿贴在高香上。”走近一看，发现和尚们做事挺心细的，香旁竖立二棍，三寸来长的透明胶裁好，备了一长串，取用很方便。不过，在高香的下方却标了价码，每柱 98 元。达度立刻看透眼前的把戏：选有缘之人只是为了套诱游人出高价购买香火。一时间，颇为失望，没想到堂堂的佛教在中国竟被糟蹋成这等模样。看了钱标，二十余人已走掉一半。

达度也随人群离去，临门一仰头，正好看见了微笑的佛面。转念一想，佛祖高高在上，人欺人，自有报应，今迎佛笑，不能悄然离去。遂返回内室，又索要两个纸折，打开，各写几个求祈的姓名，交付 300 元钱，将黄纸贴在三柱高香上，点燃，磕了三个头，肃然退去。达度不信教，但敬神，逢庙必拜，不管是清真、道观还是佛庙。

见达度出来，金渺大笑嚷道：“达度，给蒙了吧！”

“没有，我自愿请了三柱高香。”

“还嘴硬，我一进门，就瞧见那瘦老头，哪像大师，分明是个土农民，也不知从哪儿拉来的，装神弄鬼，就想骗几个钱，什么鬼庙。”

“老兄，你可以骂那个老头，但最好不要骂庙，人作孽，自有天谴。庙是圣地，千古流传总有些说法。”

金渺不顾：“偏骂，骂了又怎样？”

会开完，打道回府。结果，金渺在机场被拦下了。他的机票上写着“炎金缈”，身份证上却是“炎金渺”，最后一字，音同形不同。名字不符，不准登机。来时没发现，回去时却让人瞅见了。任其百般解说，登录员就不放行。无奈，只好重新购票。回去后，退了错名机票，合起来一算，不多不少正好亏了300元。

达度见机插话："叫你别骂，遭罚了吧？"

金渺一硬到底："我还要骂。"

达度耐心开导："神，你可不信，但不能不敬！"

"别说教了，见了那瘦老头倒腾的庙，我非骂不可。"

达度笑笑，不再言语。

又过一周，金渺请客，达度也去了。吃得开心，聊得惬意。回家的路上，金渺猛然发现：钱包没了。返回寻找，不见影儿。金渺困惑不解：付款时，明明在手，几分钟的当儿，怎么就不翼而飞了呢？

达度问："丢了多少钱？"

金渺答："钱倒不多，只有600块，但身份证在里面，补办起来，特别麻烦。"

说来也巧，三天后，身份证给寄了回来，600元却远走高飞。达度闻知，再劝朋友："老兄，别再骂了。上回骂丢了300块，再骂，翻倍又掉了600元，老天爷知道你是好人，只是警告，罚点钱，你也该少说几句了。"

这回，朋友略有收敛，没再詈嚷，其妻信佛，赶紧劝告："该信的，也得信一点，人不能无法无天，世间很多事不是无神论说得清楚的，为了我，你也该收敛一些。"

金渺嘿嘿一笑，没再吱声。

达度顺手取过身份证，眈视顷刻，缓缓说：

"老兄，你仔细瞧瞧。'渺'与'庙'谐音，只是音调不同。'渺'中间的'目'可拆为三个口，在三口之后，是一'少'字，意寓到了庙里，你得三缄其口,少说几句。”

“有道理!”

金涉是语言学家,触之以字理,若有所悟,从此不再骂庙,但,仍旧是有话直说的无神论者。

王

心 照 不 宣，说 白，就 没 趣 了

应友林之邀，达度来三洋度假，享受天壤之别的气候魅力：武汉白雪皑皑，寒风刺骨，三洋却热火朝天，景色爽爽迷人。逢假期，人也清闲，借机可以读些闲书，修整忙碌的身与心。此刻，友林已晋升三洋市政法委书记，距开篇测一，已有四个年头。

临近黄昏，达度着短衣，躺在沙滩椅上闲读。

友林来了，身后跟着一位男士，官员模样。相互作了介绍，来人姓王名末，是友林的好友，在文化厅工作。他为人随和，谈吐机趣，可谓性情中人。王末也是休闲打扮，还戴了一顶红色沙滩帽。

三人点了冷饮，临海闲聊，轻松畅快，令人想起海子的一句诗：面朝大海,春暖花开。天南地北闲侃一阵,话题又扯到小黑(行话:测字)。友林说:达兄,老王想请你测个字,如何?

达度笑着点点头。

王末便写了一个"王"。

这个字含义丰富,又常用,达度一时却没有感觉,只能拐弯抹角,敲敲边鼓:

测字写姓者,大多是本分人。"王"可拆为"一土"。土为五行之一,乃天地人生之本。王兄身处官场,能坚守本朴,实为不易。而且,你为官很有人缘,是实干家。"王"还可拆为"干一","王"下一横为地,"干一"意喻:脚踏实地苦干。"王"一竖穿三横,上中下的关系你处理得很通畅。

友林笑曰:王兄的人品与官德你说得挺准的。就这些?你不是说"王"是个很有玄机的字吗?

友林发问亮出显露学识的空隙,达度借势扩展开来:

的确如此,"王"中藏有中国文化的密码。王兄求测的结论等会透露,借机先说说"王"的文化含义。甲骨文中,"王"形如"舌",像一把利斧。字形告诉我们,在远古时期,谁的石斧锋利,谁的武器厉害谁就能当王。进入文明社会后,王安石提出了新解:"王"中三横代表天、地、人三才,能将天地人协调起来的人才可称王。

我觉得,"王"中三横,也可看成三点水,寓示黄河的上、中、下游。两千三百多年前,周天子每年接到的告状信中,十有六七与水相关。黄河下游说中游的人夏天水拦得太多,致使下游田地干枯,牛马渴死千余头。中游又告上游,说水都让上游的人截了,渴死中游民众数万。此刻,谁能协调好上、中、下游的利益,谁就能当王。

春秋末期,吴王夫差为了北伐齐国,充当中原霸主,调集民夫开挖

“邗沟”,即京杭大运河。秦始皇统一中国后也在嘉兴境内开凿一条河道,奠定了大运河以后的江南走向。水可载舟亦可覆舟,到了隋朝,杨广动用两百余万人,贯通了京杭大运河,这笔巨额开销也为隋朝的迅速灭亡埋下祸种,然而,这条人工河为中华民族的繁荣做出了巨大贡献,至今仍在发挥作用。其中的功与过,唐代诗人皮日休说的最精道:尽道隋亡为此河,至今千里赖通波。若无水殿龙舟事,共禹论功不较多。

“文化大革命”期间,工人阶级领导一切,也就是说,工人也可以当王,“王”去掉中间一横便是工人的“工”。反过来说,工人当王需要有人撑腰(工中间加一横为王),给工人撑腰的是谁呢?在“王”下面加个竖弯钩便是毛泽东的“毛”。工人阶级领导一切是毛泽东提出的主张,而且,落到了实处。毛主席走后,工人的地位也日薄西山。

说得有趣!王末连连称道,随即,话头一转:达兄,我那个字还没说完呢。

达度抬眼,恰好撞见王末头上的红帽,来了灵感,便说:你写的“王”字,中间一竖不正。我估计,你现居高位,但属副职。不过,很快会高升。你写字时,戴了帽,“王”上加一点,即“主”。你将主事一方。一个月后,可能会有好消息。

王末对时间很敏感,急切问:一个月是怎么算出来的呢?

达度答:“王”拆而重合,可得三十。你的名“末”掐头去尾是个“天”,加起来是三十天。

友林惊呼:说神了。老王事先叮嘱不要透露他的信息,我守住了口。王末兄现任副厅长,已干了六年。下个月正厅长退休,空出了位子。组织部已做了民意测验,老王呼声最高,但争的人多,鹿死谁手,难以确定,所以请你测一字,以明仕途。

见大伙太认真,达度赶忙交底:测字,只是娱乐,我说字常常牛头不对马嘴,升与降不是一两个字料得定的,时间的暗道更是幽深莫测。现在的官场,错综复杂。就说民意测验吧,现行的做法都不当场唱票,真真假假,虚虚实实。你说它假,在许多单位,风气正一点的,得票多少往往是提升某人一锤定音的数据。但是,有了钱权交易后,民意又一钱不值,一把手随便找个由头,便可把送钱最多或关系最铁的人提将上来。

王末认同:我和老刘在官场混了几十年,内幕很清楚。许多地方,官位都标了价,不明说,却心知肚明。

达度问:这价怎么个定法,总有个标准吧?

友林答:明清时常说"一任清知府,十万雪花银。"每个位子有多少隐形收入,上下心中都有数,一般说来,要敬奉额外银两的三分之一。

其实,这类交易并非当今的专利,它有传承,是明清官场香火的延续。当代学者吴思写了《潜规则》和《血酬定律》,把中国古代官场的私下把戏揭得淋漓尽致。读《三言二拍》,达度感慨颇深,二拍中"打点"的同义词最丰富,名目繁多:有门点,交杂,递酬、碎银、钻谋、运动、通关节、钻门子、走内线、抗尘走俗,等等。还分时节,冬有炭敬,夏有冰敬,逢年过节,少不了孝敬。越往上走,贿赂的语表形式越堂皇,而且情感色彩浓厚。小衙门打点,常带"银、酬"二字。伺候高官,则用"敬、奉、意"等字眼。而今官场,使用最多的是:"一点心意。"这"一点"是虚词,可包罗万象,"五千、一万"是"一点";"百万、千万"也可称"一点",甚至"一点点"。汉字的语用功能奥妙无穷。你一时不接,或真诚,或伪托,行事老道者一句话可让你舒坦笑纳:贵人不能贱用啊。

王末做厅长,是在三个月以后。若细究,这期限其实也隐含在"王末"之中,只是达度未察觉,或者觉了未取。达度选定一个月,是想挑个吉限,给朋友鼓鼓劲,求测人期待的大多是这项说口。

王末高升,明面上看,属于水到渠成,暗中是否打点,不好细问,官场的事只能心照不宣,说白了,就没趣了。

進

两只沧桑小眼看透人间大势

测字,行话通称小黑,是清末民初盛行的术语,这行话也是历史与现代相连的榫头。下面讲一则在民间采集的测字故事。

时间:1926 年秋。

地点:成都。

在大名鼎鼎的宽窄巷子旁,立了一爿小摊,幌子高悬,“测字”二篆体尤为醒目。幌子下,坐着一位戴眼镜的老人。头顶瓜皮帽,一袭黑长袍,大大的老花镜,搁在鼻梁上,露出两只看透人世沧桑的小眼睛。桌面上备有文房四宝,右边搁一小木箱,里面装着写好字的纸折。以往求测,有文化的人自己写,不识字的从箱中抽取一字,行话叫拈字。

民国年间，宽窄巷子是天府之国的民俗圣地，九百多年前，测字大师谢石曾在这儿设摊，终其晚年，留下许多小黑佳话。

街面上人流穿梭，熙熙攘攘，光顾测字摊的却不多，游客或驻足瞧一眼，犹豫片时，又转身离去，因为老人的标价太高。测字摊两侧还有看相、占卦、算八字的。看相人面街吆喝，抛风（测字算卦通用行话，指招揽生意的言语）甩得彻天响：

士人占来必得名，
生意买卖也兴隆。
百艺逢六交易好，
疾病口舌皆有消。

算卦的也不甘示弱，开封嘴（算卦的开场白），高声嚷道：

蛰龙久困在渊中，
一日升腾起半空。
往来飞腾能变化，
从今有祸不成凶。

抛风此起彼伏，五十米开外还有一家测字摊，摊主是位中年汉子，也抛起响口：

字里乾坤大，笔间日月长。人随天星转，星照人杰灵。天命有定数，笔墨立人生。修德种福果，扬善敬世人。

接着又唱：

总统是凡胎，军阀多混混，将相本无种，字里现飞龙。

民国时期，社会动荡，民不聊生，昏天黑地之间也有一闪光亮：言论比较自由。一如春秋战国，舌绕唇动，百家可以争鸣。敞放的言论从测字的抛风中可见一斑。

响口如潮，老人岿然不动，看了会儿市景，铺开纸，专心默写《道德经》，那手毛笔字写得真叫漂亮。

终于，来了一位中年人，腰挺得直直的，一看便是行伍出身。

老人家，求测一字。

老人推去笔墨：请用！附加一句：官人看座。

来人写了个“木”，随即坐下。

老人看过字，问：官人测什么？

测我今后的动向吧。

老人开说：测动向，行话叫钻曲，也可叫求禄，测今后当什么官，给谁当官。

话至此，来人微微一愣，老人看在眼里，不动声色，继续说：

“木”表示一人处在十字路口，犹豫不决。官人测动向，无非两个字：走，还是留。木从五行，在金木水火土中，水代表走，树木植根大地，象征留。测“木”得往留上说。官人请看，若在“木”四围加个表定居的方框，便是个“困”，这个字偏凶，留，则憋屈受困。

来人道：若远走，前景如何？

老人捋了捋胡须，端正眼镜，郑重说：花开两朵，须分开表说，请客官再写一字。

来人不假思索,写了一个“進”。

老人立马判解:“進”拆开,乃“走为佳”。字相若昭:远走,方能上进。

或许中了下怀,来人由衷赞佩:这个字解得妙。

老人却说:笔墨含运势,测字讲机缘。遇了缘,说话的不是本山,而是官人写的那个字。

中年人不再言语,当下呈交三块大洋。钱给得挺多。临走时还要了老人的名帖,留一句:后会有期。

老人的代口起价收三角(一个银元的十分之三,或七十五铜元),上不封顶,三角相当于现在的人民币四十五元。其他算命的起价一角,甚至更低。老人走的名牌套路,卖一件货的收入相当于别人的五件、十件,甚至更多。当时,三块大洋一个月内可从容养活一个人。毛主席在北大图书馆干三十天,工资只有八块大洋。胡适一个月三百大洋,鲁迅两百六十大洋。民国时期,知识分子受重用,待遇颇高。只是每月发工资,备存不足,最后来的几个常常领不到钱,要拖到下个月。鲁迅书教得好,领工资也积极,取薪时节,一般都名列前茅。

测字老人却不急,也不贪心,每天赚到两个袁大头就关门谢客,如此,求他的人反而更多,常往家里找。老人一般推脱,实在推不掉的,去附近茶馆摆话场,即便找上门,一天最多测三个。求得再急,也只能往后排。据刘先生推测,这位老人可能是从刘家湾走出的测字高手——大不同。

求测的中年人是当时四川军阀熊克武的部下,任副师长,但并不受重用。是时,熊克武被蒋介石扣在广州,副师长留守成都,蒋拉他入伙,他犹豫不定。测完字,便铁了心:我跟老蒋走。尾随两个月,被提为师座。蒋介石能收编军阀,是有些手段的。高升后,中年人骑高头大马,携卫兵,专程拜访测字翁,临走留下一溜光灿的金条。

师长策马离去,身后扬起一团黄雾,尘埃串合笔画,留存了民国时期的珍贵史料。

贫富

在贫穷面前，所有堂皇词句都形影猥琐

阔别十年，达度重返刘家湾。外婆和刘先生去世后，达度回乡的次数也少了。故乡与亲人相连，人一走，乡情也会淡去几分。更何况，其间三四年，达度常居国外。

刘家湾紧靠省道，改革开放后，村民纷纷移居公路两侧，小楼鳞次栉比，许多人做起小生意。再往后，铺水泥路，接自来水，家家装座机，终于实现“楼上楼下、电灯电话”的美梦。

老村却渐渐败落。20世纪90年代以后，大拨劳力去城里打工，住户稀零，土地开始荒芜，湾里所剩的大多是老人、妇女、儿童。门前塘已被浮萍封盖，水发臭，满目荒凉。

小头致富后给老村捐了一笔巨款，立祠堂，清淤泥，治环境，将古老的石屋修缮一新。随后，挨家逐户改造，建起了画家村。几十栋明清建筑连成一片，蔚为壮观。大多数村民都有两套房，老屋出租，各家收各家的钱。常住艺术家多达二十余人，零星过客络绎不绝，欣欣向荣的画家村已成为黄陂的一景。

近两年，刘家湾又富出一节：附近开发了一个大项目，押了湾里大片土地，每家每户分得一笔巨款，老人到六十岁，可按月享受八百元低保。又建了图书馆，设了娱乐中心。许多人买了私家车。

儿时岁月的痕迹并未消失殆尽，磨盘犹在，水车依存，某些老墙上还残留着"文革"时期的标语，比如，打倒地富反坏右！宁为社会主义受穷，不靠资本主义致富！风雨无情，许多字都剥落了，依稀可辨的只有"倒富"、"受穷"几个字。残留的漆墨宛若魂灵，在阳光下回闪某个时代的辛酸，反衬出改革开放的丰功伟绩。

达度投宿画家村，住儿时伙伴八当家。八当是坚守老村为数不多的壮汉，比达度小月份，也快 43 岁了。隔壁住着一位画家，人称狂章，他的画起价 5 万，精品高达百万。

达度计划住半个月，想交点钱，八当脸一沉："你在骂我吧，童年伙计，十年难见一面，我缺你那几个钱啊。莫来头，大学教授住我家，是我八当的荣幸，吃住我全包了。"

达度嘿嘿一笑："没想到你也财大气粗、能说会道了。好吧，今儿我就吃你喝你，占你的屋。我想在这写点东西，饭我会做，钥匙把我，其余莫管闲，万一找到个相好的，进出人多了也不方便。"

"都听你的！但是，也不能从早写到黑，劳逸结合，得空的时候，我找几个童年伙伴过来吹吹牛。"

达度懂人情世故，人家施惠，你不能心安理得坐享其成。随手取出两条好烟一瓶好酒，递过去，八当推辞一阵，接下，满心欢喜。

八当的老屋占地百余平方米，改建后，三房两厅。安了浴室，备有冰箱、彩电、空调、煤气灶，还可上网。出门二十米，便是门前塘。屋后凸一小丘，修竹成林，环境雅静，还有一块自留地，蔬菜可以现摘现做。八当想得周到，获知达度要来，早已备好了柴米酱醋茶。

翌日，达度给外婆上了坟。坐在墓台前，往事历历，最鲜活的当数零花钱和汽水肉。达度的父亲是南下干部，母亲由工人做到工会主席，家境还算殷实。但兄弟姊妹多，日子过得也紧凑，比起农村却好出一大截。达度回刘家湾，父母每月寄十元生活费。领款那日，外婆会塞给达度五毛零花钱。在农村，对于孩子，五毛仿佛天文数字，可以买八个发饼或十六个烤馍。有了钱，便有称王的筹码。每到月尾，八当、老泰、友林等伙伴都守候在村口，见邮递员进外婆家，大伙眼中闪亮，而后，拥着达度直奔长堰镇，一路欢歌笑语，此刻的达娃高傲如皇帝，神气如得了诺贝尔文学奖。买三个馍，自己吃一个，伙伴各分半个，颐指气使，说三道四。晚上回家，还有宴喜。领过钱，外婆常常会割半斤五花，合鸡蛋，蒸一碗汽水肉，那味儿至今都说不透。

随后，又给刘先生扫了墓。

十年生死睽隔，不思量，自难忘，每次祭拜都觉悲凉。以往事为墨，达度欣然运笔，用法语开写酝酿已久的小说，那本书两年后在法国引起颇大反响。

第二天晚上，八当便招来老泰和百可。热情拥抱后，泡了茶，开始拉长叙短。

“还是城里人好，有了钱，想去哪里就去哪里。”

“现在乡下更俏，空气好，吃的绿色食物，压力又不大。而今农村户口往城里转容易，城市户口往乡下转难上加难。”

老泰赞同："也是，我和八当、百可在汉口打了五年工，一个月两千来块，从早啃哧到黑，累死累活，刨了吃住，也落不到几个钱。小头建了画家村，我们都回来了。百可踩麻木（电动三轮车），每个月要搞两千多块。我开个杂货店，也可以养活一家人。住了画家，生意好做多了。"

百可说："列几个，就我混得最差。八当在镇上开了一家大超市，两家五金店，富得流油，小车就买了两个，有一辆还是君威。老泰是乌龟有肉缩在壳子里。"

老泰不服："你不比我强。我屋里人多，三个伢，拉扯起来费钱得很，幺儿还在读初中。"

八当忙说："都莫扯，达哥是测字高手，老泰你写个字，让达哥算一算，看你有几个毛吊钱。"

"写就写！"

纸和笔现成摆在茶几上，老泰抓过来，随手写了个"贫"字。

百可直笑："让你测个字，也叫穷。"

达度也笑了："老泰啊，小时候你的钱掖得最紧，拜年钱，我们都交出来当学费，就你，硬说掉了，瞒过父母，阴下来买发饼吃。"

老泰嘿嘿一笑："你是城里伢，老头老娘拿工资，冇吃到苦。我们农村细伢，一年望到头，就那二块钱，金贵得很。"

说起拜年钱，又回到20世纪60年代，那是一本辛酸账，与达度的烤馍里应外合，异曲而同工。老泰也是刘先生的孙儿，不属直系，但没出五服，具体咋回事，达度也搞不清，在农村，一个湾里的人往往都沾亲带故。每逢春节，友林、老泰、达度、百可、八当等偏门孙儿都要给先生拜年。初二一大早，拎着糍粑挂面，敲开先生的门，扑通一声跪下来，磕三个响头，先生便一人给二块钱。当时穷，钱一到手，便让大人变着花样编排过去，一会说买衣服，一会说交学费。老泰心计多，每回都把钱留住了，编的理由一年一个样。人倒不悭，过后买了发饼总会分给大家尝几口。

八当催道："莫扯远了，把字测了再说。"

达度笑曰："老泰的确在叫穷，'贫'字拆开有两个字，一个是分，一个是貝。貝是什么？那是古代的货币，是钱，'貧'就是分钱。你才分了一笔，而且，分了好几次。"

老泰便问："分了几次，是么样看出来的。"

"古字的'分'，字形像用刀把一件东西分为两半。八，最初的意思也是'分'，像一个瓜，被分成两半。'貝'的下面也有个'八'，最起码，你分了三回钱，一大两小。"

话刚落音，百可便催："说老实话，是不是列回事？"

老泰抿嘴一笑："分钱又不是我一个，上个月湾里又押了一块地，百可、八当，我们各家都得了五十多万。"

"那还有两笔呢，达哥刚才不是说分了三回吗？"

嗫嚅半晌，才说："钱我又冇得到，前几天，两个女儿屋里也押了地，分了钱，都留到婆家了，一个子也冇把我。养女还是不中神。"

八当感慨说："过去，冇得钱，日子难过。如今，钱多了，也有钱多的害处。好几家为分押地款，打得头破血流，过去住你前头的元阿把哥哥打残了，还坐了一年牢，德罗跟他媳妇为几百块钱打了脱离。湾里的牌也越抹越大，有时候，一天输赢大几千。昨天，菊翠为她男人打牌喝了农药，我几个忙了一天，总算把人救活了。"

正说着，门敲响了，八当开门一瞧："是狂章啊！"

便与达度介绍："达哥，这位是大画家狂章，就住你隔壁。"

然后指着达度："章哥，这是我常提的达度，著名教授，江都大学的院长。”

来人留着络腮胡，长发披肩，人高马大，一看便是艺术家。

“久闻大名，幸会！幸会！”狂章抱拳嚷道，声如洪钟，举止里张扬着豪爽，是那种见人熟的类型。

“章兄，请坐。”达度热情邀客。

八当给画家拿了瓶啤酒，开了盖，狂章接过，坐在达度对面，就着瓶子吹起来。见桌上写了“贫”字的白纸，便问：

“你们在做什么，请碟仙吗？”

“达哥在给我们测字，蛮准，把老泰窖的钱都挖出来了。”

狂章眼睛一亮：“达哥会测字？给我也测一个。”

“谈不上会，胡诌二句，开开心。”

“高人都谦虚，八当不说假话的。”

不由分说，拿起笔，居高临下，写了个“富”。

达度没有立刻接茬，暗度：你狂也得认个场合。便淡淡说：“这字写得太盛，需要冷却一会。”随即，又与童年伙伴闲谈往事，而后大模大样去卫生间。

回来后，狂章递过一支烟，语气恭敬地说：“有劳大师看看我写的字。”

达度微微一笑，不再拿弄，便问：“你想测什么？”

狂章想了想：“我前两天在黄陂办了件大事，先说说是什么事，然后指点该如何经营。”

提到经营，达度暗自一笑：“你自露马脚，这字就好测了。”果断判说：

“你刚买了一块地。”

狂章眉头一翘，惊呼：“果然，是高人。”神情猛然严肃起来，可以推见,开始,他内心并没当回事。

“达兄是怎么看出来的?”

达度解答:“‘富’,将宝盖头‘宀’两边往下一拉,去掉一点,便是个‘同’,下为‘田’,合起来,‘同田’,你同田在一起,有一块地产。”

“高人,高人,章某钦佩。上周我在章家河买了一块山地,有一百来亩,想盖个小农庄,建个大画室,养养鱼,栽些树,喂点土鸡。达兄再说说该如何经营。”

“具体经营,我不懂。从字相上看,你得走官路。用减笔拆法,‘富’去掉‘田’中的‘十’字,将宝盖头下的一横取出,立直,放在两个口左边,就是个‘官’字。”

狂章朗朗一笑,“遇见高人,藏不住秘密。我上午刚刚送了一幅画给县里的头儿。”

“我说的是基层小官,‘富’下一‘田’,古汉语,田是主管农事的官,应该找具体管事的人。阎王好见,小鬼难缠。如今办事,尤其在农村,上下都要打通。”

狂章嗯了一声,没再言语,却一副胸有成竹的样子。

八当接过话:“村里住的画家,个个有钱,人人有板眼,开的名牌车,好多人都在附近买了山林田地。他们人不错,对湾里人蛮大方,付房租的时候,只会多给,不会少把。画家们的皮盼(黄陂话:情人)多,男女勾勾搭搭,出手大方,带动了湾里的经济,如今,刘家湾是方圆几十里最富的自然村。”

达度把话头又拉到“贫”、“富”两个字上,说起字理。

“这‘贫’‘富’两字把中国人的一些观念都挑明了。先看‘貧’,钱一分,家一散,就穷。中国人喜欢挤在一起,四世同堂,欢欢喜喜。说大一点,看重统一。第二,再看‘富’,要想富,就要同田在一起,买房置地，眼下，做房地产富得最快。搞不了房地产，盖一栋简易楼，一拆迁，银子就哗哗地来。刚才说了，‘富’中藏了一个‘官’字，字形暗示：当官可以致富，有权就有钱。”

百可说：“达哥是文化人，说话入理，莫说县里的大官，就是小小的村长，选举的时候，也打破脑壳。富裕的地方当个村长也要花几十万。”

闲侃一阵，众人散去，八当交代几句也走了。

茶几上留下两张写了“贫”与“富”的白纸。

看当下刘家湾的富，遥想往昔的贫，达度浮想联翩。

“贫”指穷困、匮缺，本来是个贬义词，“文革”期间却周身闪光，变成一种荣耀。那时，达度很自豪，每次填表，在家庭成分一栏填上“贫农”二字，仿佛当了皇帝。当时的贫下中农是个政治荣誉，毛主席说：越穷越革命，泥腿子最靠得住。如果你填“富农”，事事惨烈，前程俱毁。当时的坏人分五大类：地、富、反、坏、右。

“文革”期间，法国著名作家罗伯·格里耶来中国访问，走访了三所小学，每到一处提一个相同的问题：孩子们，长大后，你们想做什么？令他不解的是，小学生们都异口同声地答：做贫下中农。翻成法语：Je veux être un paysan pauvre ou moyennement pauvre.

罗伯·格里耶事后撰文说：中国是农业大国，当农民不失为一种理想，我只是纳闷，孩子们为什么争先恐后要做贫穷的农民，或者，不达其上，取其中，做中下等贫穷的农民。难道穷困是件好事吗？

贫穷不是好事，我们身处其中，却浑然不觉，反而引以为荣。“文革”期间，中国人生活清苦，食物凭票供应。每月只有半斤油，五两肉，鱼和蛋逢年过节才限量配给，如此贫穷，我们还自以为是全世界最幸福的人，因为地球上还有四分之三的人生活在水深火热之中。达度记得清楚,当年报纸上介绍法国,每次都印出地铁的乞丐。很长一段时间,达度以为:法国有富人,但只是一小撮,绝大多数都吃不饱、穿不暖,挣扎在生死线上,需要我们去解救。

20 世纪 80 年代中期,达度获得法国政府奖学金,将赴巴黎攻读博士学位。临行前,国家发了八百元制装费,那可是一个天文数字。当时年轻教师每月的工资只有四十五元,老教师也就六七十元。备完行装,给刘先生买了两瓶好酒,还余一百多元。达度忽然想起,万一碰上法国乞丐,我拿什么去拯救他们? 于是,买了七八包方便面。

波音 737 在空中平稳飞行,达度心潮澎湃,想起了十年前的诺言……

当年上外语学校,靠推举,不用笔试。各个小学按所给名额,推荐候选人。第一关,查成分,贫农优先,若是地主、富农,则一笔勾销。然后是面试,先读段报纸,看你是不是结巴,不是,再提一两个问题。

考官和蔼发问:你为什么要学法语?

达度起身给墙上的毛主席像鞠一躬,再给考官行个礼,挺胸昂头,朗声道:"为了执行毛主席的革命外交路线,将四分之三的法国人从水深火热中拯救出来!"

考官微微一笑,达度被录取了。而今,天赐良机,达度终于可以携带方便面去巴黎拯救受苦受难的法国人了。

飞机抵达戴高乐机场,达度傻了眼:大厅的法国人个个有模有样,衣着绚丽,有的样式见所未见、闻所未闻,而且人人红光满面,脸上压根不见忍饥挨饿的菜青色。达度轻声询问前来迎接的玛丽女士:"劳驾,眼前这些人是法国的一小撮资本家吗?"

玛丽一愣,弄清潜意后,笑答:"没那么夸张,这些人,像我一样,都是一般的法国人。"

震惊之余，达度略有所悟：国内的宣传有问题，然而思维定式仍旧停留在“文革”的余温之中。安了家，便去家乐福购物。哇，好丰富！什么都有。那鲜嫩的猪肉摆了几长条，艳艳诱人。达度却不敢买，小声问旁边的男士：“请问，这肉凭什么票？”男士一愣，回过神后，笑曰：“什么票也不要，有钱，你想买多少给多少。”

达度一出手买了十斤肉，蘸着酸甜苦辣吃了半个月。

最难忘的是领取奖学金的那一刻。

一大早，达度便赶到领钱处，相互问声好，老太太开始数钱。一家伙领了 4600 法郎，大大超出了达度的预料。当时的标准，奖学金每月 2400 元。达度提前三天到，跨了月，法方追加半月奖学金，外加事先不知晓的 1000 法郎书杂费。4600 法郎，按当时的黑市价计算，合计人民币 3600 元，那可是达度不吃不喝七年工资的总和啊。达度从未见过这多钱，一时失控，眼泪哗地流了下来。

法国老太太和蔼可亲，赶紧安慰：“小伙子，我知道中国穷，你们好好读书，学成了回国效力。”泪眼婆娑的达度一个劲点头，但觉乾坤颠倒，原本要拯救法国人的，却被一位法国太婆给救了。

接下来的日子，便拼命省钱。不看电影，不上咖啡馆，菜捡便宜的买，交通基本靠走。国外省 30 法郎，相当国内半个月的工资。可谓天上一日，地上一年。存了三年钱，再打点小工，回国探亲，便买了电视、冰箱、音响、收录机、电子琴、微波炉等，时称八大件，当晚全家人兴奋得彻夜难眠。

三十年后，达度再返法国，又是另一番景观。吃饭常下馆子，周末游山逛水，看电影、泡咖啡馆几乎是家常便饭，还正儿八经在高级餐馆宴请了三批法国同行。到高档店老佛爷一看，黑压压的，几乎全是中国人，个个出手阔气，名牌衬衣成打买，高档香水一篓篓地装，像不要钱似的，服务员忙得上厕所都挤不出时间。

在波尔多酒庄，达度还遇见一位山西煤老板，财大气粗，富豪想买几瓶好酒，点名要顶级的。达度转译过去，女招待推荐 3800 欧一瓶的 XO。煤老板伸出两个指头，女招待急忙拿出两瓶。煤老板悄悄对达度说："告诉金发美女，我要二十瓶。"达度如实翻译，法国美眉杏眼大睁："不可能吧，一次买那么多！我卖了十几年酒，这场面还是第一次见。"

政策好了，一切皆有可能。

那日去朋友家做客，朋友的母亲酸溜溜地说："达先生，听说中国许多部门钱都用不完，法国在闹危机，中法友谊源远流长，你们该多借点钱给我们的。"

此刻，达度才真切感到拯救法国的日子来了。

又想起刘先生临终写的那个"貴"，字里含了一个"中"，一个横卧的人，一个表钱财的"貝"，串起来就是"中国人有钱"。

经历了"贫"与"富"的诡谲沧桑，达度觉得，这"贫富"二字在演绎中国的历史，众多的流血争斗、种种谎言，说到底，都在"贫"与"富"两个字间跳来蹦去。时代的变迁告诉我们：在贫穷面前，所有堂皇词句都脸色苍白，形影猥琐。

虫

心 跳 加 速，这 感 觉 远 离 达 度 已 二 十 余 年

狂章说：刘家湾是爱的伊甸园，门前水塘漂着柔情，村后的竹林满口甜言蜜语，古宅里窝造的灵肉故事五花八门。达度不以为然，他在画家村住了三天，被测字搅得心烦意乱。刚拿笔想写点什么，便有人敲门："达兄弟在吗？给我三儿测个字，他马上要高考啰。"要么，"达哥，老母猪要过儿了，算一算，一窝下几个。"先还应两招，糊弄几句，随后却应接不暇，连外村人都跑来了。测完字再聊几句，一两个小时就没了。本想静心写书，结果，连安生看会儿电视的时间都挤不出来。乡里乡亲的，又不能驳人颜面，苦思冥想，终于憋出一计，借祖训之名临时定一条戒规。

老祖宗有令,回乡测字不得超过十二,本人已测十个,最后两字要等机缘中人,敬请各位谅解。

刘家湾人敬畏祖先,听说是祖训,也不辨真假,便一一作罢。

达度获得宁静,三天之后,过上理想中的闲雅生活。

清早起来,四下去转一转,温故赏新。改建画家村后,刘家湾旧貌换了新颜:青石路四通八达,荒杂地植了草坪,石块垒成的露天厕所保留了三处,春风温润,纵横交错的巷子脉脉含情,甚至有点暧昧。整个村庄既现代,又古朴,还留存了自然的野性。

行至大塘边,发现一团红点,走近一瞧,是位身穿红风衣的女画家。看背影,约三十岁,婀娜多姿,极有韵味的那种。红衣女在画门前塘,背景一片楠竹,带了砍伤,裂口处淌着猩红的血。竹林之后,隐现一座古寺。重彩描绘门前塘:周边蔚蓝,中央一团金黄,近景虚化,抹出一朵白莲、二三片浅绿荷叶。

见此景,达度心头一震,默观少顷,轻声探询:"请问画家,你一定熟悉刘家湾的历史吧?"

画家没回头,淡然答:"我外公是刘家湾的。"

"我叫达度,也是刘家湾的外甥。"

"早闻大名。"红衣女平淡应付,依旧埋头作画。

过了片刻,达度欣然点评:"大画家,容我说几句外行话,你作画写实虚幻,状虚带实,用色有震撼力,红黄蓝三色的交合很魅惑。"

女画家终于回过头,达度心头一颤:瓜子脸,翘翘鼻,眉眼娇媚,气韵娴雅,周身散发着柔润的女人味。

"你好像很懂画?"

"在画家面前,不敢说懂,平时喜欢看画展而已。"

稍顿,达度又撂一句:"玉玺是个传说,这个景,傍晚时画可能更有情趣。”

美女定神看了达度一眼，开始收拾画具，喃喃道：

“我叫小韵，俗名兰花。”

“幸会！”达度也站起身，“我也该回去做点事了，看了你的画，又来了许多灵感。”

回到家中，便躺在床上，两眼空空望着天花板。达度没结过婚，但经历了三任同居女友，折来倒去，伤痕累累，一直没找到灵与肉的归宿，已单身两年。

心有所动，觉也睡不稳。

翌日中午，画家狂章来串门。

“书又写了几章？”

“才写一万多字，感触多了，反而下不了笔，又不想写得太实。”

“画画也一样，留白很重要。”

话锋一转，狂章又问：

“有位朋友想请你测个字，如何？”

“定了规章，哪怕即兴说的，也不好违破，这是行道。下次来了再说吧。”

狂章不再言语。

借机，达度故作随意地问：“昨天遇上一个三十来岁的红衣女画家，是什么来头？”

“你说兰花吧？那可是个绝色美女，条子好，皮肤嫩，开宝马家私万贯，画儿极有灵气。我来这，还是她引荐的。原先挺开朗的，最近不知哪个搞的，有些古怪，来画家村快一个月了，平时疯狂写生，周末闭门不出，也不主动与人兜搭。几个哥们都想勾她，要么沾不上边，要么贴上了却没下文。”

尔后，话一停，若有所察："怎么，老哥也看上那妞了？"

"随便问问。"

岔开话题，天南地北神侃一通。狂章离去后，达度埋头写作，心猿意马。

时近黄昏，又溜到大塘对岸。红衣没了，换了个白衫女孩，细眼一瞧，正是小韵。达度心跳加速，这感觉远离他已二十余年了。

小韵专心作画，绘的是暮色中的大塘，别有一番情韵。

"经你一画，刘家湾更有魅力了。"达度打破沉默。

"我认死理，一个景会反复画。"

"大画家都执着，莫奈画教堂绘了十二连作，他的画我看过许多，你与他，各有千秋。"

"莫奈的画，我在巴黎奥塞博物馆细读过几十幅。"小韵接过话，聊了起来。接着便问："昨天，你为什么说黄昏时画门前塘更有情趣？"

"早上光线明亮，你画的血太鲜艳，伤情过盛。艺术贵节制，收敛一点，可能更感人。黄昏时节用色会暗一些，暮色可以淡化伤心的故事。昆德拉曾说：在夕阳的余晖下，万物皆显温柔，即便绞刑架，也将被怀旧的光芒映亮。"

"看不出，你还挺敏锐的。"小韵低语。

微风拂面，水起涟漪，达度静静观摩小韵造型弄彩。

"听说你会测字？"

隔了许久，小韵不经意地问。

"知点皮毛。"

"给我测一个？"

达度迟疑少顷，柔声答：

"写吧！"

小韵就地拾起一根小棍，在塘边沙地上写了一个“中”字，然后用棍往沙地上一点。

达度遥望竹林，想了一会，果断说：

“你中意的人是条虫。”

小韵一怔，撂下手中笔，挪到达度身边，坐下。

“说具体一点！”

“‘三’表天、地、人三才，底部一横象征地。你在地上写个‘中’，又戳了一点，‘中’立于‘一’上，加一点，就是个‘虫’，‘中’寓‘中意，看中’。你经历了一次大失望。”

“还真有两下，你。这个虫又该怎讲？”

达度取出香烟，点燃，抽两口，细下解说：

“在甲骨文中，‘虫’的上端是尖尖的头，还带两只眼睛，下面是弯曲的身子，‘虫’的本意是‘毒蛇’，现代汉语还保留了‘长虫’一词。而且，蛇与龙同形，常常互换。蛇，也可称为小龙。按易中天的说法，蛇是男性的象征，它与阴茎有太多的相似，比如寻常看不见，偶尔露峥嵘，比如平时绵软，用时坚挺。总而言之，这个虫有两面性，可大可小，晃一眼，像龙。遇事又会像蛇一样，无声开溜，说到底，是一个小小的软体动物。”

小韵戛然沉默，脸上划过一道阴影。达度隐隐觉得这“虫”戳到了画家的某个痛处。便嘮扯别的话头，说鬼谈禅，海阔天空。小韵脸上渐渐明朗，末了还透露，小时候，我随妈妈回刘家湾，刘先生见我娇弱，给我起了个俗名，叫兰花。妈妈经常提你的名字。

世界很小，机缘潜动。

随后，两人成了亲密朋友，相互经常串门，话到开朗处，也聊聊过去的情感经历，点到而止。那日，达度正戴着围裙做晚饭，小韵兴冲而来。

“好家伙,你,还会做饭!?”

“别一惊一乍的,会不会,吃了再评定。我正要给你打电话,镇上的餐馆就那几个菜,来回吃没意思,今儿尝尝我的手艺。”

半小时过后,端上一盘豆腐,两条鱼,一道青菜,一碗鸡蛋番茄汤,做的川味。

小韵各尝一口,惊叫:“好吃,真好吃,哥伦布发现新大陆了。”

“信不信,在法国中餐馆我还当过大厨呢,不过,只做了半年。”

“好男人啊,我相信,你不是一条虫。”小韵悠悠低喃。

用餐时,小韵不时拿眼瞟达度,目光柔软含情,达度怦然心动,却不敢造次。

吃过饭,两人去竹林溜达。走走停停,欲言又止。大自然善解人意,刘家湾的怪风又一次帮了达度的忙。突然之间,狂风兴作,一根枯竹吹落下来,砸向小韵,达度抢先一步,用臂挡开粗大的坠枝,顺势将小韵揽在怀里,渴望已久的热唇交合在一起,唇叶如花释放油彩与文字的芳香。

小韵呢喃:“达娃,你果真不是一条虫!”

事后回忆此景,达度诡谲一笑:如此设局,就情节而言,似乎有点老套,然而,当作者自曝窠臼,或许又含带了某种推陈出新的意味。创作无定规,笔墨与时俱进,以歪就歪,有时会歪打正着,这既是小说的理,也是作画的超常路径。

平静之后,小韵柔声说:“机缘将我们捏到一起,我很珍惜。都是过来人,有些话,先说断后不乱。明说,既是了结,也是新纪元的开始。”

达度频频点头,目光却有些躲闪,他自己也拖着五光十色的花花尾巴。

随后，坦诚说起虫的故事。

小韵先前有个男友，也是画家，两人关系和谐，已谈婚论嫁。半年前两人去云南写生，住宾馆六楼。中午同床休息，突然，房屋摇晃起来，台灯滑落在地。有人狂呼：地震了！小韵惊醒，抓起睡袍，用手朝左边一拍，“高强，快下楼，地震了。”没人回应，仔细一看，被子是空的，男友没了身影。跑下楼，发现高强裹着睡衣站在空地上两手紧紧抱住树干，小韵走过去，冷冷说：“你是男人吗？”

男友羞愧，低下头，连声道：“对不起，对不起。”

小韵平静地追述：“人无完人，都有弱点，我也想原谅他，但每次躺在他身边，稍有抖动，内心就起了坎，胃绞痛，一阵阵恶心，这道坎怎么也翻不过去。后来，我离开了他。两个月不到，那条虫就和一个属鸡的女人结了婚。”

狂飙过后，刘家湾复返宁静，一如三十多年前的那场龙卷风，两人返回村庄，静坐塘边。对于被鸡叼走的那条虫，达度不便评说，只将小韵紧紧搂在怀里，默默品味那个神奇的“虫”字。

当年逮到一只刻有“中”字的乌龟，而今怀抱一位以“虫”问卜的美女。虫分开，现出一个“中”，一个“亻”。单人旁指人，“中”可表示得到，这“虫”便含有“获得一人”之意。临终时，刘先生赠留一个“貴”字，达度久久不得其解，今儿终于看出一层与婚姻相关的含义：那个写“虫”求测的女孩就是我的心肝宝“貝”。

按混沌学的说法，巴西一只蝴蝶振翅，可以引发加拿大的雪崩。据《淮南子》记载，仓颉造字时，天下暴雨，鬼夜嚎哭，由此可见，文字触动了宇宙间那根最敏感的神经。科学与理性功丰绩伟，但不是万能钥匙，字中有道，冥冥之中自有玄机。

思度良久，达度拾起枯枝，一折两段，郑重宣布：过去在此了结，未来从此开始。

小韵柔柔一笑，当天晚上，两人住在了一起。

早上起来，小韵在达度耳边喁语："我已经是你的人了，四十出了一大节头，火气还那么旺。"

达度笑曰："长举探幽谷，大喜不可言说。"

下午，达度与小韵在客厅谈画，狂章又来串门，还带了一幅水彩，见到两人卿卿我我的模样，心下已明，打趣道："兰花啊，这么多美男都入不了你的法眼，其貌不扬的达娃却豌豆对上团鱼眼，遇了圆(缘)。我开始相信真爱要讲缘分，还需要添一点掏心裂肺的真诚。"

小韵莞尔一笑："这回，狂章嘴里总算吐出一根象牙。你们几位，有几个正经的，一个个睁着色猎的狗眼，附近的兔子都让你们逮光了，要么躲远了。"

"时光斑驳，人各有志。"狂章笑着辩解。

小韵端来绿茶和啤酒，达度取过茶杯，狂章拉开易拉罐，朗朗说："达教授，恭喜你娃逮到了如意的兔子，往后可要善待咱的绝色美女，不然，我们几个同道哥们会找你算账的。"

达度嘿嘿一笑："谢了，谢了。以后进城，打个电话，我还有几位搞文艺评论的哥们，个个身怀绝技，一起聊聊，都会有收获。"

"那一定的。别忘了你还欠我一个字。上次，你用祖训堵了我的嘴，但朋友非要请你测测未来。这会儿是你们的蜜月期，我们不掺和。灌了迷魂汤，测起字来恐怕也不灵。你回江大后，我们再聚一聚。"

又灌几口啤酒，狂章诚挚说："今日串门，是来向达兄道谢的。上周，你给我测了个字，说得我五体投地。我依令而行，关键的事都办成了。"

达度提醒道："测字玩一两回，可以，图个新奇，但别迷进去。丢了狷狂,你的画可能就卖不出大价钱了。”

“兄弟放心,章某内中有数。”

聊过一阵,狂章走了,留下一幅水彩画。

日落月起,笔墨与油彩串通一气,情与性交融。一晃半个月过去,达度又延长了一周,尽情享受测字巧取的甜蜜。小韵的迷人,还在于那娴雅的外表下隐伏着顽皮的色情。当然,也有急躁的一面,那是婚后发现的。世上无完人,夫妻之间,只要大方向对了,该忍则忍,该迁就的只能迁就。另起炉灶,还是同样的课题。

临近别期,两人躺在床上闲谈,或许是聊起了兴,小韵突然跳下床,一丝不挂,伫立房中央。身体苗条,凸凹有致,丰腴突起的双乳明晃勾人。达度久久凝睇这尤物般的人媚,却不知她壶里装的什么药。

“快下床,咱们玩玩猜字游戏。”小韵催促道。

达度回敬:“兰花,你也太淫荡了吧。”

小韵理直气壮:“夫妻间该娴则娴,该淑则淑,该淫的时候则荡个天翻地覆,这才叫生活。贞妇爱色,取之以礼。”

“我说不过你,你说怎么玩吧!”

“我们用身体摆字,互相猜,猜不中罚看一夜书。”

达度只得光溜溜地下床,思索少顷,两手平伸,两腿张开,糊弄一招,摆个简单的“大”字。

小韵反问:“你想摆什么字?”

达度说:“是个‘大’呀!”

“这是‘大’吗?这是个‘太’。两腿下的一点,那么大,你看不见啊!”

“真个小淫鬼,竟有这般眼力。”

说完,振作精神,认起真来,别看达度外表谦和,貌似绵软,骨子里却是个极要强的主儿。

“下面,你摆,我来猜。”

小韵也平伸双臂,两腿张开,头一扬,两只手腕向下一勾,头与臂形同汉字的宝盖头“宀”。

望着丰满凸起的双乳,达度脱口而出:

“是个‘灾’字。”

“不错,挺慧眼的,这个字我都没想到。新欢燕尔,说灾不吉,免灾,还有别的说法吗?”

达度想了一会,连连晃脑。

“告诉你,我摆的是个‘容’字,那么珍贵的部位,你都视而不见。”

媚眼微嗔,羞赧一笑,又是一番云雨。

临睡时,小韵洗漱回来,立在床边,双脚并直,两手平伸,神情庄重地说:“今晚我最后摆个字,你测一测我的心愿。”

达度瞟一眼,心领神会:

“地为一横,你用身体摆了个‘十’字,‘十’与‘一’相合,是个‘土’,你想结婚,和我过一辈子。”

“果然是大师,厉害。说端倪!”

“‘土’分开是一正(+)一负(-),测字书上说:‘正男负女’。‘土’即正负相会,阴阳相交,男女相合。”

“那你怎样答复呢?”

达度人站直,两手围个半圆,往腰间一插。

这是一个“中”字,河南话表示:行,可以,完全同意,我得韵儿像中了命运的大彩。

小韵得意而笑,随后用两手环成一个心形,往达度脚下一比划。

“心”立于“中”之下为“忠”。

达度赶紧表态："我会忠心耿耿的。"

小韵补充："还要相互忠诚。"

揽着小韵，双双躺下，达度突然警觉：

"兰花，我觉得你挺懂测字的。"

"你知道我外公的爷爷是谁吗？"

达度直摇头。

"告诉你，我的曾祖爷就是清末测字大师：大——不——同。"咯咯一笑，又加一句："大不同是个传说，他的故事早上讲会更生动。"

达度惊惑不已。

半年后，兰花做了达半仙的妻子。

盂

海 上 殷 红 一 片， 你 的 病 与 血 有 关

去海滨小城开会，遇见五年未谋面的邢姐。在学术会议上，达度还算个人物。但山外有山，人上有人，邢姐就是一座更高的山，她研究英美文学，国学功底深厚，耐得住寂寞，成果精道，行文之间有大家风范。而且，出言低调，为人随和，同行皆敬之。

邢姐年过六十五，却不显年纪，五年未见，风采依旧，只是人瘦了许多，脸上血色欠佳。

会后，游览海港，在渔村就餐。邢姐叫过达度，低声说："达兄，给我测个字吧。"

"好久没弄那玩意儿，免了吧。"

“五年不见,这点要求也不应?”

达度不好再推脱,一展手:“那就试一回吧!”

邢姐取出笔与本,端端正正地写了个“孟”字。

邢姐背负大海,面向达度。夕阳下,海上殷红一片。达度瞧了一眼“孟”字,抬头观望血红波光中映现的邢姐头像,凝视许久。按行道的术语,这叫观梅法,以周围之物定势、取意。而后开解道:

“邢姐近来身体欠安,病与血有关,‘孟’解开见‘血’,含有‘了于血’之意。你写的‘子’像个‘于’。‘子’中去掉一横是‘了’,这不是吉象,今儿我一一说出,也是破凶化吉的一种方法,日后请多多保重。”

邢姐幽然道:“前不久,咯血,食道破裂,险些丢了老命。”

沉寂少顷,旁座投来敬仰的目光,一束束射在达度脸上。邢姐的密友王敏惊曰:“没想到其貌不扬的达度还身怀这等绝技。”

邢姐问:“该如何保重?”

达度道:“‘孟’上‘子’下‘皿’。刚才你写的‘子’,中间一横斜了,像‘孑’,太孤单,忧虑过多。‘孑’中间一横放平,为‘子’,与‘止’谐音,暗喻:心平可以止血。‘子’中间一横若斜了,滑落到‘皿’上便成了‘血’。切记,心平贵体健,胸宽寿命长。用禅语,叫看透生死、怀揣平常心。”

王敏见证说:“邢姐老爱孑然一人,学问做得太孤寂,得改一改了。”

达度也劝道:“无论对伟人还是凡夫,没有什么比命更重要的,生命是顶峰,其余为丘陵。‘会当凌绝顶,一览众山小’,说的也是养生的秘诀。做事要讲个轻重缓急。”

邢姐道:“谢谢,我知道该怎么做了。”

蒙

家 是 我 们 心 中 的 庙 宇

相约北京一小店，又到朋友聚会时，觥筹交错，妙语串珠，把盏高谈历来是文人的心灵狂欢。喝到兴头处，有人提议：请半仙给咱们的才女刘敏测个字。达度连连推辞，却脱不了身。刘敏主动邀引：

“达教授，别扭扭捏捏，文字游戏，搞得像上刑场似的。”

达度无奈，只好应招，并声明：“我功力有限，瞧不出未来，只能根据字的笔画，说说现状和心态，美女请用墨！”

刘敏立马取出纸笔，临了又问：

“怎个写法？”

“就写一个字，随意。”

刘敏思索片时,写就一字。呈来一看,是个"蒙"。

刘敏,达度见过两次,仅知她在北大攻读文学博士,才华横溢,独往独来,说话咄咄逼人,出了两部小说,有些名气。其余的,一概不知。但"蒙"字却透露出当事人内心的许多信息,昭显出写字人当下的婚姻状况,很有说头。

于是,开拆:

"你精神开放,身体保守;外表张扬,骨子里传统;想成家,但目前尚未如意。"

刘敏一愣,稍停,利语窜出:

"拿出证据。"

达度静了片刻,依字详解:

"'蒙',上顶一个草头,象征如花的美女,下端含了一个'家'字,但未能完形,因为'家'字的一点打在宝盖头上,'蒙'写在宝盖头下面,点在内心,所以我说,刘美女还没有置设婚房,只是心中向往。甲骨文中,'家'形似屋内供放一头猪(豕),这猪捆了腿脚。为此,我判定,你身体保守。'豕'后有一小尾巴,与'飞'的翅膀相形,意谓'飞翔',那是自由的象征,由此我推断:你精神开放。"

说完判词,众人皆不言语,有人直瞟刘敏,有人连连眨眼,达度会意,主动把话引开了,又指点江山,臧否人物,间或说些带色彩的笑话。在大龄女孩面前,不宜过多谈婚论嫁,此乃当下需要倡导的文明风范。

众人继续欢谈,刘敏一言不发,可能被戳到痛处。达度内怀歉疚,略感不安。平心而论,这刘敏挺优秀的,面相姣,气质好,体形苗条,锋芒背后有柔情。世间的男人也太没眼水,再要么缺乏胆量。念及此,达度扼腕叹息,有些愤愤不平,为了化解僵局,又宽解道:

"本山测字,只是胡掰,说文却有点门道。美女写的'蒙',本义是

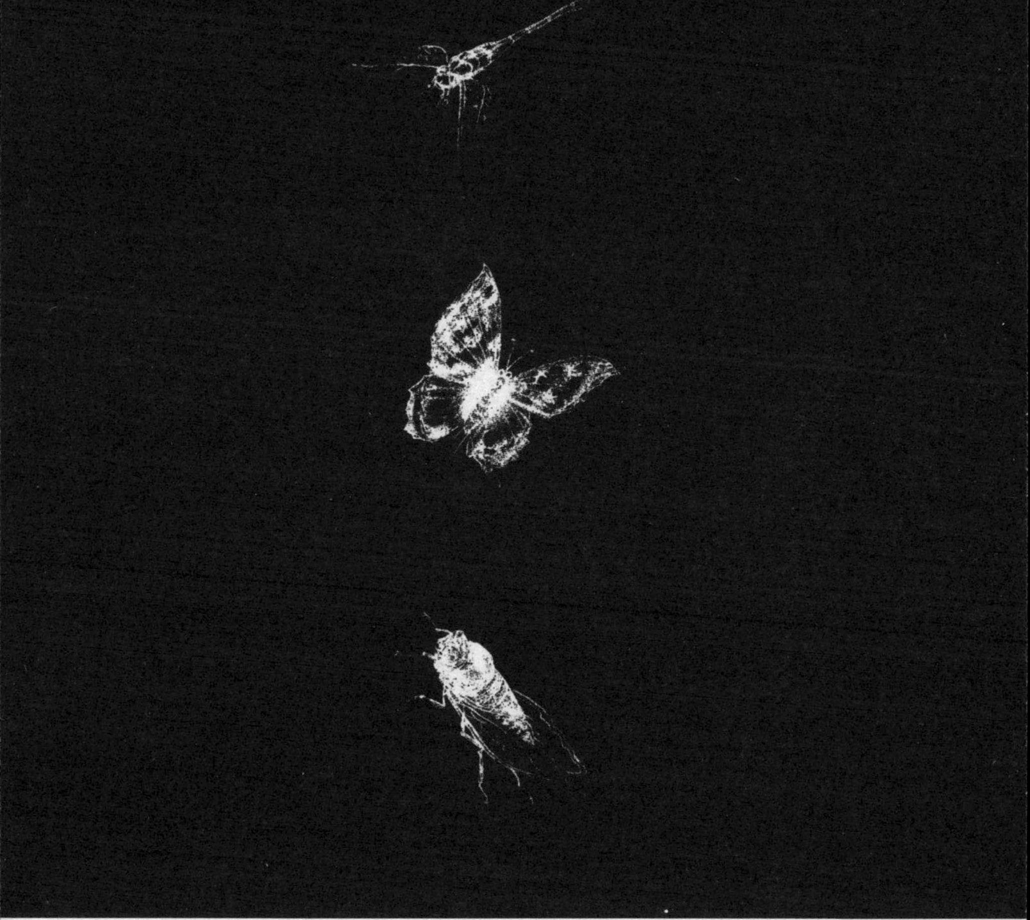

遮盖，暗示花儿艳丽，一时没被发现，前景却光明。《诗经》里说：蒙蒙间中，光焰明透。日后得了意，切莫太张扬。借此机会，我再拓展卖弄几句。刚才提到的‘家’原初乃供祖先祭神灵的场所，那是我们最早的庙宇。洋人常说中国人没有宗教，也对也不对。说对，我们的确没有信仰的执着和纯度，太务实，一切皆可通融，没有向上的心力，没有终极高度。说不对，‘家’原作庙，过渡到家庭，意味着每个家中都建了一座教堂，只不过，我们供奉的是祖先，而且，形色各异，良莠不齐。而西方的上帝却是真善美的绝对化身。”

扯到形而之上，刘敏便来了劲，芳唇开启，口若悬河，溅出众多色彩斑斓、意味深长的水花。旁者接茬，各抒己见，气氛又活跃起来。七嘴八舌，天高地阔。

“文学处在形而之间，上观终极景，下涉历史民情，中路是频率不一、各自跳动的鲜活心脏。”

“刘敏所言极是，写作要仰观形而之上，立足形而之下。在首都，既要写高楼，更要说胡同，还要写雾霾，顺带叨叨外国人。胸怀皇城，不避阴影，放眼世界。”

“而今眼目下，时间紧凑，诱惑繁多，作家下笔尤其要简洁，不能再像雨果那样，开篇介绍巴黎圣母院，就用了五十多页。我倡导极简主义，注重虚实经营。该蒙住的，切莫太露，用《增广贤文》的话说：逢人且说七分话，不可全抛一片心……”

不知不觉，午饭吃了两小时。遥望高楼林立、道路宽敞的首都，吸口气，但觉胸中浑重，向远探寻，苍天“蒙”了一层烟雾，即雾霾，与此相应的社会词场是蒙尘、蒙蔽、蒙网、蒙哄、蒙骗。被蒙的不仅有天空、花草、街道，还有自由、诚信、坦直和良心。

本想绕过，最后，还是回到刘敏写的那个“蒙”字上。当下顿悟：这“蒙”中既含有大龄美女的无奈，也悬浮着一个国家的忧哀。

子

没 想 到 测 字 背 后 竟 有 这 等 人 文 关 怀

许多人认为,测字,只要写个褒义词,结果一定吉,未必!笔画间的意味常常与字义相左,甚至背道而驰。

某富豪已得五千金,一门心事想生个男孩。老婆又怀上了,富豪写"子"问男女,测字先生却说:尊夫人怀的是一个丫头。说中了。"子"分解开,是"一丫"。

达度也测过两个"子",各有景观。

那年,去南方某大学演说测字,讲座完后,众口提议以实践验证小黑(测字)的魅力。达度没退路,只好应招。一位女孩急速走上讲台,写了个"子"。

达度看过，略加思索，便说："你遇到一件纠心事，想了结，一时却断不了。'子'拆开为'一了'，含有一了百了的潜意。一，在《易经》中称为阳爻，代表男子，你遇到的是爱情纠葛。而今，'一'交结在'了'中央，难解难分。"

解毕，几十双眼睛一齐扫向写字的女孩，达度知道，这回又说准了。大庭广众最怕说飙，平时破字，达度时有不端（测字用语，表示没说准），测字讲机缘，玄妙之感并非字字都有。

离开大楼时，写字的女孩拦住达度：

"老师，您说准了。能否指点，我该咋办？"

达度面有难色，推脱说：

"感情纠葛，我一抹黑，下不了嘴。"

女孩恳求："学生遇到困难老师不能袖手旁观呀。"

牵及教师职责，达度无法躲避，问明实情后，建议说："如果你觉得两人性格的确不合，分手的主意已定，就不要拖拖拉拉。话往明处说，快刀斩乱麻，当断不断反受其乱！"

女孩若有所悟，说了声谢谢，离去。望着女孩的背影，达度暗自祈祷：但愿你们各自幸福。

从此，测字与开导结了善缘。

去年，达度赴神农架度假，巧遇刘盟夫妇。三人是大学同窗，平时来往不多，信息却是通的。刘盟从导游做起，最后任旅游局局长，在神农架是呼风唤雨的人物。梅婷毕业后，改行做了社区干部。夫妻俩陪独女莎莎来景区休闲，对掌上明珠关怀备至，呵护有加。

巧遇乃一大幸事，故友重逢总有说不完的话。三人各述近来行踪，共忆大学趣事，打探同学下落。谈到近况，梅婷求证道："同学们都说你会测字，而且是高手，属实吗？"

“字会测几个,谈不上高手。”

“给我也测一个?”

“老同学发话,我只能从命,玩玩罢了,别当真。”

“同窗之间,我就直来直去了。先测一测我想问什么事,说准了,再请你帮我个忙。不能推哟。妻子做手术,丈夫不宜主刀,小孩更爱吃邻家饭。你是大学名教授,做思想工作肯定在行,效果一定比我们好。”

刘盟揶揄道:“还直来直去呢,字没写,就啰唆一大通。年纪来了,话不由己啊。”

梅婷笑盈盈地剜了丈夫一眼:“你嫌我色衰唠叨?”

刘盟急忙改口:“岂敢,岂敢,老婆在我心目中永远美丽。你的话是多一点,但句句在理,一句顶一万句。”

梅婷莞尔一笑,取出笔和纸。

达度笑曰:“梅同学做事依旧那么微细,一如既往地苛刻。请我测字,还要先考水平。合格了,才能上岗。这世间还有公平二字吗?钱锺书说得好,在中国,最可靠的是同学,最难缠的也是同窗。不多扯了,快写吧!”

梅婷写了个“子”。

达度瞧了一眼,开说:“女性写‘子’,加个‘女’,便是个‘好’字,暗示男女逢合。‘好’反过来读为‘子女’,你想测女儿的婚事。”

最后一句说得斩钉截铁,这个字达度有感觉。

梅婷惊呼:“果然名不虚传。我和女儿都信这一口,明天,请达教授给莎莎测个字,借机开导开导她。”

随后,喋喋不休,说起内心的担忧。

“莎莎在韩国读硕士,找了个外国男朋友,我们见过面,但……”

达度赶紧打住:“老同学,话别说得太多。测字讲机缘,我先给莎莎测一回,第一个字说准了,我再向你寻问细节,往下走。若没说中,我只能以叔叔的名义,帮你们敲敲边鼓。但有一点要明白,话语的力量是有限的,而且,我们的想法并不一定都正确,孩子们的某些言行可能更符合时代精神。”

“达兄不愧是名校的教授啊!”刘盟感慨道。

第二天,四人乘面包车游览神龙顶,途经香溪源等景点。达度和莎莎坐一排。这女孩文静,娟秀,教养好,待人接物得体。已见过两面,此刻聊谈更随意,几近无话不谈。

莎莎问:“达叔,听妈妈说,您会测字,能给我测一个吗?笔和小本我都准备好了。”

“你写个字,我们解解闷。”

莎莎写了一个“洒”字。

听梅婷的口气,莎莎的对象应该是一位韩国男孩,“洒”的笔画却指向西方人士。达度以往测错,大多吃了过分班色(察言观色)和扳脚(套人语气)的亏。这一回,他顺从直觉,以字感论道:

“‘洒’由三点水和‘西’构成。常言说:柔情似水。水喻女性,你的柔情洒在西洋人身上,找了一位西方男友。”

“哇,达叔,测字真的神耶。”

正说着,香溪源到了,一行人下车游景点,莎莎跟着地陪走远。达度趁机问梅婷:

“莎莎找的是位西方男孩吧?”

“对呀,是加拿大人,讲法语,叫马克,住渥太华。昨天,我正要说,你把我的话打断了。”

“哦。”

“小伙子看起来挺本分的,还会说中文。”

“那你们担什么心呢?”

“莎莎今年二十六了,两人交往了四年,都不提婚事。听人说,加拿大人谈恋爱狂热,结婚谨小慎微,万一再拖两年不谈了,不把咱女儿给坑了吗?再说,我们只有一个宝贝疙瘩,希望她能留在身边,加拿大天遥地远的,来回多麻烦呀。”

刘盟插话:“我只希望莎莎明白她到底想要什么。”

达度宽慰道:“中国人对跨国婚姻有些偏见,很多人以为外国男人都是花花公子,女孩水性杨花。事实上,外国男女多数是重感情的,结婚后也比较忠诚。我的许多学生远嫁国外,有离婚的,过得幸福的也不少。跨国婚姻的成败在于文化差异,这个难题解决了,其余的都不是大问题。洋人对忠诚的理解有可能与我们不尽相同。五年前,一位法国哥们和我聊天,正儿八经地说:我这人特别忠诚于爱情。我反驳:不见得吧,仅我所知,你情人就有五个。朋友辩解:我与第二人相交,已不再爱第一个,交第三个,已不爱第二个,依次类推,能说我对爱情不忠吗?我苦苦一笑,无言以对。再说了,眼下中国的离婚率并不比外国低,朝三暮四者大有人在。”

游完香溪源,又返回车上,各就各位。莎莎取出小本:“达叔,刚才,您说准了,我再写个字,您测测我男朋友是哪国人。”

达度笑云:“才游玩一场,还需要我说文解闷啊。”

“我觉得挺神的,再测一个吧,最后一个。”

达度只能点头。

莎莎胸有成竹,写了个“二”。显然,这是蓄意作难。小姑娘事后坦白:“我早就看到妈妈和您嘀嘀咕咕,肯定又在说我和马克,老妈对我担忧过度。我偏写个二,看您如何与加拿大扯到一起。”

就笔画取义而言,二与加拿大确实风马牛不相及。然而,达度善于定向测字,具备使牛头对上马嘴的超凡能力。

"看好了,你写了个'二',笔往'二'上一立,是个'土',测国别,就得拿地面说事。请告诉我,世界上哪个国家面积第二大?"

莎莎几乎叫起来:"达叔,您好赖,您好赖。"

众所周知,国土面积第二大的国家是加拿大,俄罗斯排第一。

梅婷从后排伸出头:"莎莎,和叔叔说话要有礼貌。"

老同学一直在后排监听女儿的言论,可怜天下父母心。达度自己也半斤八两,见女儿与男孩交往,比特工还机警。这也是计划生育造就的弊端,多养两个孩子,哪会这般纠结。

莎莎更正道:"妈妈,我在赞扬叔叔呢,他竟然将二与加拿大扯到一起。"

随后,与莎莎细聊在韩国的学习景况,讨论汉文化在韩国留下的余韵。达度肩负重任,自然会相时探问莎莎与男友的关系。深谈后发现,莎莎有主见,明白内心所求,对未来也有规划,人挺孝顺的。马克准备做法语外教,已在武汉找到具体单位,还是名牌高校。西线无战事,未来已安妥。

亟待开导的反倒是操心过度的梅婷。

聊扯半小时,达度对莎莎最后提出两点建议:第一,专心学习,按时获取韩国硕士,文凭拿不到日后寸步难行;第二,帮助马克进一步学好中文,不断灌输《弟子规》,大力宣传百善孝为先的中华美德。最后让他细读《道德经》,背诵《增广贤文》。语言是跨国婚姻的纽带,文化通融是涉外幸福的保障。

莎莎频频点头,末了,加一句:"没想到测字背后竟有这等人文关怀,还有那么深的文化底蕴。"

Wan

大 头 欲 火 冲 天，却 没 踢 出 临 门 一 脚

“个龟孙儿，肠子都悔青了，就、就剩那点活，老子装纯洁，丢了江山，早晓得，该、该把她龟儿做掉的。”

满身酒气的大头，慵脚懒手，软软躺在沙发上，舌头已经不听使唤了，翻来倒去，念叨那几句话，念着念着，鼾声响起。

送走客人，达度陪大头进了茶馆，点一壶竹叶青，借个地歇息片刻。蓉城的夜景温柔暧昧，空中弥漫着火锅的流香，靓女帅男们打情骂俏，喁喁私语滋润龙门阵激昂的喧闹，麻将合奏城市背景曲。成都乃谈情说爱的天府，是全世界一流的休闲胜地。

茶馆闲静，达度趁便看了会书。今儿是大头的生日，几位朋友把盏

相聚,大头高兴,酒多喝了几杯,散伙后,硬拉着达度要倾诉衷肠。

一小时过去,大头醒来,人,清白了许多。要来热巾擦了把脸,喝了几口茶,感慨道:“人,真不经活呀,一晃荡,四十五年就没了,还是我们四个在乡下的日子过得憨实。”

达度笑了笑:“你今晚留我,一定又有什么话要说吧?”

“知我者,达度也。昨夜,我在电脑上写点东西,输入 wan 三个字母后,屏幕上出现了:万、晚、完、玩四个字,第五个便是常见的那句话:我爱你。我一愣,这 wan 与我爱你有啥关联?挨了片刻,恍然大悟,wan 是我爱你三字汉语拼音的第一个字母,是‘我爱你’的拼音缩写,这爱又与万、晚、完、玩勾勾搭搭。心头一震,你我一路走来,知根知底,我这十几年不都在这几个字间晃来荡去,上下折腾吗?”

达度沉吟俄顷,感叹不已:“还真是那个事,这几个字好像是你老兄浪荡情海的几个浮标。别说,电脑这玩意,如同汉字,真还有些神奇勾搭。”

大头幽然道:“情场,也有一只无形的手。”

达度劝说:“你老兄也该满足了。开初,受了点委屈,过后也都补回来了。妻子漂亮贤淑,对你巴心巴肝的。情人一年三换,土洋结合,长期跟随你的二奶,仅我所知,就有三个,而且对你还有些真情义。刚才,你酣睡时,六妹一连打了三个电话。人到这份上,也该知足了,还有什么放不下的呢?有些事,看轻点。”

这时,大头的手机响了。

“喂,六妹啊,没什么,在和达哥聊天,你先睡,我等会就回。好,好,知道了,莫担心,乖,先睡。你说什么?昨天的校样怎么了?那套书卡在哪个关节……”

那几年,大头驻扎成都,成立天泰工作室,每年拿一堆书号,独立出

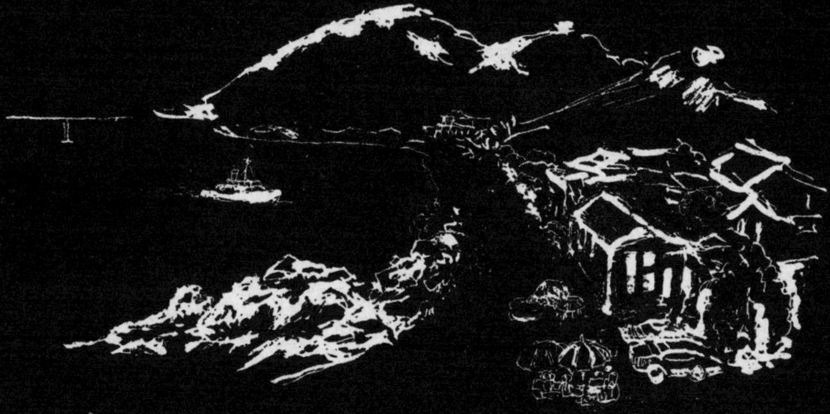

书，挣了钱，与总社分成，收入倍增。在成都，又买下两套豪宅，楼上楼下，楼下办公，楼上作私人空间。开着奥迪，长年雇用三个编辑。六妹给他做生活秘书，也叫二奶，是他从青楼拯救出来的小美女。忙的时候，还帮忙做校对，跑业务。朋友们打趣道，大头，你娃儿挺会用人的。了解六妹后，达度才相信，风尘之中，也有良女。这女孩善良、体贴，只读了高中，却有些文化，喜欢看小说，还写日记。脱离皮肉生涯后，全天候照顾大头的起居,包期两年,每月两千元。到期后再给一笔安家费,金额多少视服侍的质量而定。当时,达度身为教授,一月工资才八百多块,两千算是高薪了。大头久经风月,精谙此道,二奶不能包长,日久生情,麻烦多多。大头有原则,在外折腾再欢,家不能丢。每个月回去两三次,该交的公粮照交不误。钱一个月打三万,一分不少,算是顾家的男人。翠菊知道丈夫是离不开女人的角儿,有所风闻,也不细究,睁只眼,闭只眼。人是活的,钱要抓死。岁末,大头还会带一大笔年终奖。

大头也心安理得,他有自己的依据:民国前,有本事的男人,哪个不是三妻四妾,而且光明正大。州官可以放火,但百姓不许点灯,他对妻子的要求只有两个字:忠诚。钱不让你愁,家你得守好。大头是读书人,虽然小时学了点功夫,对女人却温文尔雅。夫妻间不能斗狠,这也是他的原则,不靠蛮力又怎样拴住女人的心呢?

靠测字鼓动念经,大头有句名言:信佛是女人守忠的最佳保障。

那日探家,亲热一番后,大谈佛法之妙。妻子学中文出身,在天涯岛一家杂志社当资料员,与人无争,日子清闲。没事便读书,正好迷上了《金刚经》,读得心驰神往。大头便说:“你写个字,我看看你的前景。”

翠菊写了个“弗”。大头开解:“字相是一张弓,搭上两支箭,你内心,煞气太重,担忧太多,弓上搭两箭,不吉啊!”翠菊辩道:“杀心没有,要有也是杀那些不三不四的女人。担忧蛮多,你常年在外,见头不见尾,我能安心吗?那两竖不是箭,是警惕的弦,一根是我的,一根是女儿的。”大头会意,坦诚保证:“娘子放心,无论在哪里混,不管在哪搏杀,你和女儿永远是我的家。等大事了结,我就回来,安安心心过日子。为了你和毛毛,我还要打拼几年。”

翠菊便问:“这弓上的箭如何能撤下?”大头赶紧接过话,“很简单,加个人就万事大吉了。弗加人即佛,一心向佛,合家平安。”翠菊点了点头,从此,开始念佛,而且越念越深,越信越诚。

大头打完漫长的电话,达度也从往事间返回:“怎么样,该回家吧,今晚我就住你的工作室,有话明天还可以接着聊。”

“再聊一会,还不到12点呢?”

在成都,12点只是夜生活的开始,满街的茶馆、会所、歌舞厅灯火通明,家家睁着诱人的大眼睛,的士个个载有客。大头那拨人通常是上午睡觉,下午工作,到了晚上便邀约饭局,划拳,喝酒,说黄段,摆女人,谈诗论道。完后或去按摩,或洗澡,接着又去泡茶馆。多的时候,一夜要换四五家店。到凌晨四五点,各自回家睡觉。翌日,又重复同样的节目。

成都有一批书商,做的都不错,好的成百上千万地挣,差一点的,一年也有几十万进账,大头属于第一类。成都规矩好,亲兄弟明算账,吃饭、泡茶馆,轮流坐庄;找小姐、泡妞则各掏各的腰包,这是行规,请喝请吃,不请日×。

聊了一阵,大头最后说:“我心头还有一道坎,翻过之后,就走正道。”

达度明白,这道坎便是他的初恋。

开车回家,各自就寝,不在话下。

细下琢磨,达度觉得wan牵出的几个字确实暗藏玄机。先说万与晚。

大头的初恋叫万小婷,当年是江都大学法语系大四的学生。高高的个儿,身材苗条,凸凹有致。眼睛大大的、汪汪的,脸儿小小的,樱桃嘴,说话娇滴滴,最是男人喜爱的那种小鸟依人型。

那是20世纪80年代初,达度与大头都在武汉读研究生,一个学法国文学,一个读世界历史。两校挨得近,爱情稍有风吹草动,便凑到一块,兴说艳运,商量攻略。筹谋了几个月,两人定出恋爱六字方针:拉手,接吻,上床。起先,还有一个“看”字,这看的技法还是从达度秘藏的一本原版法语书《引诱》中提炼出来的。书上说:吸引女孩,以目光为先导。先看脸,再看眼,暗投秋波,静心观察。若对方承接五秒以上,或回赠以微笑,艳事可成。大头本科二外学的法语,自学英语,读硕士又选法语,一般法文书他读得懂。当时,没有复印机,相关段落,大头抄了十几页。不知是他抄错了词,还是理解不到位,反正,没看出啥名堂。他眉来眼去,与本系一女生看了半年,越看越觉得对方于己青睐。还是达度推了一把,破了他看的幻景。

“光看有鬼用,女孩的心灵有好几个窗口,眼睛有时最迷茫,眼光会骗人,该说的要说,该拉的要拉,该做的要做。”

大头鼓起勇气,瞅了个机会,公开向那女孩表白。女孩却冷静回复:“对不起,我已有男朋友了。”大头伫在那里,半天回不过神。回去后,把抄的十几页纸撕得粉碎,还责怪达度:“法国人写的什么狗屁玩意,你当宝贝似的,一点也不符合中国国情。”

平和下来,总结出一条经验:恋爱是谈拢的,不是看出来的。又过了半年,大头在中法历史研究学术会上,遇见了给法国专家当翻译的万小婷。那次会,大头是唯一上台发言的学生代表,是他导师推荐的,其余者,都是国内各大名校的专家。这也是改革开放后全国举办的一次重要国际研讨会。

大头发言的题目是:再论拿破仑三世的功与过。

写论文,达度立了汗马功劳。他与江都大学的法语外教特莱丝关系密切。特莱丝家中富有,来武汉任教带了一千多册原版书,其中有两本讲拿破仑三世的,还是新作。达度翻译了相关章节,大头也能读法文。发言稿仅四千来字,却修修改改写了一个月。

大头的发言震惊四座,江报还采访了他,一时间成了学术明星,满面春光。很快与万小婷拉了手,接了吻,幸福得一塌糊涂,找达度的次数也少了,除非遇到麻烦,比如,小婷又多看了哪个男生两眼,或者,与男外教讲话眼里闪出异样的光。

大头信任达度是因为达度是过来人,虽然过得有些委屈。又得提及法国女外教。特莱丝是离了婚后来武汉任教的,四十来岁,个儿小巧,颇有韵味,但谈不上美,最多只能说:有点姿色。她酷爱文学,崇拜波德莱尔,懂汉语,读了中国的四大名著,尤其喜爱《西游记》,里边有几个妖精,各叫什么名,她记得清清楚楚,说的头头是道。

达度酷爱波德莱尔,并模仿他的风格,用法语写了几首散文诗,似乎有些味道。特莱丝读了,如获至宝,对达度刮目相待,时不时,送他几本书,给些零用钱,用心修改他的习作。每次给钱都有正当理由,比如为她翻译了几首诗,找到几本中文资料。应特莱丝之邀,达度经常去外教的住所,单独去,并肩读书,一道做饭,时不时含情脉脉,眉来眼去。终于熬不住那火辣的目光,达度将娇小的特莱丝揽在怀中。这一拥不打紧,拥出了达度的阳纯与胆怯。

特莱丝柔情偎依,达度却浑身颤抖,满目恐慌。外教连声安慰:“小心肝,别怕,这是人的正常需求。”达度却结结巴巴地说:“这,这,这是我的第一次。”

外教雌性大发,怀拥唐僧一般,百般安抚,柔情温存,终于慰平了达度的战栗,尔后纤手巧引,帮助小情人完成了生命赋予男人的洗礼。那一刻,达度觉得自己是特莱丝怀里的唐僧肉。事后,便躲着女外教,一连躲了一个月。最后又走到一起,别了恐惧,游刃自如,达度开始明白什么是温柔,什么是快乐,什么是男女关系。刚上大学时,他想象中最黄色的一幕只是拉一拉心上人的小手。

半年后,外教任满回国,达度感到既惆怅,又轻松,仿佛卸下罪恶的包袱,从此,走向成熟。

临到假期,大头找到达度,他又面临一大选择。同学都走了,宿舍只剩他一人,当晚小婷要去他那玩。六字攻略还剩最后一关,是否该突破。探讨半天,大头不听忠告毅然决定:小婷是纯女,这神圣的一刻要留到新婚之夜。

这一留便留下了终身遗憾,引发浪荡,遗下几十年的痛苦。那日,两人赤诚相拥,小婷绵绵躺着,任由摆布,大头火气冲天,却没踢出临门的一脚。

假期,小婷陪外教罗贝尔游了一趟三峡,罗贝尔苦苦追了她两年,小婷心有所动,因与大头热恋,便没接那个茬。然而,人都是肉长的,独自相处五六天,荡人情欲的波涛要晃破那道脆薄防线又何其容易。再说罗贝尔又是单身,人帅心诚,那年月出国可是难以抗拒的诱惑,何况是去巴黎。很快,小婷与罗贝尔上了床,大头纯情预留的那条线被技术娴熟的洋人扯断了。

开学后,小婷便躲着大头。那时还没有手机,电话一个楼仅安装一部,写信信不回,找人人不在。三个月只见了两次面,见了面要么没话说,要说便是"我爸爸说了,我们的关系还要慎重考虑。"大头知道情况有变,痛苦得几近疯狂。

最后他大致探明了缘由,摸清了情况,开始接受眼前的事实。达度也做了很久工作,想方设法安慰童年的好友。到了第四个月,两人心平气和约到一起。大头做最后一搏,恳切地说:"小婷,你的事我已晓得了,我可以既往不咎,给个机会,我们从头开始,我会给你幸福的。"

小婷细声说:"晚了,我已怀了罗贝尔的孩子。对不起,请原谅。"

大头已有心理准备，一言不发，走了。

半年后，万小婷嫁给罗贝尔，定居巴黎。

事后，大头找到达度，低声问："万的本义是什么？"达度答："万(萬)是象形词，本义是蝎子。"大头沉默少许，喃喃道："蝎子是毒虫，我要以毒攻毒。"

这便是"万"与"晚"的经纬。接下来，是完与玩。

从那以后，大头完全变了个人。过去的纯情荡然无存，喝醉酒的时候，会反复念叨："纯洁，骗人的鬼话，就差那么一点活，老、老子，该、该把她做掉的，踢、踢了那临门一球，也、也许就、就是另外一回事、事了。"清醒的时候，只字不提小婷的名字。

随后开始发奋，五年后在出版界混出了名堂，挣了一笔巨款，结了婚，生了娃，买了两部车、几套房。开始花天酒地，仅法国女郎便找了好几个，而且，一个比一个漂亮。每当有人要求结婚，他便冷冷甩一句："晚了，我娃儿都会打酱油了。"随后一脚踹开，又去物色新对象。国内情人一年也要换两三个，有时脚踩几只船，经常踩得摇晃晃的。一会赔付青春损失，一会要面对黑社会。有一阵子屋都不敢落，晚上住宾馆，打一枪还要换个地方。烟花女子更不计其数，每年投在洗浴中心的钱不下二十万。大头心地善良，与风尘女子打交道从不斤斤计较，钱只会多出，不会少给。他认为这是均贫富的一条途径，善待色业人员旨为建设和谐社会。大头有句名言：我们要做一个对得起良心、不愧时代的文明嫖客。

说起爱情，只有一句话：

"什么纯情，什么节义，全他妈扯淡，爱情就一个字：玩！"

也有玩过火的时候。那一年，大头带着耗子等四位好友乘船游天涯岛。耗子从小习武，打起架来，三五个人近不了他的身。大头也有点童子功。出门在外,有恃无恐。五个人都带了女人,临时从青楼里招的,各有各的姿色。船快到目的地,已近黄昏,几个人心血来潮,要喝一场登岸酒。喝得微微醉时,耗子说:“竹林七贤的刘伶以房屋为衣裤,光着身子接待客人,我们几个还穿得周吴郑王的,球正经,脱!”五人全把衣服脱了,一丝不挂。公共场合,赤身裸体,还傍着女人,这场景,别说在中国,就是美国,也没人容忍得下呀。刘伶是在自家屋里裸露,那是私人空间,性质不同。餐厅经理出面干涉,叫来保安。话不对缘,争吵起来,两个保安上前劝阻,双方动起手。耗子稍使拳脚,保安撂倒在地,经理挨了几拳,走了。大头一帮洋洋得意,继续喝裸酒。

这世道,总是山外有山,人上有人。

几分钟后,厨师长带着七八个徒弟,手持瓢勺擀面杖冲将过来。耗子、大头砸烂木椅,操起凳腿迎了上去,刚过几招,便知遇到克星了。厨师长乃武林高手,七八个徒儿跟他练了五六年,个个身手不凡。没打一会儿,五人已招架不住,都挨了些打,但没伤着筋骨。几个陪女只知道惊叫唤,帮不了忙不说,还用恐叫瓦解军心。陪女中有两个见过世面的,赶紧收拾几个人的衣物、背包。包里有钱物和手机,贵重物品不能丢。几分钟后,五个人完全落了下风。大头和耗子清醒过来,一声令下:跳海!五人纵身跳下,海面溅开五朵白花,美如罂粟。旗开得胜的厨师们没有痛打落海狗。船长赶过来,怕出事,赶紧放下救生艇。还好,五人都会游泳,游船离岸边只有两百多米。

游上岸,几个陪女也赶过来。五人穿好衣裤,抚了抚皮肉之伤,酒也醒了。耗子严肃地说:“大头,你老兄打探一下,那厨师长叫啥子,有机会要去说声谢谢。这伙计武艺高强,今天没让徒儿下狠手,不然的话,我们哥几个早就瘫在甲板上了。”大头练过武,心里也有数,点了点头。这事,小菜一碟,天涯岛是他的老巢,一个电话搞定。当场拿出一沓钱,重点奖赏两个收拾衣服挂包的女孩,其中之一,便是六妹。其他三个陪女也得了点压惊费。钱是大头出的,他是发起人,各行有各行的规矩。

收拾完毕,一拨人搂搂抱抱,又向岸边的茶楼走去。茶楼的牌名叫Wan,附托霓虹灯,在夜里艳闪,三个红色字母像一道征文,于无声中招揽人世间的丰富含义。

色

妻 子 良 久 无 语, 两 行 热 泪 慢 慢 流 下 来

放纵并没解开大头的心结,每每提到万小婷,他便两眼恍惚,表情凝重,可谓谈婷变色。达度娓娓宽解,收效甚微。大头四十九岁生日那天,亲朋好友又翻江倒海聚了一次,一同往常,客人走后,两人溜进茶馆续谈。这一回,大头没喝多少酒,头脑异常清醒,轻声说:

“给我测个字,我可能要离开成都一段时间,去外地游荡三四周。”说着咳了几声。

达度问:“怎么,病了?”

“有点感冒,没事,过两天就好了。”

“写吧!”达度轻声说,话毕,也不看大头,微闭双目,静静地聚气,

安然养神。每逢紧要关头,大头都要请达度测个字。这一回,尤为重要,或许影响童年好友的后半生。达度自忖:我不是神仙,以往常常说错,这一回,必须依托文字的能量,顺应自然脉络,逮住玄机,努力展露光明。大头庄重地写了个“色”字。

拿眼观摩,已有触感。达度不着外力,幽幽地说:“色,上部像一个刀形,下有一个‘巴’,俗话说色是一把刀。你带病写字,巴加病旁,便是伤疤的疤。你该狠下心,用这把刀削去心头那块疤。不能再拖,如果藕断丝连,‘色’加一个丝旁,就是‘绝’字,那可是一条死路啊。刚才,你口口声声说要离开,巴加离字,便是巴黎。解铃还须系铃人,去吧,你要解脱,必须翻过这道坎。后面还有一段话,等你回来再说。”

大头沉默些许,小声说:“我知道怎么做。”

一周后,大头去了巴黎,见到了雪藏心中二十多年的小婷。昔日的情人已四十居中,苍老了许多,大大的眼睛还留存了芳龄时的风韵。小婷与罗贝尔已分居两年,女儿大学快毕业,小儿上大二,生活并不富裕,甚至有点拮据。

罗贝尔回国后没找到好工作,只能去私人小店打工,工资中等偏下,跳了两次槽,待遇越跳越低。昔日的光泽暗去,感情渐渐变淡。在中国他是堂堂外籍专家,说口流利的法语便可神采飞扬,纵横天下;返回法国,身无特长,又无家境,只是茫茫人海中的一员,有如海滩一沙粒,而且不是一颗起眼的沙。小婷在学校学的法语,也无一技之长,只能找些杂事,教点中文,焦头烂额时还给人家当过保姆。三年前才找到一份固定工作,在一家旅行社当导游,专门接待中国游客,工资比罗贝尔还高。收入不平衡,矛盾开始激化,争吵不断,最后只得分手。小婷一直在关注大头的行踪,定居法国三年后,开始反悔,那时,大头仍旧单身,而她已是两个孩子的母亲。

大头将小婷带到临海小城，找了家五星级宾馆，足不出户，昏天黑地恶补了三天。霸气十足的他冒着漫天大雨，顶着情风欲飙，终于将门前的那个球踢入玄门，踢进一回又一回，直至筋疲力尽。小婷呻吟道：这是我二十多年来过得最幸福的三天。

球入网后，心上的疤没了，那道坎终于翻了过去。眺望大海，看着小婷，突然间感到空虚起来，觉得眼前的万丈碧波只不过是一汪水，那道坎只是虚荣心拱起的小包，这情景有点像法国著名诗人波德莱尔的经历。

波德莱尔一生交过三位重要女人，第一是杜瓦尔，那是诗人的肉体伴侣，这混血女人丰满的胸脯、淫放的激情一时赶走了忧郁王子内心的阴云。第二位是演员都布兰，她温情的眼睛、母亲一般的柔意抚慰诗人骚动的心灵。第三位是莎巴蒂耶太太，那是诗人崇高的精神之恋。波德莱尔苦苦暗恋十几年，为她写了众多的诗，内中饱含色情的欲动、骇俗的场景，这些诗合入《恶之花》结集出版。莎巴蒂耶心知肚明，却不挑破，撩得诗人雅情鼓胀，辗转反侧，将恋人幻为神女天仙。后来因那几首色相诗，《恶之花》被告上法院，莎巴蒂耶毅然相助，四处活动，减轻了诗人的罪名，同时向波德莱尔送去激荡的秋波，诗人终于上了天仙的床。云雨之后，神光暗淡，那个“恋”字从精神中飞离。波德莱尔深感失望，从此敬而远之，再也没登莎巴蒂耶夫人的府第。

到第四天，日子开始趋于平静，两人逛逛街，看看海，游游泳，日落月起，时光呈出原朴的本色，大头渐渐淡定。一周内，他们集中活动的场所有两处，一是沙滩，二是咖啡馆。还看过一场电影，蹦过一次迪。几家餐馆都吃遍了，最后相对固定在一家。大头过后回忆说：那时的感觉挺特别的，黄昏在上，黎明在下，颠鸾倒凤；一会唐朝，一会民国，今儿在过去，过去在当今；忽东忽西，上下不定。

下午，两人常常躺在沙滩椅上，瞭望大海，轻言慢语聊摆家常，往事谈的少，紧紧抓住当下。

大头问："在巴黎待了这么多年，法国什么最吸引你？"

"孩子学习压力小，不用高考；水清，空气纯；社会保障到位，老百姓没啥后顾之忧；人与人比较平等，言论行为自由。最后一条，食品安全，吃东西放心。"

"不好的地方呢？"

"法国人骨子里排外，难有深交。想家。活人容易，挣大钱很难。"

小婷反问："最近还在写书吗？你的大作，我就读过一本，还是十年前读的，讲中外历史文化，挺有深度。"

"至今，我只出过一本书，后来忙着挣钱，没写了。积累倒不少，也读了些书。"大头答。

小婷笑着说："主要积累女人去了吧，听说，你法国女郎就 collectionner(收集)了一打。"

"这捕风捉影的事儿传得倒挺远的。"大头笑了笑，心下却感到些许安慰，说明这负情的人儿还曾关注自己。末了，又莫名其妙地加一句："积累女人也是人生的一大财富，日后或许能派大用场。"

小婷没接话，沉默少顷，又问："不准备到国外发展？"

大头顿了顿，定声说："小头已移民加拿大，我在蒙特利尔也买了一处房。现在还没确定。要去，可能去加拿大，那儿谋生容易些。女儿也在蒙特利尔读书，老婆在家一个劲地学法语。"

小婷绕过大头的妻女，抓住小头："听说你的同胞弟弟干得很出色，是上市公司老总，国内巨富。"说着，哧一声，笑起来，解释说："那天，我待在你寝室看书，你下楼买点东西，一两分钟，又上来了。我纳闷，不是说买东西去吗，怎么换了身衣服又跑上来了？没等我开口，小头主动介绍:你是小婷吧,我叫小头,是大头的双胞胎弟弟。我差点晕过去,你们俩简直一模一样。”

“现在好认了,他胖我瘦,一目了然。”顿了一会,大头忆起少年时的趣事,“读初中那会,有人和小头打赌吃包子,看谁吃得多,输家买单。比吃那天,我和小头穿得一模一样,还剪了个一模一样的头。我躲在附近的厕所里,小头吃胀了就跑厕所,我接着去,闷着头吃,说话怕露馅。不用说,我们吃赢了。”说着脸上泛出稚纯的笑,大头已和童年联通,找回了自己。

东扯西拉,谈了一阵,最后小婷问:“这次来法国有什么特别感觉?”

大头没立刻回答,想了一会,缓缓说:“法国,我来过六七次,海边城市也看过不少,每次都走马观花,来去匆匆。这次体验细一些,感觉更踏实。我发现国内天涯岛的沙并不比法国的差,最起码,龙腾湾的沙比这儿的要柔细。不过,法国的海滨城市建得挺有人情味的。八年前,我在三洋买了一块二百余亩的临海荒地,一直拿不准该做什么,这会儿,心里有数了。”

夕阳西斜,海面上浮挂一轮殷红的常圆(测字用语,指太阳)。白云几朵点活了蓝天。游人逐渐稀落,天边开始黯淡。大头吟起李商隐的诗:夕阳无限好,只是近黄昏。

太阳落山后,亮起万家灯火,海滨小城弥漫着温暖的家常气息。想到“家”字,大头心中涌出一股暖流,意味深长地说:该回去了。

两人挽着手,缄然返回宾馆。

本来打算住个把月,十天后,大头改变初衷,更改了行期,提前打道回府。临走时,留给小婷一笔钱。小婷把他送到机场,默默看着他走进海关,消失在熙熙攘攘的人群之中。以后,两人再未见过面。

也许大头自己未意识，达度觉得他最后留一笔钱既是一种仁慈，也是一种险恶的报复。有意无意中，他将小婷当成风尘女子，他要用钱了断情缘，如同打发他所包的二奶。这也是人的复杂性。幸亏小婷接收了馈赠，不然，大头又会多一份牵挂。最后一句是大头自己说的。

回国后，直飞武汉，达度又看到了二十年前的阳光笑容。

大头兴冲冲打开包："给，特意为你买的奶酪，还有两本书，是研究米修的新作。"

"谢了，谢了，"达度感动地说，"我正在寻谋这本专著呢！看到你轻松的样子，真为老朋友高兴啊。"

"也谢谢你这么多年的苦苦劝导，没有这个前奏，要彻底摆脱，又谈何容易。"稍顿，又问："我临走时，你说，'色'字还有一半，这会能说说下文吗？"

达度道："'色'下有块疤，你到了巴黎，看到没有？这巴黎的黎中间有个人字。见了巴黎的这个人，那块疤就离你而去了。巴黎，等于疤离。"

大头朗朗大笑："老伙计，你越来越会拿字忽悠人了。"

达度坦言："适才土冈（测字用语，表示说）的确是忽悠，但有根有据，算得上妙说。现在谈正经的。色，下巴上一把刀。下巴之上是什么？是口，是嘴。刀子从口里出，也可以从口里入。桃色事件，就是刀从口出，谁与它沾边，就一传十，十传百，刀子满天飞。你是体制中人，归了正道对绯闻之类的事就不能掉以轻心，弄不好，会身败名裂的。秀色可餐，是刀往嘴里入。从口里一刀下去，顺着食道可达心脏，让你口吐热血，红花飞溅。众人都好色，但别做刀下鬼。五十岁前浪一浪情有可原，再浪就过头了。做人最怕这个'过'字。"

大头打趣道:“以字劝人,效果比政治说教强多了,好吧,我听你的,收拾残局,归返正道。”

达度心下明白,话语的力量是有限的。没有巴黎之行,再妥帖的劝解都只是表皮安抚,奏不了实效。月子里落下的病,只有等生下一胎医治,才能除根。大头征服欲强,瞄准的第一对象是女人。而他却绊倒在初恋情人的裙边,这口气他无法咽下。只有补上那临门一脚,才能除去心结,最后走向温柔与平和。说到底,还是大男子主义在作怪。

告别达度,大头又在武昌一庙中斋居数日,消息是从小头那无意得来的。十年前,达度去蒙顶寺,也邀过大头,大头懒心懒肠的,提不起兴趣。拜佛不可勉强,没有心愿,去了也白去。达度确信,这一回大头真要洗心革面,这“归返正道”不再是一句敷衍话了。暗自为朋友高兴,这也是生活的一种当道轮回吧。

随后,大头关闭工作室,返回天涯岛,承包一个部门,依旧独立出书,年终与总社分成。成都的三处房,卖了两处,资金用于建设海滨庄园。建了房,栽了树,挖了水塘,还喂着土鸡。平时,雇一农工看守。再花两个月时间收拾情场残局,与情人们一一断了联系。六妹得一笔安家费,回镇上开了个服装店,嫁了人,相安无事。大头回到妻女身边,享着天伦之乐。闲时看看书,开始创作,两年后他的第一部小说《翻过那道坎》轰动全国。呆闷了,便飞往内地,与朋友聚谈几日,载兴而归,继续写作。五十岁生日那天,大头神情庄重,轻声对妻子说了一句:

“我爱你!”

翠菊良久无语,两行热泪慢慢流下来。

阿弥陀佛!

沙漠

法 国 骆 驼 在 中 国 可 以 找 到 生 存 环 境

测字，达度国内讲，在国外也讲，而且，讲的更多，主要在巴黎大学和孔子学院。还在密友索菲执教的中学讲过一回。每讲测字，来的听众也最多。巴黎乃自由之都，听讲座全凭各自的兴趣，不像国内，听众可以组织。若想吸引众多耳目，必须三足鼎立。第一，题目要新颖；第二，讲座要有质量；第三，法语要过关，肚里有货，用法语表达不出来，货多也没用。

那日讲测字与汉字的魅力，报告厅坐了八十多人，几乎没有空位，在法国，这已属空前的盛况。达度有点人来疯，人越多越兴奋，讲得也越有激情。那一天，听众很给力，中途几乎没有退场的。

讲座完后，一如国内，总有人提议：来点实例，给我们测个字。达度敬奉汉字，内心纠结。异国不是汉字的场，一五一十去测，觉着别扭，舌头也不自在。

还是到哪座山上唱哪首歌吧。要求既已提出，你不能不给下文。于是，选择定向测，权当办个家家。法国人对爱情最感兴趣，就拿婚姻说事。

"这样吧，做个游戏，预设你们都结了婚，或有了那一位，无论你们写个什么字，我都根据字的笔画强说你们有丈夫或者有老婆。没有，我临时送你一个。爱情多一个总比少一个好。可以吗？"

听众齐声回答：

"可——以！"

"谁先上来写第一个字？"

话音未落，几乎所有人都举起手，老人尤为积极，手臂伸得高高的。法国人个个喜欢自我表现。达度小时候少言寡语，比较畏缩，学了法语，在巴黎待了几年，性情突变，也爱当众蹦跶，就如同学日语的，点起头来，动作总比一般人温雅。

达度点了一位暮年美女。

老太太欣然上台，写了个"日"，临下台，向听众扮了个鬼脸。

这"日"，达度测过几十回，几乎可以信口开河。

"请看，'日'拆开，是不是有两个'口'。汉语里，有个词，叫'两口子'，就是指夫妻的意思，不结婚能叫夫妻吗？"

接下来，又自告奋勇蹿上来一位中年男士，他写了一个"月"字，临了，举起右手，叉出个"胜利"的手势，讲台仿佛变成戏院或者T台。

这个"月"，也不陌生，心中早有经纬。达度开解。

"月亮，法语即Lune，是个阴性单词，代表女人。如果将'月'字的两条腿去掉，”说着用板擦抹去月下伸出的两竖，“再看，这个月不就成了日吗？日，法语叫 Soleil。法国历史上一位赫赫有名的君主路易十四就叫太阳王。太阳代表男人，用中国北方的话说，叫爷们。我认为法国两千多年来，出了三个大爷们。第一是拿破仑，第二是路易十四，第三是戴高乐。不扯远了，回到‘月’中来，‘月’中含了‘日’，是阴与阳的混合体，男女合为一体，不就是结婚吗？”

大厅响起自发的掌声。

这时，一位年轻美貌的法国女郎举起手来，没等点她，便开了腔。“请问达先生，我能写个法语词吧？”

当众测字，不能贪多，言多破绽多。已经测了两字，说的也圆满，照说，该收场的，却又碰见一位艳丽女孩。英雄难过美人关，达度不是英雄，这一关更难闯过。心下一横：“好吧，这是最后一测，请写，可以用法文，规则还是刚才的规则，我咬定你有丈夫，结了婚，尽管你看上去像个中学生。”

法国美女笑得像一朵花，女人都喜欢别人说她年轻，即便脸上布满核桃般的皱纹。

女孩写了一个 fille。

“容我思考片刻。”法语，达度测的少些，需要预热。来回踱了几步，望望字，有了感觉。

“各位女士先生，fille 意为姑娘，表示女性，拆开，正中间有两个字母 il，对不对？il 是阳性第三人称主语，即他，表男人，这 fille 一如中文的月，也是男女相交，阴阳互合，表示男女结了婚。”

掌声雷动。

法国人个个叫绝，有人吼了起来：“Bravo, Bravo.”然后用中文齐呼：“再来一个，再来一个！”

俗话说,事不过三,过了三,适得其反,这个底线不能突破,哪怕遇见玛丽莲·梦露。做人要有原则,尤其在国外。

"各位,对不起,测字有行规,一天不能超过三个,今天到此为止。"

字测完,还剩二十分钟互动时间,达度便调转话头,谈中法文字的差异。刚说几句,一位学者模样的中年人插言:"达先生,谈中法两种文字,一般都说差异,两者之间难道没有共同点吗?"

这一问,点到了要害,恰好,达度刚刚写过一篇相关短文,腹中有点存货。不过,登台讲课,不能老是自话自说,还要调动听众的积极性。达度在国内给博士上课大多采用课堂研讨,学生主讲,教师围着学生转。问题一出,达度已感到提问人的底气,是有备而来。

达度反客为主:"先生,您有什么高见?"

中年人先自我介绍:"您好,我叫保罗·达多,按中国习俗,我们还算半个本家。我本科硕士学中文,博士读社会学,重点研究妇女问题,对老庄很感兴趣,还学过梵文……"

Mon Dieu!(我的天!)达度暗自一惊:这听众之中藏龙卧虎,我得小心谨慎。

保罗继续说:

"法国诗人波德莱尔有句名言,五官之间相互应和。我发现汉语和法文也有许多有趣的关联。比如法语的Chameau(读音:沙某),即骆驼,按它的读音在中文里找个相吻合的词便是沙漠,也就是说,法国的骆驼在汉字里可以找到生存的空间。tchintchin(读音:请请)也来自中国。19世纪末,马赛的海员来到了广州,当地人请吃饭,喝酒时不停说:请,请。法国人以为是碰杯,便把这请请两字合二为一,铸成tchintchin,表示:干杯。现在法国人聚吃常用这'请请'。"

达度接过话:达多先生说的有趣,按您的思路追下去,我还可举两个例子。第一,法语的国骂是 Merde,译成中文即妈的,他妈的。将这个词拆开,可以得到两个词,第一是 mer,意思是大海,但是它的读音跟 mère(妈妈,母亲)一模一样。另一个词是 de,这是法语最常用的介词,相当于中文的"的"。因此 Merde 按音意直译过来,恰好是"妈的",与中国的国骂完全吻合,这也是法语与中文的一大巧合。

第二个例子,阴阳是中国文化中的一个标志性概念,法国人一听见阴阳立刻会想到古老的中国。法语的名词也分阴阳性,比如 Voiture(小车)是阴性,Camion(卡车)为阳性。我做过一个统计,法语千字常用名词中,阴性多于阳性,这仿佛说明法国文化也有崇阴的倾向。法国历来尊敬女性,中世纪,骑士为了心仪的女士可以抛头颅洒热血,凯旋后,送给心上人儿一朵鲜红的玫瑰,女士则惚兮恍兮拈花一笑,勇士心满意足,五体投地。这便是骑士精神,它是法国文化的一大支柱。在法语中,这种精神叫 esprit courtois,其中最重要的定义就是"有教养,尊重妇女",如今,courtois 一词表示"彬彬有礼"、"对女士献殷勤"。

中国文化也崇阴,我们说阴阳,而不说阳阴,阴放在第一位。崇阴的代表是老子,老子推崇众妙之门,这道门便是女性的生殖器。刚才达多先生说,您对老庄感兴趣,我们有共同的爱好。我收集了《道德经》的七个法语译本,发现《道德经》中的几个关键名词:比如道(la Voie)、德(la vertu)、自然(la nature)、无为(La non-intervention)、众妙之门(La porte mystérieuse),译成法语,除了无为(也有译成 le non-agir)一词偶尔有例外,其他的全用了法语阴性名词。这似乎也说明在崇阴这一文化取向上,中国与法国遥相呼应。

讲座结束,达度走向保罗:"谢谢,您讲的很有新意,给我很多启发。"

保罗说:"我也要感谢您,听了讲座,我更加坚信,语言是破解文化密码的一把金钥匙。”达度接过话头:“高见,字里藏有世间秘密。您刚才说的‘钥匙’也带日月,钥含月,匙中见日,月在前,日在后,这也是中国文化崇月的见证。而且,钥匙(la clé)在法语中是阴性名词,点名了中法两种文化崇阴的共同点。著名汉学家艾田蒲说,法国是欧洲的中国,我认为,有道理。当然了,法国文化更有重理性的阳刚之美。说来话长,以后有空,我们再细下摆谈。”

嫁娶

这 个 词 很 暴 力, 没 把 女 性 当 人 看

巴黎测字酿造了跨国友情。拿到博士学位后,保罗来武汉某大学任教,继续从事妇女研究,如鱼得水。闲暇时,经常邀约达度泡咖啡馆。中文说得溜熟,还会几句汉腔。聚在一起,两人海阔天空,畅谈读书收获、辩论文化差异,谈得最多的还是女人。

周末,保罗又打来电话:

“拐子(武汉话:兄长),今晚有空吗?”

达度握着话筒,笑了笑:“又有新发现了?”

“是的,我发现两个有趣的汉字,与法语一比较,能看出两国文化的许多意味深长的差异。我们今晚八点聚一聚吧,还是老地方,他山

咖啡。”

“好的,晚上见。”

到了咖啡馆,各自出钱,点了两杯蓝山,保罗迫不及待地拿出纸和笔,一边写,一边说:“你看,中文里表示结婚有两个动词,男的与女的结婚,叫娶;女人和男人结婚叫嫁。娶字明显重男轻女,第一,‘女’在下,‘取’在上;第二,取是拿、夺的意思,相当于法语的 prendre,对于女性来说,这个词很暴力,好像是拿个什么东西,没把女性当人看。”

达度惊赞:“一周不见,真当刮目相看,你对中文的理解越来越深了,再过几年,法国第一汉学家的头衔非你莫属了。”

保罗也不谦虚:“只要努力,也许会有那一天。社会学途径很多,我想从文字入手,搞点新花样。”

达度提醒道:“刚才的字,你只说了一半,另一个‘嫁’你怎么解?”

保罗答:“‘嫁’表示‘女’人进婆‘家’。到男人家里后,就失去了自由,不能随便乱跑。”

达度好奇地问:“这层意思,你怎么看出来的?”

“甲骨文的‘家’,是屋内供放一头猪(豕),表示祭祖,这头猪的手脚要捆上绳子。法语就不同了,我们结婚,表现在词语上,男女是平等的。嫁娶法语最常用的动词,是 épouser。这个词男女通用,主语既可以是男的,也可以是女的,如 Paul épouse Marie(直译:保尔以玛丽为妻),也可以说 Marie épouse Paul(玛丽以保尔为夫)。两相比较,我发现,在历史上,法国妇女的地位比中国妇女高,我们的男女关系比你们平等。”

言之有理,尊重妇女是法国文化的一大特色。接下来,保罗以女性文学沙龙为例,论说法国妇女在社会中的重要地位。

贵妇沙龙是法国 17 世纪兴起的时尚,最有名的是朗布耶侯爵夫人

(Madame Rambouillet,1588—1665)开设的文学沙龙。每周一聚,从1610年一直开到1645年,聚集了当时的各色名流。朗布耶夫人原籍意大利,自小受过良好教育,酷爱文学,通晓历史,口才好,才智过人。她的沙龙聚有一批博学多才的女宾,交往的礼仪极讲究,男士入门脱帽行礼,俯身吻手,女士手牵裙摆,微微一蹲;说话女士优先,男人不得随便插嘴。言吐要典雅,"镜子"不能直说,要称"风雅的顾问","扫帚"应称"清洁卫士"。此乃法国17世纪的高雅时尚,朗布耶沙龙为净化法语、提高女性地位作了重大贡献。

从1652年起,斯居德里小姐(Madeleine de Scudéry,1607—1701)接替朗布耶,重延文学沙龙的香火。剧作家拉辛、高乃依、莫里哀及寓言家拉封丹都是沙龙的常客。莫里哀受益最大,却有点忘恩负义,1659年,他创作《可笑的女才子》,辛辣讽刺贵族阶层矫揉造作的言谈举止,剧中那位可笑人物Magdelon,用的正是斯居德里的昵称。

斯居德里本人也是作家,她发表了一张寻爱图(Carte de tendre),直译为《温柔图》。温柔是一个想象国的名称,在温柔国里,有三条河,河边建了三座城,名字分别是"倾慕之上温柔"、"尊敬之上温柔"、"感激之上温柔"。温柔的主体是男士,对象是女性。从友谊村到爱情城,中途要经崇高精神镇,路过诗句村,穿越殷勤林,走过情书街,折腾几个月才见得上心仪女孩。你不能急,激情犹如大海,是危险的同义词;在法国古典主义时代,激情只有与崇高、克制结合才有价值。《温柔图》道出了斯居德里心目中男人追求女士的理想线路,也是当时贵族供奉的风俗图。

达度也熟悉法国沙龙史,插话说:朗克露(Ninon de Lenclos,1616—1705)也是个了不起的人物,此佳丽是法国17世纪的著名交际花,也有人说是高级艺妓。她通文学,会弹琴,谈吐不凡,还懂科学知识。年轻时,纵情享乐,情夫一大串,都是有头有脸的人物。至晚年,改淫归正,开办文学沙龙,身旁聚集一帮文人,莫里哀、拉封丹等名家常将文稿交与修改。临终前一周,公证人将自己读中学的儿子介绍给朗克露,交谈一阵,暮色美女发现这孩子机警聪慧,前途远大,遂将他的名字列入遗嘱,留给他 2000 法郎。这位中学生就是后来大名鼎鼎人称法国启蒙运动之父的伏尔泰。

三十年后,伏尔泰经常出入的场所是乔芙兰夫人开办的文学沙龙,这也是法国 18 世纪最夺目的文人汇聚场所,从 1749 年一直开到 1777 年。乔芙兰(Madame de Geoffrin,1899—1777)出生并不显贵,父亲是一般商人,从小没受过系统教育,却有个知书达理的好奶奶。奶奶喜欢串门,去的都是高雅场所,每次出谈都带上小孙女。耳濡目染,乔芙兰开了眼界,学到知识,练就了口才。十四岁那年,乔芙兰嫁给一位四十八岁的大款,两人占有皇家玻璃厂 13%的股份,什么都不做,躺在床上,一年也可分得三万先令,一先令的价值相当于一斤白银。丈夫去世后,乔芙兰独撑沙龙,吸引了一批叱咤风云的人物。除了伏尔泰,还有孟德斯鸠、狄德罗、马里沃、达朗贝尔。马里沃是法国 18 世纪的著名剧作家;狄德罗、达朗贝尔主编了赫赫有名的《百科全书》;孟德斯鸠《论法的精神》影响了整个世界。伏尔泰是沙龙的灵魂,他观点犀利,谈吐风趣,妙语连珠。乔芙兰更了不起,聪敏博学不说,掌控场面的能力也出类拔萃,客人们争得不可开交时,她几句话便化干戈为玉帛。伏尔泰戏曰:若乔芙兰夫人缺席,我每周至少要与人决斗两场。

法国女性开的沙龙,名头为文学,却对法国的政治、社会、风俗产生了重大影响。当时的许多重要政治决定都在沙龙里酝酿,政要们有什么想法,也会殷勤听取沙龙女主人的意见。

摆谈良久,两人相互一笑,保罗归纳道:“我们说了这么一通只为证明一句话:在法国,妇女地位比在中国高,发挥的作用似乎也大一些。我们说的这段沙龙史与中国的清朝对应。其间,紫禁城里的贵妇很少抛头露面,不能独立开沙龙。皇帝身旁的贵妃、宫女整天你算计我,我算计你。最近打开电视,看到的全是后宫搞阴谋诡计的镜头。"

达度更正道:"头一个观点,我赞同。后一句,有点异议。法国近三百年,还没有出现一个慈禧太后似的人物,慈禧名为太后,干的却是皇帝的活,手腕如铁,一言九鼎,男人们只能俯首帖耳,唯唯诺诺。法国17世纪也有两位摄政皇后,玛丽-梅迪奇、奥地利安妮,她们发挥的作用远远赶不上慈禧。探讨中法文化,有些事不能一概而论,文化背景不同,表现形式会有差异。《红楼梦》里众姐妹举办的诗社也可说是某种文学沙龙,只不过限于家族,不对外,社会影响和法国相比要小一些。"

"这话说的也是,谢谢你提醒。"保罗修正道,"有史以来,法国有十位摄政皇后,但是还没有哪一个像武则天、慈禧太后那样一手遮天。但我认为,就群体而言,法国女性的作用要大一点,社会对女性的尊敬要比在中国多一些。"

"这一点,我举双手。我在巴黎待了六七年,不由自主养成一个习惯:呵护女性。回国上课,常有女同学要帮我拎包,我一概拒绝;进门出电梯,一律女士优先。"

保罗眼睛一转,又想到什么,补充道:"刚才我们说的'娶',还有一个有趣细节。'取'字的右边是个'又'字,即法语的 encore,它暗示了中华民国之前沿袭的婚姻习俗:男人娶了一个,还可再娶。过去的官员,级别大一点的,可娶十二个。一般人,只要经济实力许可,娶一妻一妾是家常便饭。皇帝更别说了,有三宫六院七十二嫔妃,性欲强一点的可以娶成百上千个老婆。"

达度接过话头:"这几句极为有趣,点明了中法之间婚姻关系的重大差异。法国历代都实行一夫一妻制，这是教规，国王也惧上帝，面上不敢乱来，但私下里可以找情妇，亨利四世就有七十三位情人。”

抿一口咖啡，达度又说：“刚才，你讲得挺到位，明清以前，中国妇女嫁过人，进了婆家，会失去许多自由，不能风风火火跑进跑出。嫁为人妻的妇女很少单独出远门，她要上奉公婆，下顾孩子，中间部分服侍丈夫。怎样才能捆住女人呢？聪明的中国人想出了裹脚这个办法，把脚缠得小小的，让你跑不快，只能在屋内走碎步，整日围着锅台转圈圈。”

保罗欣然插话：“法国女人也捆自个，捆腰，也叫束胸。宫廷里，女人的腰也一个比一个细。你们楚国不也有个喜欢细腰的国王吗？”

达度笑了笑：“你对中国历史了解很细啊，佩服。你说的是楚灵王，那是公元前430多年的故事，这段文字最先出自《墨子》，不过，楚灵王喜欢的不是女人，而是手下男臣的细腰。墨子是这么记载的：从前，楚灵王喜欢臣子有纤细的腰身，所以朝中的一班大臣，每天只吃一顿饭，早上起床后，屏住呼吸，把腰带束紧，再去上朝。一年后，满朝文武官员的脸都呈黄黑色，起身要扶墙，走路颤颤悠悠。其实，裹脚比束腰更残忍，我奶奶就裹了脚，我曾问她，裹脚疼吗？奶奶说，怎么不疼，几个指头要弄断才裹得起小脚，女人的脚越小越美。我问：你不会不裹吗？奶奶说：不裹连婆家都找不到。”

“现在还有人裹吗？”保罗冷不丁问一句。

达度一愣，这个问题看似简单，却没人提过。

“据我所知，现在没人裹了。”

保罗意犹未尽：“裹脚是什么时候开始的？”

达度理了理头绪，细说端倪：

裹脚也叫缠足，它的起源，众说纷纭。有的说始于隋朝，有的说始于盛唐，有的说起于五代。有人甚至宣称，夏、商时期的禹妻、妲己就裹起了小脚。相传大禹治水时，曾娶涂山氏女为后，生了儿子启。涂山之女是狐精，脚很小，必须裹着，不然会露馅；又说殷末纣王的妃子妲己也是狐狸精变的，但是她的脚没有变好，就用帛布裹了起来。由于妲己受宠，宫女竞相效仿，王宫兴起了裹脚。这些传说演义的成分太多，不足为信。我个人觉得始于五代比较靠谱，因为有文字记载。取五代之说，那裹脚的创始人就是南唐后主李煜，这家伙皇帝做不好，填词却是一流高手，“春花秋月何时了，问君能有几多愁”等千古名句都出自他笔下。李煜有个嫔妃叫窅娘，美丽多才，能歌善舞，她用布把脚缠成新月形，在用黄金做成的莲花上跳舞，李后主认为这是至美，于是宫中就开始缠足，随后流传到民间。

北宋苏东坡专门写诗赞扬缠足。

涂香莫惜莲承步，长愁罗袜凌波去。
只见舞回风，都无行处踪。偷穿宫样稳，并立双趺困。
纤妙说应难，须从掌上看。

最后两句很传神，也是中国诗词史上咏缠足的绝句。苏诗表明，宋代已出现缠足习俗。到南宋时，妇女缠足已比较多见，“小脚”开始成为妇女的别称，只是普及度还不太高，缠足主要限于上层社会，在观念上，还没达到人人接受的地步。

满人入主中原后，起初极力反对缠足的风俗，一度下令禁止。然而，那时裹脚已蔚然成风，屡禁不止，到公元1668年（康熙七年）皇帝只好罢禁。这件事，一度被渲染为气节美谈，有“男降女不服”之说。清兵入关后，给男人下“剃头令”，发了狠话，“留头不留发，留发不留头。”汉男纷纷屈服,剃发蓄起长辫。女子缠足同样遭禁,但落实不下去,小脚照样裹,而且,把满族女人全都裹了进去,末了,紫禁城里的格格几乎没有大脚的。到了清代后期,脚的大小成为评判女子美丑的重要标准,裹了脚的女人受到前所未有的崇拜,不裹脚的,嫁都嫁不出去。

刚才,你有句话说得精道,从文字入手,往往更能发现文化中的密电解码。裹脚能成为一种习俗,除了统治者的意志之外,还有文人的渲染,比如苏东坡那句“纤妙说应难,须从掌上看”的名句。成语“品头论足”、“品头题足”都来自裹脚。后来还出现了“金莲”、“三寸金莲”、“香钩”、“新月”等褒义词。有人称,裹脚有利于美容,有利于长寿,这是胡说八道。一如嫁与娶反映了中国古代性别的极大不平等,这缠足也折射出中国社会的某种畸形与变态,它是高压专制的变形产物。

说着谈着,两小时过去了,一轮弯弯的新月爬上夜空,月亮似乎也裹了脚,迈着碎步,在云间缓缓穿行。

保罗感慨说:刚才说贵妇沙龙,这会谈小脚,沙龙对裹足,这对词本身就说明了中法文化在女性问题上的明显差异。

达度有感而发:中国有句成语,不怕不识货,就怕货比货,有些事一比较就真相大白了。看来,我们还要常来咖啡馆天南地北,说东道西。

日月

犹如月光，国人脸上撒满朦胧智慧

闲居大头新建的海滨农庄，日子过得舒展而充实。傍晚，早早吃过饭，大头陪达度在海边游转，借机畅谈学术。晚风柔润，太阳尚未落山，月亮已挂上天幕，初月与落日交映成趣，几近奇观。大头凝视许久，喃喃道：

“对于太阳和月亮，我有一点新感触。”

大头的学问做得扎实，眼界广，知识渊博，又善于贯通，他说的感触往往是灼见，“一点”的同义词常常是许多。

达度催说：“快抖来听听，你老兄总有高论。”

沉思少顷，大头娓娓道来：

“太阳与月亮是地球人日随夜从的星体，是生命所依的物存。落到文字上，为日和月，这是汉语中的两个常用象形词，笔画简单，形象直白。投到文化层面，却光影交错意义缤纷，个中的差异意味深长。头一次去地中海，印象极为深刻：举目望去，蓝蓝的是大海，黄黄的是沙滩；向后看，但见绿绿的田野，红红的房顶，或黑或白的公路，阳光如金片在海面跳动，眼前的一切，泾渭分明，舒朗大气，我感到了太阳的气度。”

达度附和：“游览希腊石柱，瞻仰阿波罗神殿，我也常常联想到雄健的太阳。”

“不过，沉下一想，又发现，我所依恋的还是月亮。举头凝望，低头思乡，云似银雾，夜如仙境。只是，我当时还没有将月亮和智慧串在一起，还是你推荐的法国诗人米修点醒了我。”

“你说的是《蛮子游亚洲》中的一段话吧？”达度问。

“正是，早在20世纪30年代法国诗人米修便发现：‘中国人喜欢月亮，这幽光对他们低语，情同手足。此外，很多事物都染上月的光晕。如月，中国人脸上撒满智慧。’仔细思考，在中国文化中，这柔柔的月光的确不同凡照，它照就了幽妙的东方智慧，此处，我用的照耀的照。”

达度称叹：“这个词用得好，有创意。”

大头接着说：“太阳和月亮造就了人类的文明。但是，不同的民族、相异的文化对日月的感应又各不相同。差异首先体现在神话中。西方最推崇的是太阳神阿波罗，他司掌文艺，消灾弭难，无所不能；当普罗米修斯盗得天火，西方文化已象征性地获得了太阳精神。我国家喻户晓的太阳神话人物大概要数夸父和后羿。夸父逐日颂扬了中国人崇阳的气度，然而，那日最终没有被追上，太阳变成可望而不可即的精神向往。后羿神武，射落九日，使天地人得以和谐。只是，阳刚之气也随之减损。在中国，老幼皆知的还是有关月亮的传说，如嫦娥奔月，吴刚

伐桂，玉兔捣药。虽然高处不胜寒，那冷冷的月光却编织了众多的美梦。”

“还记得吗？”达度插问，“小时候，我们不敢对着太阳看，一见月亮，就欣然起兴，边走边唱，‘月亮走，我也走，一直走到家门口。’刘家湾的巷道上印出我们一串串的月影小脚印。”

“往事悠悠，历历在目，你刚才提到的家很重要，那是炎黄子孙的心灵圣地。当月亮的传说普及家家户户,我们的文化已染上了朦胧的月色。想家时,我们‘举头望明月’(李白),‘千里共婵娟’(苏轼);寂寞时,我们‘举杯邀明月,对饮成三人’(李白);感别时,高吟:‘人有悲欢离合,月有阴晴圆缺’(苏轼);叹人生之短,我们仰天长啸:‘今人不见古时月,今月曾照古时人’(李白)。李白是我国最著名的诗人,也是写月的第一高手,排名第二位者要数苏东坡。”

达度反证道:“西方作家更热衷写太阳。以法国为例,我取《罗贝尔名言词典》与日月相关的词条,曾经做过一次统计,结果发现,有关月亮的名句只有13条,写太阳的多达40则。在法国名家的笔下,月亮常常作陪衬,而且,往往与痛苦、慵懒、亏缺连在一起,例如:‘上帝啊,我可怜的蜜月只过了四分之一,前线便召唤我。’这是拿破仑的哀怨。伏尔泰随声附和:‘扎迪格觉得婚后第一个月为蜜月,第二个月是苦月。’诗人阿米尔写道:‘今晚,月亮做着懒散的梦。’雨果等几位作家稍有例外,他们关注月光的美,动情地吟诵:‘月儿娴静,在浪尖跳跃,月色温熨归海的船帆。’我还发现,善待月亮的法国作家大多崇敬中国文化。”

颂扬太阳的名句却俯拾即得,一抓一大把,而且,朗朗大气:

雨果说:

啊,永恒的共和国,你只是一点星火,明朝,你将成为太阳。

瓦莱里吟:

太阳,耀眼的错误!你给死亡戴上面具!

巴尔扎克写道：

光荣是死者的太阳。

大头补充说："在我们的文化传统中，也有崇阳刚健的一面。以三易为例。夏代的《连山》以艮起卦，象征'山出白云，连绵不断'。阳刚之气浩然。《周易》始于乾卦，阳气熊熊，'天行健，君子以自强不息。'西方以二元分立为基本模式，崇阳便崇到极致。我们则合二为一，求中庸。张了阳，便补之以阴。《连山》之后，殷代的《归藏》又以坤起卦，象征万物归阴。在《周易》中，紧接乾卦的是坤卦，阴阳互补，天地相合，天人相交。"

达度点评："这一补充很中肯，可以避免偏激。"

大头接着说："到了老子手里，务虚的智慧已形成完整的体系。《道德经》的要义即负阳守阴，以柔克刚。老子并不拒阳，但他更聪明，独有见地：亢龙有悔，物壮则老；持阳，生命走向末日。于是老聃以虚阴浸润刚阳，以玄门映示天道，筹划出独特的生存谋略，酿造了月亮智慧。与之相对的阳气，则让孔孟糅进了政治伦理：'三军可以夺帅也，匹夫不可夺志。''富贵不能淫，贫贱不能移，威武不能屈。'春秋战国以后，中国人的阳刚之气，渐渐衰落。"

达度插话："此言精道，孔子后来被扭曲了形质，孟子没有跟随者。到头来，被篡改的孔孟之道只壮了天子的龙阳之威，平民百姓的个性与阳气却日薄西山，一代不如一代。"

"达兄有见地，骄阳暴烈，皇帝专横，在高压之下，豪放的李白只能举杯邀明月，整日喝酒；刚直的陶渊明归隐南山，寄情于'荡荡月中景'；不屈的沈从文只有在服饰研究中找个寄托。当太监大摇大摆出现在朝廷,不时操纵国家的命运,中国人的阳刚之气已经被阉得七零八碎。更不幸的是,这种太监习性还一代代地传下来,转换为阳奉阴违、口是心非的国民心态。专制弥漫谎言,我们经常在光天化日之下公演皇帝的新装,还洋洋得意,自以为是。"

说到此处,大头眼中喷出愤怒,顿了片刻,继续说:

"幸好,老子的月光智慧孕育了绚丽的艺术。唐代诗人刘方平颇有见地:'万影皆因月,千声各为秋。'翻阅中国古典诗词,我发现,与西方相反,我国咏月的诗远远超过了诵日的诗。试举《中国古代名句辞典》,在 114 条与日月相关的名句中,咏日只占 32 条,咏月的却有 82 条。诵日,写夕阳的又居多,如:葛立方的'断霞散彩,残阳倒影';欧阳修的'夕阳在山,人影散乱';杜牧的'暮霭生暗树,斜阳下小楼'。李商隐说得最精彩:'夕阳无限好,只是近黄昏。'言为心声,景与心合,频频关注夕阳似乎也折射出我们阳气的沉落。而今,在流行的名曲中,唱夕阳的也占多数。"

说着,大头取出手机,一阵倒腾,引出悠扬的歌声:

> 晚风轻拂澎湖湾 / 白浪逐沙滩 / 没有椰林醉斜阳 / 只是一片海蓝蓝 / 踩着薄暮走向余晖暖暖的澎湖湾/ 直到夜色吞没我俩在回家的路上

达度深受启发,兴奋说:"黄昏是太阳沉落、月亮升起的过渡,余晖暗通月夜。一染上蟾光,我们的天地与心空就变得旖旎多彩,婉妙温馨,例如:'江天一色无纤尘,皎皎空中孤月轮'(张若虚),'月色醉远客,山花开欲然'(李白),'明月松间照,清泉石上流'(王维),'暮从碧山下,山月随人归'(李白)。都是脍炙人口、千古传诵的名句。

“咏日,也不乏朗朗大作,但比例不大,其中最有气势的当数赵匡胤的《咏初日》:

> 太阳初出光赫赫,千山万山如火发。
>
> 一轮顷刻上天衢,逐退群星与残月。

“这气度只有高吟‘雄鸡一唱天下白’,‘欲与天公试比高’的毛泽东能压得住阵脚。《东方红》是特定时代颂扬领袖的最强音,时过境迁,而今,国人哼的最多的却是《十五的月亮》。”

大头点头赞同,而后,阐明自家立场:“就艺术审美而言,我更欣赏月光智慧。”

达度问:“这等智慧,你如何定义?”

“概括地说,就是以虚映实。借西晋陆机的说法,即‘课虚无以责有,叩寂寞以求音。’司空图称之为‘素处以默,妙机其微。’用苏东坡的话说,叫‘空故纳万物。’”

“这几句话举得恰到好处,很有归纳力。”达度评说,“按你的思路,我似乎可以这样推演下去:太阳照出了西方的民主自由,照出了宽容,照出了发达的物质与精神文明;以虚映实的月亮智慧造就了东方独有的审美景观,也折射出我们体制中许多惚兮恍兮的沟沟坎坎。”

大头笑道:“达兄悟性高,这正是我的中心观点。刚才,你‘精神文明’四个字加得好。国人有个误解,常说西方物质发达,精神颓废,大错而特错。我常去欧美,你在法国待了六年,足迹遍布欧洲,了解西方的精神实貌。洋人的爱心与法律意识,他们的公共道德比我们强得多。”

说到此,大头抚了抚喉结,提议道:“我们光顾说话,口都干了,喝点什么去吧。”

两人走向亮灯的夜饮店,要了两听椰汁,仰头喝起来。盈满的月映亮了沙滩,银光碎闪浪尖,有如迷丽的鳞片。海风阵阵,吹得周身舒爽。孩子们尽情嬉戏,不时放飞一盏孔明灯,空中挂满了绚烂的月亮。歇过一会,大头又拾起刚才的话题,阐述心中要意:

“其实,中国文化也有贵实的一面。较之《楚辞》,《诗经》便是一部‘实书’,它如实反映了远古的社会生活。相对于《西游记》,《红楼梦》又显得实在,大观园展示了清代贵族的生活实情,是了解封建社会的百科全书。《红楼梦》本身又是一个虚实相糅的复合体。真实被投入了太虚境,宝玉幻自顽石,最后遁入空门,华宴一散,落得个白茫茫大地真干净。”

达度接过话:“说到《红楼梦》,我突然发现,贵虚既是文化使然,也是生存的无奈。据周汝昌的考证,曹家与胤礽过从甚密,曹家之祸,全由胤礽及其长子与雍正、乾隆两朝的政争引起。由此看来,曹雪芹的曲笔,一如历代中国文人的拐弯抹角,都是一种躲闪,一种自我保护。如太极拳,你重重打来,我侧身闪过,以四两拨千斤。如果没有老庄,没有寺庙,没有山水田园,中国历史上不知有多少文人会癫疯,会死于苦闷。这也是中国历代文人热衷吟诵月亮的一个重要原因。”

大头喝了口椰汁,深表赞同,而后,继续展述他独特的虚实观:“西方文化崇阳求实,也有务虚的一面。《圣经》乃西方文学的一大源头。《创世纪》写上帝造物寥寥数语,留下大量空白,可谓‘空白艺术’的代表作。法国的奇幻小说具有向虚的意味,印象派以后的抽象画展现了西方由实向虚的转变。总体而言,中国具有月亮智慧,西方具备太阳精神。月亮智慧以虚为主,以实为辅,虚实互济,像太极图,虚中有实,实中见虚;太阳精神则以实为主干,以虚为辅,虚实之间往往二元对立,像平行线，即便交合也泾渭分明。”

达度赞道：“很欣赏你这种左顾右盼的评判，我们不能极端地用日月分定东西两种文化，但大的趋势可以拿定，以虚实界定中西两种文化的本质是得体的。”

大头笑了笑，说：“年轻时，我也极端。脸上添了几条皱纹后，就渐渐中庸起来，看问题多了些角度。再往下走，我想起了元稹的诗句‘东西生日月，昼夜如转珠’，日月造就了两种各有千秋的文化，也映出了相互的欠缺。到了20世纪，东西方文化呈现出明显的互补趋势，两种文化的交合点落在‘虚实’两个字上。在物质文明层面，东方吸取了西方的求实精神，引借了它的技术、管理和体制，日本率先崛起，韩国、新加坡紧随其后，中国也跟了上来。

“就文学而言，我们获得了西方直面人生、求真务实的气度，文学介入生活的勇气得以张扬，写出了《狂人日记》、《围城》、《废都》、《推拿》、《白鹿原》、《风景》、《生死疲劳》等佳作。相反，以向虚为轴心，美国诗人叶芝从能剧中找到展现意象的新手法；庞德从汉字和中国古典诗歌中生发出‘诗歌意象’理论；米修在虚之智慧中觅得自我拯救的路径。1935年，梅兰芳在莫斯科一次讨论会上着西装的即席表演，催发了与会者德国戏剧家布莱希特的间离效果理论。布氏的《四川好人》所采用的诗乐唱综合形式、暗示性的布景、面具及人物的虚拟表演都体现了中国戏剧的神韵。”

达度补充道：“到了21世纪，道家哲学为生活节奏过快的西方人士提供了实在的精神安慰。法国哲学家哈布恩在《文学杂志》第433期上撰文说：‘过度的劳作、疯狂的竞争使人类渐渐异化，走向绝地，我们何以自救？我的回答是：转向老子，崇尚无为，远离过度的竞争，顺应自然，悠然自得，新时代需要老庄的阴柔智慧。’”

夜色渐浓,日月同辉的景观依旧在心中演现。

大头归纳说:“汉字中,日月相合为明,那是光明的明,抑或是一道希望之光。月亮反射太阳的光,本身带了阳气。将‘月’的两个脚去掉,是个‘日’,俗白地说,月亮中含了一个太阳。由此,我觉得东方的月光更有魅力,它是阴与阳的混合体,银月智慧或许能给我们未来的世界染上一层温润的光彩。”

夜已深沉,圆圆的月亮已爬上头顶,潮水喧涌,游人渐稀。两人停止讨论,静心享受海边的夜景。达度仰头赏月,大头吟起张若虚的诗句,只是改了几个字:

春江潮水连海平,海上明月共潮生。

滟滟随波千万里,长江塞纳共月明。

Merci

缺一笔，爱情断了线

那年在青岛举办文学研讨会，国内邀了三十多名专家，法方请来二十八位代表，一半是作家。达度与金渺应邀主讲，同住一个套间。议程塞得满满的，发言一个紧接一个，又没安排文化考察。法国人办会，都这习性。两天下来，个个累得鼻塌嘴歪。会余，便想着法子自娱自乐。

金渺四处张扬：达度有慧眼，会测字，是行间高手。已被测过的两人，又添盐加醋，说得神乎其神，最后惊动了法国友人。

那晚，达度与金渺在房内闲谈，窜来两位法国美女，一个叫达妮尔，一个叫索菲，年近四十，各有韵味。达妮尔是金渺的故友，索菲乃达度的同门师妹，两人之间有过一段亲密交往。

四人会聚客厅，话没说一轮，达妮尔便挑明来意："达达，都说你会从文字中看出现实的情状，窥见未来的身影，也请你瞧瞧我俩的明天。"达妮尔是诗人，说话饱含诗意。

达度赶忙解释："我不是 Voyant(通灵人)，最多只能根据字画说说现实境况，文字游戏而已。"

"今晚，你就给我们游戏一把！"

"从命。"

达妮尔取出笔，拿出小本，笔刚落到纸上又犹豫起来。

"写中文还是法文，中文我学过两年，会写几百个字。"

达度说："还是用法文吧，中文学两年，字与身心难以互通，测出来没有效应。"

达妮尔不假思索，写了个"merci"。

"merci"即"谢谢"，是法国最常见的礼貌用语。词一出，便有了感觉。这是达度第二次测洋文，但无阻隔，也不陌生。达度十二岁开始学法语，与法文打了三十多年交道。对字形、词源、音韵颇有研究，读了几十部专著。为了这一测，无形之中他已筹备三十余年。

观读片刻，说将起来：

"你刚刚了断一节感情，又转向另外一种爱，那是一种颠倒的爱。"

达妮尔如遭雷击，半晌无语，嘴唇动了动，欲言又止。索菲注视同道好友，也一声不吭，仿佛有某种默契。

金渺旅居法国十余年，听得出法国人的心声，见此情景，便提议："我和索菲出去转一会，有什么话，你们私下聊，完了我们再回来。"

各位看官，这便是法兰西的禀性。法国人重隐私，话到幽密处，绝不希望第三者在场。教堂里做忏悔，全都一对一。忏悔者独处一室，与神父隔开，相互是不见面的，有的教堂，还安了变音器。

两人走，门一关，达妮尔急切问：

“刚才的判词你是怎样推演出来的？”

达度详解：“merci 将后两个字母迁到前面，便是 cimer，它与法语的常用动词 aimer(爱)相像吗？”

“很像，只是 c 的右边缺了一捺。”达妮尔答。

“对了，缺一捺，爱就断裂了，所以我说，你才了断一段恋情。”

达妮尔坦言：“我上个月才和男朋友分手。你我多年朋友，有话，我就明说了，我发现自己有些另类，不爱男人。”

达度接过话：“所以，你把正常的爱倒了个个，aimer，变成了 merci。在一般人眼里，同性恋是一种残缺的爱。”

“你的眼睛真毒。”

说着，金渺、索菲回来了。

索菲好奇地问：

“测得准吗？”

达妮尔没正面回答，开玩笑说：“达度再去巴黎，我一定申办个测字摊，挣了钱我们对半分，可能会发财的。”

“果然是 Voyant。”

“你不测一测？”金渺问索菲。

索菲连连摇头：“我这会想严守秘密，以后再说吧。”

接着是阔谈，上天入地，一驰千里。金缈与达妮尔对聊时，索菲压低声音，直逼达度：“达达，你真不讲情谊，在巴黎对我那么好，回国后，就不闻不问了。”

达度辩解：“天水一方，时空阻隔，各有各的路，没法子，但情谊一直留在心中……”

很快到了就寝时间，翌日还有一天会，大伙便散去。

进入灯光稍暗的走廊，达度发现，达妮尔从背后牵了一会索菲的手，过一阵，索菲将手轻轻抽回。达度已明白三分。

小细节意味深长。在巴黎，男女勾肩搭背习以为常，若是两男或两女在街上手拉着手，旁人会立刻想到一个词：同性恋，而且，十拿九稳。虽然不会大惊小怪，但内心多少会有些疙瘩。一般法国人并非我们想象的那么开放。

第二天，按议程八点半早餐，九点开会。清早八点十分，便有人敲门，达度、金渺早已起床，在看各自的发言稿。开门一看，门外站着三位法国女郎。

为首的一位开宗明义：

"达先生，听达妮尔说，您会测字，而且很准，我们三个想请您测一测。"

三张笑盈盈的脸，美艳动人，而且，一个比一个和蔼。达度无力回绝，邀进来客，正要开说，金渺却用中文提醒："兄弟，别太轻浮，制造点神秘感。"

达度会意，磨蹭少顷，半吞半吐地说："对、对不起，我测字，有——戒规，早上八点太阳刚出不测，中午烈日当空不测，晚六点，夕阳初下不测，天空太蓝也不测。"

达度说得一本正经，三位女郎只好作罢。

"那好，等天下雨，我们再来。"

你莫不信邪，当天下午，便下起了雨，海边的天空像娃娃的脸。达度躲不过，又测了三例，把法国人说得一愣愣的。求测的人后浪推前浪，应接不暇，达度又宣布一条戒规：每天测字不得超过三例。如此，便轻松了许多，当下感悟：各行各业都离不开规章制度。

最后一天，却被索菲逮住。开了几天会，实在太疲劳。下午，达度溜出会场,跑到一楼咖啡座小憩。落座不久,索菲也下来了,坐在达度对面,点了一杯咖啡。

“明天要回国了,下次见面还不知道猴年马月。这会儿给我测个字吧!”

“好的!”

索菲有备而来,写了一个法语词“feuille”(树叶)。

达度瞟一眼,闭目养神,尔后开解:

“feuille 可拆为两个词,一是 feu (火),二是 fille (姑娘)。望文解义,你是一位内心燃烧烈火的女孩。为谁而烧,为两个人,其一是他:紧接 feu 的两个字母是 il (他,用作主语),后一个是阳性定冠词 le,离得遥远一点,隐指另一男人。”

顿了一顿,问:“话可以直说吗?” 达度久居巴黎,了解法国人的习性,遇到私密处,先打预防针,这是礼貌,也是法国人看重的修养。

索菲即答:“这会就我俩,有话,照直说。”

“除去两男人,还有一个女的。请看,feuille 之中,若将第一个 e 向后移两位,便可组合 elle(她),你是双性恋。这个 elle 与达妮尔相关,她的法语名 Danielle,最后四个字母也是 elle。”

索菲睁大眼睛,两手捂嘴,半天说不出话。

“这么深的隐私,你都刨出来了,真可怕。”

达度暗自一笑,哪里是测出来的,分明是第一天我跟在你们身后看出来的。

索菲随后却说:“你刚才说我为两个男人燃烧,其中一个如果是你,怎么办?”

达度自我解嘲:“再加一把火,将那个小不点烧掉,片甲不留,他跟不上你的节拍。”话毕,又柔柔看了昔日情友一眼。

索菲安抚道:“放心好了,我不会再东奔西颠的。那时,也疯过了头。一支玫瑰分成花瓣送人,太累。人到中年,活法也变了,过些时,我就返回正道,过安稳日子。现在的男友待我挺好,披过婚纱后,我也像中国女人那样,做个贤妻良母。”

品着苦中带甜的雀巢,索菲悠然回忆:“很怀念你我当年的一段日子,还记得吗?周末,我们在塞纳河畔喝咖啡,你望着巴黎圣母院,突然对我说:Sophie, je t'aime(菲儿,我爱你)。”

往事如烟,却历历在目。当时,索菲没回话,脉脉望着达度,抿一小口咖啡,引嘴向前,将褐色液汁送入达度口中……

“说来也怪,je t'aime 我听过 N 多次,那一天,却特别动情。你表白时巴黎圣母院正在敲钟,我仿佛觉得你说的话带有神意。而且,那三个经典词出自中国人之口,含带异国情调,别有韵味。最重要的,你有情,我有意,就像雨果说的:我是火花,你是火药桶,我们一触即燃。”

达度笑曰:“那三个字的确是丘比特鼓动我说的,属于天籁。”

索菲莞尔一笑,取出一本诗集,“是我最近出的,读者反映不错,第三首诗为你而写,这本书就送给你了。”

达度翻到第三首,诗题即:菲儿,我爱你。中文大意如下:

钟声悠扬
夜感动
那三个字分外柔润
宽衣解带,放飞心魂
炽热的躯体承受异样的冲撞
月光下
我已分不清天南地北春夏秋冬

时间神奇，十余年前的坡坡坎坎在回忆中一一化为迤逦的平原，重逢，又是另异的情怀，别样的风景。

聊过一阵，索菲一字一顿地说："Par le mot, tu me dèshabilles à nouveau."译成中文：通过文字，你再一次把我给脱光了。

话毕，两眼幽幽，盯着过去的情友。达度会意，也有些动情，柔声道：

"去你房里坐一会吧。"

两人离座，回房去了。

您

供和尚学外语乃独特义举

一大早，手机便响了。达度喂了一声，没人回应，话筒里却传来啾啾的鸟叫，还有风声。尔后，便断了。达度纳闷：午夜有凶铃，清早，也有戚戚怪音。转念一想，又欣欢：晨风间鸟语，吉兆也。过一会，电话又响，再接，蹦出一串熟悉的声音：

"达哥，我是尘戒。"

"高僧随波而来，凡俗有幸啦。怎么，庙里也配了手机？"

"见笑了，是小头才送的，用得还不太熟。"

达度暗暗一笑：难怪。尘戒是几年前达度在蒙顶寺结识的僧友，前年受了具足戒，已是堂堂正正的和尚，论学识，也是庙里的佼佼者。

“一早打电话,有何贵干?”

尘戒顿了片时,回答说:“我一直在关注国际佛学走势,近几年,法兰西、加拿大等国华人增多,禅学大盛,我想学法语,向西方弘扬禅家大法。”

尘戒说得庄严,达度也郑重起来。

“这个规划好,有远见。我可以帮你联系法语联盟,要脱产学习,你走得开吗?”

尘戒急说:“时间没问题,我有半年云游假。”犹豫片刻,嗫嚅道:“学费贵吗?”

达度说:“和尚学法语,于己于国,都是福音,吃住学杂我全包了,只希望你学有所成,学以致用。”

“达哥放心,一旦下山,我会竭尽全力,学不出个名堂,贫僧云游他乡,销声匿迹。能否用上就得看缘分了。”

随后,便与法语联盟校长巴西娄女士联系。巴西娄就是曾给达度说法的那位巴黎副教授,六年前,她应聘做了法国驻华使馆文化专员,届满后又来武汉担任法语联盟校长,与达度是铁板好友。达度说了来由,校长满口答应,而且免收学费。法国人极为尊重宗教人士,更何况巴西娄本人也曾做过业余传教士。

临了,小头又插一脚,硬要承担尘戒的生活费。

达度不依:“每次有点事,都是你出钱,这回让我伸个头吧。”

“达哥,这不是钱的问题,供和尚学外语是独特义举,佛在微笑,这等善缘你让我也沾点光吧。”

达度洞明小头的因果报应观,话至此,不再坚持。于是,分了工,学习上的事由达度负责,起居费用由小头承担。来之前,小头已让手下在法语联盟附近为尘戒腾出一套房。

尘戒披僧袍，光着头，雄心勃勃下了山。

分班的时候却出了麻烦。法语联盟外籍教师居多，大多为女性，女外教们很纠结：我们上课对学生以“你”称呼，用“你”直称尊敬的和尚，启不了口，仿佛撞犯神灵；用“您”又觉得别扭，名分不正，这课怎上得好？于是，相互推诿。最后，尘戒被安在男教师克雷蒙班上，克雷蒙打破常规，用“您”呼称尘戒，这是一份特殊的敬意。

法语中，tu（你）与 vous（您）极有讲究。一般说来，第一次见面、在不太熟的人之间，要用 vous 称，表示尊敬。家庭成员、情侣熟人之间，一般用 tu。也有变体和例外，老人对陌生小孩说话，可以用 tu，孩子回复只能用 vous。拿破仑与夫人说话却用 vous，那是一种含有特殊外交情调的柔情与尊敬。大作家萨特称呼情侣波伏娃，始终用 vous。这个 vous 似乎在亲密之中拉开一段距离。早在 20 世纪 30 年代，两人便定下爱情盟约，用的哲学术语：我们之间，是必然之爱，此外，还可另找偶然之爱。俗白地说：我们之间的爱是主体，同时还能找别的情人，彼此同等。这也是存在主义特有的奇丽。

入学后，尘戒成为学校的一道奇丽风景。他身着衲衣，走到哪，同学的目光追到哪，和尚浑身不自在，蹑手蹑脚，常常窝在教室不出去。上课点他回答问题，二十几双眼睛齐整刷向他光秃的脑袋。人一紧张，原本流利的话也结结巴巴，每次开口，都畏畏缩缩，在班上，佛徒的口语成绩开始扫尾。

尘戒虽急，却不气馁，暗自念叨：

“我能诵好经，就能学好法语。”

达度一直在跟踪僧友的学迹，心里有些数。尘戒的语音语调不错，基础也扎实，很用功，只是心态没放开。因此建议：“尘戒，从明天起，你脱去长袍，改换俗装，天也冷了，戴个帽子，我给你起个法语名，叫 David。”

尘戒好奇地问:“这个名译成中文是哪几个字?”

“大卫。”

尘戒想了想,说:“这个洋号,我喜欢。贫僧的心愿就是捍卫禅学、弘扬大法,两个关键词都在名头里。我就叫大卫。”

翌日,尘戒换了便服,遮了头。装束一变,老师们纷纷改口,全用“你”称呼。随了俗流,箭一般的目光也没了。尘戒渐渐放开了手脚,发言日益踊跃，也不结巴。课后逮着机会就说法语，见了金发美女也敢开口，进步飞快。三个月后，成为全班最好的学生。

学到第五个月，日常交往更流畅。男女外教都很喜欢这位庙里来的学生，平时喝咖啡，周末聚会都把他叫上。法国人热衷禅学，见了僧徒，总要寻问庙里的幽微，探求月下禅意，尘戒都能用法语流利应答，用词还挺准。临到毕业时，他的口语呱呱熟，已把其他同学远远甩在身后。

三位故友再次相聚，聊过一阵，小头笑曰："学习上的事，我不多问了，据说，你是法语联盟本届最好的学生。我感兴趣的是，学校里金发美女如云，异色令人目旋，这道关，你是怎么过的？"

尘戒坦言："人心肉长，刚开始，脑袋也嗡嗡响，眼睛不知往哪放，有了师傅的观骨法，走起路来就畅通多了。"

"怎个观法？"

"见美女，透过现象看本质，不看肤色看骨头。"

达度接过话："这一招，绝！往骨头上看，就像 X 光，再美的女人，无论碧眼还是黑发，都是一架骷髅，见了本，内心便有定性。"

"达哥有佛缘。"尘戒赞道，随后说："我能学出个模样，全靠两位大哥关照。佛家不饮酒，借此茶机，向两位施主道一声谢。"

三人举杯，饮茶，天边浮出一朵洁白的云。

毕业大典那日，尘戒披袈裟登上主席台，校长亲自给他颁发结业证，感言道："谢谢你，David，你用禅宗的智慧弘扬了法兰西语言。"

尘戒操法语回答："感谢巴西娄校长，感谢各位老师，法语为我开了一扇门，引出一条道，我将用它弘扬佛法。"

两手合十，结尾道一声：阿弥陀佛！（Ainsi soit-il.）

法国人开了眼界。

回到蒙顶山，尘戒坚持自学法语，每日朗读半小时，晚上复习两钟头，雷打不动。时隔半年，又去江都大学深造三个月，再过一年，他的法语水平已达专业大四，口语堪称一绝。进入21世纪，蒙顶寺常来法语游客，尘戒见缝插针，口语练得更地道。

那日，庙里迎来一个法国作家代表团，尘戒迎上去，用纯正的法语说：欢迎各位来到蒙顶寺，文化各异，智慧相通，山间辟有自我拯救的路径。

法国作家们睁大了眼，仿佛遇见外星人。

团长熟读六祖坛经，便问：我从西方来，叶端可有佛意？

尘戒答：心空，不分东西南北，一草一叶都是佛。

众人便围着尘戒，你一言，我一语，热烈聊谈起来。尘戒介绍了山寺的历史，解说禅学境界。一会见山，一会露水，一会又是三斤麻，说得法国香客在云里雾里睁大了敬佩的眼。最后，由他当翻译，代表团采访了云际，见识了长老的"困、本"二字。出佛堂，个个红光满面，眼中透出几闪智慧的光亮。离别前，团长在留言簿上写道：

在中国，我们游览一个月，今天过得最充实。微雨蒙蒙，柔风拂面，琐物让我们品识了东方智慧。长老给出的文字超凡脱俗，在另一个维度向我们招手。感谢尘戒，他用法语为我们搭了一座桥。我坚信越来越多的异国游客会来朝拜蒙顶山。

团长是法国《旅游指南·中国卷》的主编，这部蓝皮书发行量极大，内容每两年更新，来华讲法语的游客几乎人手一册。在新版指南中，主编加了这么一句话：离武汉80公里，向北，位于黄陂，有一座历史悠久的小庙，叫蒙顶寺，长老云际学识渊博，法力高超。庙里有位和尚讲得一口流利的法语，人称尘戒，法语名叫David。

一年后，蒙顶寺声名鹊起，每个月要接待大批法语国家的游客。尘戒成了国际名僧,应外方邀请,经常云游法国和加拿大。David 墙外的芳息也旺了本土香火,引起政府的高度重视。两年间,寺院不断扩大,和尚增至八十人。

又过了三年,也不知通过什么渠道,尘戒领了重任,即将出任加拿大法语地区某禅寺的长老。临行前,专程拜访达度,见了面,便说:

Merci de votre générosité, vous m'avez aidé à réaliser mon rêve. La sagesse va m'emporter au loin, saint et sauf.

(多谢您的善举,您帮我圆了梦。法眼识途,远行无恙。)

达度回复:

Magique, c'est la voie du ciel , je vous souhaite bonne chance.

(此景神奇,此道通天,祝您如愿。)

两人一反常规,都用了尊称“您”。这个称呼,含带感激与敬重,也呼出达度送别僧友远走他乡弘扬佛法的美好祝愿。

象形的魅惑

在法国人心目中,汉字最诱人的特征是什么?

第一,是象形与会意;

第二,组词造句灵活。

这两点,为拼音文字所欠缺。在文化的交往中,相互吸引的总是差异,而非共同点。

从象形与会意之中,法国人窥见了名与实之间的亲密关系,觉察某种直观的美,品验到原始的惊喜。

法国汉学家威勒莱丝评说“千山鸟飞绝,万径人踪灭”,首先关注的是汉字的象形美。她认为,即便不懂汉语,凭直觉就能悟识诗文中的意境:“鸟从山上飞过,一幅生动的画面展现出来。”

此刻,汉字的象形功能或许被夸大,但是,笔画撩发的遐想却实实在在。法国诗人克洛岱尔(Paul Claudel)也津津乐道于汉字的象形,赞不绝口,随后,他反观母语,发现法语中的 Locomotive(火车头)一词也具有象形意味。依其见,词中的三个o像车轮,t的上部有如火车的烟囱。这里说的是19世纪的蒸汽机,与今天的和谐号是两码事。从1885年起,克洛岱尔在中国当了十五年外交官,出版散文诗集《认识东方》,他对汉字的迷恋、对中国的理想化描述,吸引了一大批法国读者。谢阁兰、马尔罗、圣琼·佩斯等大家都是读了这本书之后,才决定来中国的。后来的法国总统蓬皮杜,也是因为这一诗集开始了解、向往古老的中国。

早在19世纪30年代,法国首席诗人雨果便敬慕神秘的中国,欣赏汉字。在沃日广场的故居里,大文豪专门置设一间中国厅,墙上挂满中国字画,博古架上摆着景德镇的瓷器。这间房不是一般人能进的,那是文豪招待贵宾的场所。当年八国联军火烧圆明园,在那么多法国人之中,只有雨果正气凛然,高声谴责不列颠、法兰西两个强盗。

受汉字的启发,雨果发现法语中的Y,“像两条交合在一起的公路,是大地伸向天空的树杈,是原野上大河分开的两条支流,是人在痛苦中向上帝伸出的两只手臂。”

著名诗人蓬热(Francis Ponge,1899—1988)对象形也情有独钟。他写诗,遇见table(桌子),第一个字母会违反常规用大写的T,即Table,为什么?因为T像独腿圆桌的横切剪影。遇到Lėzard(蜥蜴),中间的字母z也大写,凑成Lė Zard,因为Z颇像蜥蜴弯曲的身体。

西方作家何以酷爱象形?

说到底,为了追寻原始的纯朴,重返伊甸园。又得提引圣经,没吃禁果之前,亚当与夏娃过着悠闲自足、无忧无虑的生活。伊甸园果树成林,鸟语花香,四条河贯穿其中,黄金宝石俯拾即是。饿了,摘一颗甘果,渴了,掬一捧清泉,天人合一,悠然自得。后来,夏娃经不住蛇的诱惑,偷吃了善恶树上的禁果,上帝便将他们赶了出来。从此后,失去的伊甸园织就了西方作家的千古幽梦,追寻原初成为永恒的话题。

始祖离开伊甸园,拼音文字在名与实之间也拉开了距离。先前未意识到,到了19世纪末，瑞士语言学家索绪尔捅破了这层窗纸。索氏认为：符号的所指与能指之间关系是随意的，约定俗成的。简单地说，在字词和它所指的物之间没有天然联系。打个比方，法语的mouton与它所指的羊没有必定关联，当初如果用tonmou或随便另一个词，只要世人接受，一样也行得通。

接下来，符号学又进一步揭示了符号与所指物之间的距离，著名语言学家格雷马斯指出："表达是投在无言经验上的幕帏，它是原始实存与个体经验的异己外衣。"用老子的话说，叫："道可道，非常道；名可名，非常名。"

"春江水暖鸭先知"的诗人们更为敏锐地感觉到了名与实之间的分离状态，感到了两者之间的空缺。他们认为：诗贵原始，文求纯朴，诗人的使命就是在名与实之间建路搭桥，缩短表达与原始经验之间的距离，通过文字，找回已失去的伊甸园。

1988年，法国诗人格莱兹来江都大学博士班讲学，其中一个选题是介绍程抱一的《中国诗学》。当时，同学们觉着滑稽，心下骂洋人班门弄斧。听了讲座，却改变了看法。最起码，从格莱兹眼里大伙看到了法国文人心中的唐诗和汉字。有几句话，记忆犹新，"汉字启发了许多法国诗人，甚至给他们提供了题材和素材。身临困境时，许多诗人从汉字中看到了诗的希望。"

曾令"天雨粟鬼夜哭"的汉字独具特色。总的来说，其所指与能指的关系是随意的，约定俗成的。但六书中的象形会意却与所指物保持了某种联系，比如刚才说的那个羊，就形同所指动物的角。此外，还有日月山火水等词，象形字是汉语的基础，有的又变成偏旁部首，当它们与其他笔画构成新字时，名与实的应和关系就更加诱人。

依托汉字与中国文化，谢阁兰（Victor Segalen，1878—1919），写出了不同凡响的作品。小说《天子》以光绪皇帝为原型，《勒内·莱斯》写了许多晚清宫廷秘事。谢阁兰曾在巴黎东方语言学校系统学习中文，通过考试，当上了中文见习翻译。1909—1918年间，先后三次来中国，在北京等地居留五六年。他既当翻译，又行医，还兼任考古队的头儿。先后去过香港、广东、武汉、西藏、西安、成都、上海、河南、南京等地，几乎跑了半个中国，许多地方是骑马去的。还在袁世凯家中寄居六个月，给袁的儿子袁克定治过病，是位传奇人物。他的文墨对于研究晚清与民国初年的中国历史具有重要价值。

1912年，谢阁兰发表诗集《碑》。该书在北京首印，只出了两百本。两年后，再版，新增十六首诗，收诗总数达六十四首，与《易经》的卦数呼应。

试举一段。

> 此处，世界中心的帝国。土地敞向劳作的人们。四海中心的大陆。被围的生命，宜于中正，宜于幸福，宜于规范。
>
> 男人们起身，作揖，依其地位互拜。兄弟藉此标长幼：天朝之下，一切井然。

作者称赞中国礼仪，颂扬守中的幸福，这是文化取向。诗的另一依托，即汉字："世界中心的帝国"，便是"中国"的译释。谢阁兰在诗中还曾写道："空中，太阳与月亮同辉。"西方批评家惊呼：意象何等奇特，具有超现实主义意味。其实，这是武则天所造的那个"曌"字。谢阁兰植根法兰西，以碑文为契入，凭借汉字，造就了中法文化相交互融的一道美景。

另一位值得细说的人物是米修（Henri Michaux，1899—1984），法国当代著名诗人。米修可以说是西方的另类，他与本位文化格格不入，常说：我所做的一切都是为了将自己从日耳曼文化中拔出来。怎么个拔法？第一靠旅行，第二靠读书。年轻时当海员，周游世界，欧洲跑遍了，又去美洲，逛了两三年，人还是浮的，心灵仍旧没有着落。美洲诸国虽有印第安人的余息，大体上却是西方文化的翻版。诗人在厄瓜多尔历游一年，最后甩下一句话：一无所获。

20世纪30年代初，米修来到心仪已久的亚洲，用近一年时间，游历了马来西亚、新加坡、锡兰、印度、中国、韩国、日本等国。诗人尤其喜爱印度和中国，随后发表游记《蛮子游亚洲》，其中三分之一的篇幅写印度，四分之一的篇幅论华夏。米修兴呼:在印度和中国,我找到了心灵的故乡。从小,米修便有两大爱好,第一,观察蚂蚁;第二,观摩汉字。去中国之前,已熟读《道德经》。在《蛮子游中国》一章中,作者记述了沿途的所见所闻,一路点赞。某些现实的苦难到他笔下也成了艺术奇艳,见到一头挑火炉、一头挑孩童的流动小贩,米修欣然写道:“颤颤悠悠,颠簸有韵,挑这担子需要平衡的技巧,这是智慧的颤悠。”

20世纪60年代,中国爆发史无前例的“文化大革命”:寺庙被毁,文物遭灾,国人相互厮杀,九州一片混乱。米修突然意识到:当年我忽略了一个关键词,那便是“政治”,未曾想到这两个字竟能将一个文明古国折腾得昏天黑地满目疮痍。然而,《蛮子游中国》的基调已定,无从修改,作者便新写个序,加些注释,部分地修正了对中国的看法。

米修也曾批评中国的许多文化劣习,如,封闭自守、一味模仿、不讲个性、过分忍耐、非人道的高压统治等。然而,诗人耿耿于怀的还是汉字、老子和戏曲。汉字摆在第一位,所用的篇幅也最多。1971年,米修应邀为张龙彦著《中国书法》写了一篇长序,译成中文六千余字。四年后,序文单集出版,题为《中国会意文字》。全书37页,留白多多,右边印诗文,左边附注释,还插了十幅中国古代书法作品。《中国会意文字》主要论述汉字演变、汉语特征、书法的独妙,以及汉字在诗人心中引发的缤纷意象。

米修仅识数百汉字,算不上汉学家,对中国文字却有独到见解,感悟奇特。从汉语中,他看到了许多人所未见的景观。首先关注的是语言的“原始浓度”:

> 汉语主要由单音字组成。字短意浓而功能不确定,词一长,仿佛远走,某种东西被拉去了,一旦句子出现,人与意便隔了一层。古代汉字具有原始浓度。(《蛮子游亚洲》156页)

此语颇有见地,人类最早的语言大概就是“啊,哦”之类的感叹词。然而,这一声“啊”却凝聚了人心最纯最浓的感情。符号学家罗兰·巴特也是这么看的。他列举日本俳句:“清晨,牵牛花,啊,真美。”寥寥数语,意味深长,“东方人善于以极小的代价获得一大盈满,用一个‘啊’,一个‘美’字取代了西方作家连篇的聒噪。”(《符号的帝国》91页)这正是东西方在艺术观上的根本异别。我们主张不着一字尽得风流,西方则不吝笔墨,不惜繁琐地求实、求真,求确。

语言与时俱进,在演变的过程中,汉字渐渐抽象,转向符号化,丢了象形会意的初朴,原始的浓度渐渐被稀释。米修扼腕怅惜:

> 消失了,敬仰、稚朴、原始的诗以及隐于原态“会晤”的惊奇与温情。
>
> 消失了,那形同“木桩”的笔画,那流动的宁静。
>
> 与源相连的桥断了…… (《中国会意文字》)

米修有眼力,中华民族创造的符号天然卓异,甲骨文朴拙劲挺,笔画之间含有开天辟地的草莽之气,有童年真气,它粗野、横蛮、霸气、威严,连心通神,气象万千。从声声叹惜声中,可以窥见诗人返璞归真、见素抱朴的心态。

找回伊甸园也是米修的梦。

汉语吸引米修的另一特征,即模糊性中所包含的丰富性。

> 一如自然,中国文字诉诸于视觉,但不确定。体系不完整的句法诱人猜度,利于再创造,给诗留下了空间。从中飞出众多意象。驰于众多向度的文字。
>
> 不确定性可引发神奇的联想,织就意象丰富的空间,即使空白,也充满生命。(《蛮子游亚洲》152页)

汉语也有语法,是从西方引进的,相对于法语,它的规则更模糊,灵活得多。古典诗词常常省略主语,免去定位介词,景与情妙然相融。如叶维廉所说:“诗人们利用未定关系或关系模棱的词法语法,使读者获得一种自由观、感、解读的空间,在物象与物象之间进行若即若离的指义活动。”

“云山”是中国古典诗中常见的词语,物象缤彩,浑然一体。译成法语,可有四种组合:

Montagne couverte de nuage(云盖的山);

Montagne comme nuage(云似的山);

Montagne dans les nuages(云间的山);

Montagne et nuage(云和山)。

中文里,由于云与山没有关联定语,可以同时兼容以上四种解说,但译成法语只能从中取一,这便是汉语的多维空间。

又如:

涧户寂无人(王维);

溪午不闻钟(李白)。

“涧户”的空间关系难以确定,不知“户在涧边”,还是“户在涧上方”,或“涧在户上”,因其不确定,诗的空间感多彩多姿。在李白的诗句中,“溪”是空间,“午”乃时间,两字并置,时空交融,浑然绚丽。译成法文,只能写成:Près du ruisseau, à midi, on n'entend pas la cloche(在溪边,正午时,人们听不见钟声)。如此定位,损失是大的,分开了时空,便破了机心,毁了物我合一身临其间的妙境。

由此,米修确认,汉字是作诗的上乘材料。20 世纪 70 年代后,米修的诗明显受了汉字与汉语的影响。他一反西方的构句传统,打破“主谓宾”的常规模式,有意去掉 les,la,le 等冠词;de,à,sur 等介词;quand,lorsque,comme 等连词,与中文相应,大量使用名词句,留足空白,高扬言外之意。以长诗《走向盈满》

为例。全诗有276行，名词句占71行，形容词、副词、分词独立句占42行，正正规规变了位的完整句仅64行，

试举一二：

悟道之日
光明
挥发的生存
回响
行程
这便是道
我依附她

如此经营，颇有“枯藤、老树、昏鸦，小桥流水人家”的意味。什么叫魅力，这便是汉字的魅力，它诱使一位法国作家叛道离经，循按汉语气韵，营造不同凡响的诗章。

毫

爷爷解字保住了古屋

《古代汉语词典》释义：

1. 细毛。李群玉："下射长鲸眼，遥分玉兔毫。"2. 毛笔。杜甫《饮中八仙歌》："张旭三杯草圣传，挥毫落纸如烟云。"3. 比喻极小，细微事物。如：毫毛，毫末。4. 长度单位，为寸的千分之一。《孙子算经》卷上："度之所起，起于忽。蚕吐丝为忽，十忽为一丝，十丝为一毫，十毫为一厘，十厘为一分，十分为一寸。"5. 重量单位，为钱的千分之一。《文献通考·衡权》："毫则百。"6. 姓。汉有毫康。

《现代汉语大词典》释义：

1. 细长而尖的毛：狼毫笔。2. 指毛笔：挥毫。3. 一点儿（只用于否定)：毫无头绪。鲁迅《阿长与山海经》："我那时似乎倒并不怕，因为我觉得这些事和我毫不相干的。"

又是小头的点子，也是他出的钱，暑期，五人租机动柳叶舟探游小三峡，随遇而安，留短驻长全都由着兴致来。除了小头、达度，还有三位作家，一男两女。男的粗犷，号袍哥；两女一个娟秀，一个艳靓，人称秀女、美艳，都是重庆当时的知名写手。秀女叫高婷，还曾获市级业余跆拳道冠军，与小头情投意合，关系非同一般。貌取休闲的漫游似乎夹带了别的用意，或者说，画中有别话、景中有异情。

逆小河而上，走走停停，恍若穿游远古时代。两岸山石苍峻，房舍稀零，满目翠绿，一路四十多公里，居然没有发现一处字迹，这是别地景区难以觅见的奇点。再僻静的庙，也有对联、牌匾，闹市的名胜还会披戴五花八门的标语。袍哥感慨道：用禅家的话说，这才叫不立文字。

众人喝彩。

呼声未落便出了例外。抬头望去，但见两百多米高的崖壁上挂了一飘蓝底白字的幌子，旗面上印着一个"毫"字。一条时隐时现的石阶小径从山半腰悬挂下来。达度仰头凝望，轻声道：这个字肯定有来头。小头起了兴致：别走了，我们上去瞧一瞧。船主介绍：上面是半山村，前面五百米，靠右，有个中转站，我在站里等候，你们下山时走南路，半山村的人都知道的。

身家过亿的小头慈悲为怀，从不亏待苦力，心也细，便问："前面有住的地方吗？""舟站有，一晚20块，我们平时带客经常在那里过夜。""那好，我们要是觉得合意，会在山上住几天。你莫走，船按租约付钱，闲着给三分之二，住宿费我出。"船主双手抱拳："感谢恩主。"随后补充，"我也是半山村的，山上有一栋古屋，开了家小店，主人很淳厚，祖

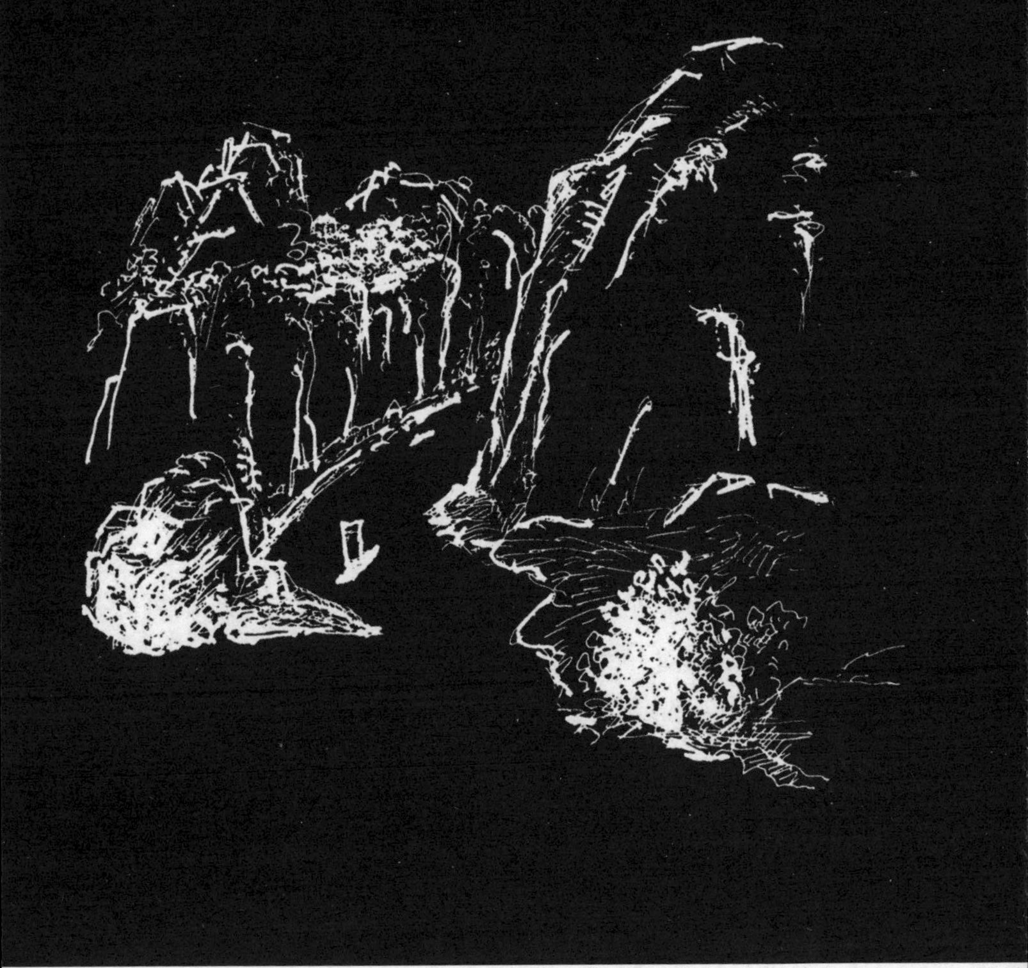

上做过清代的大官。”

沿小道而上，爬了半小时，登临一块平地，四川话叫坝子。半山坡住了三十多户人家，稀稀落落，房舍全都掩隐在林丛之间。满目高大的毛竹，一片又一片。挂幌子的那座楼独立山顶，高三层，清代风格，看上去，巍峨壮观。

方圆几百米，楼房独此一栋，一看便是大户人家的遗宅，想必就是船家说的古屋了。

秀女说:“刚才的船主说话挺文气,这半山村可能是块卧虎藏龙之地。”

一路沉默的袍哥猛然开腔:“这里头有故事,一定有故事!”

至黄昏,也该吃晚饭了。五人径直走向古屋,男主人木讷,半晌才问:“客官,吃饭,还是住店?”

小头欣喜,吃和住都有着落了,便答:“先吃后住。”店家一板一眼地报价:“单吃饭,点菜计费。包吃包住,每人一天60元,两人一间房。”小头问:“如果换成单间,每人加多少钱?”主人道:“要是没得人来,加20块。有人来,加30,这是本地规矩。”

当下订了五个单间。袍哥冲秀女坏坏一笑:“没有单人房,刘总一身的工夫如何施展得开。”秀女瞪了袍哥一眼,沉缓说:“超凡脱俗之地,别太粗野,最好知者不言,我练过降男拳,再多嘴,当心姑娘废了你。”众人哈哈大笑,而后,急去填充辘辘叫唤的饥肠。

餐厅就在隔壁,六十多平方米,只放了六张桌子,五人选了临窗的一席。饭庄的全班人马只有三个,除了男主人,还有一小女孩,一中年妇女。当时,小饭店刚开不久,住客稀少,就餐的过客也不多见。

约莫半小时,饭菜陆续上桌。两条鱼,一碟豆腐,一盆毛血旺,三盘青菜,外加一大碗番茄鸡蛋汤,量很充足。尝一口,味纯而美,小河的野鱼尤为鲜嫩。五人都饿了,呼呼之间,狼吞虎咽,每人吃了两碗饭。男主人抽着旱烟,乐悠悠地看着食客,当晚只有这一桌。袍哥猛然想起:“这么好的菜,怎么忘了喝酒。”店家道:“只有自家酿的高粱酒。”

“我几个稀奇的就是自家酒。”

另付30元,要了二斤五年陈。

主人找来五只小酒杯,袍哥却嚷道:“店家,喝自家酒用小杯,不过瘾,换土碗来!"

小头捧碗品了一口,连连叫绝:"好酒,好酒!茅台、五粮液,都没这酒醇厚。"小头经常出入高档场所,见的世面多,又是酒中豪杰,他的酒话自然是权威论断。达度见酒形秽,喝两口,便满脸通红,心跳加速,属于高度酒精过敏。又另费加了两盘下酒菜,众人猜拳行令,呼天吼地喝将起来。

酒过三巡,开始唱歌。小头擅长美声,与秀女对唱《今朝分别彼此不忘》。美艳奉出通俗精品。袍哥会川剧,配以身段和手势,唱起《列宁在1918》:弗拉尔基米尔·伊里奇·列宁…… 但见他引手弓腰走云步,绕一圈,停下,猛然抬头亮相,眼神却滑稽。这架势属反讽套路,借用当代批评术语,叫传统戏曲与解构主义联姻,有如诗人伊莎那个名句:火车经过黄河时,我在厕所解手。达度五音不全,不敢独唱,也不善舞,只能随着众人吼两句。

唱得正起劲,店主凑了上来:"我也吼一嗓子,为各位助个兴。"五人鼓掌敦邀,店主喝口水,润了喉,引吭高歌:天上有月亮,地上明晃晃,挨着滩边走,低头想婆娘。

嘹亮的川江号子划破夜空,久久回荡在半山之间。五人皆震惊。袍哥冲店家一抱拳:"老哥,害人不浅啰,你这一吼,我们几个没得人敢开口了。"店主喃喃:"我过去是拉纤的,唱不到歌,只会吼几嗓子。"秀女说:"店家,你要是包装包装,跑到春晚一吼,蒋大为、李双江都会躲起来。"小头提议道:"店家,今晚就我们一桌,你也过来坐一坐,我们一起喝两碗。"

店主没推辞,上了桌,又喝开了。五人开始询问半山村的历史。店主一一解答。如袍哥所料,这半山村的确有故事。此地离巫山县直线距离三公里,巫山人遗址距此十公里,那是两百零五万年前的亚洲人遗迹,比非洲人还早四十五万年。往长江方向行八公里,便是举世闻名的大溪文化遗址,距今也有五千多年的历史。

半山村始建于战国末期,分前后村,后山还有五十多户人家。祖先是躲避秦国大将白起的一位楚国贵族。乾隆年间,村里出了一榜眼,后来做国子监祭酒,相当于当今北大的校长,官三品。致仕前,在老家盖了房,六十多岁荣归故里。算下来,这古屋距今已有两百一十年历史,店主是国子监祭酒的第十代嫡孙。

美艳惊呼:"哇,遗传优秀,地杰人灵。我们一定要多住两天。"

秀女问:"店家,刚才,你说半山村都姓毛,你这幌子上写个'毫'字,既不像姓,又不是'茶''酒'之类的店名,晃一眼,觉得怪怪的,到底啥子意思?"

店主道:"你们是文化人,先猜猜再说。"

"达兄,你酒不喝、歌不唱,解字是你的拿手好戏,这回该你上场了吧?" 袍哥几乎下了命令。

达度便说:"这'毫'好像是两个姓合起来的,一个姓高,一个姓毛。估计原先姓高,后来改为毛,'毫'保留了原姓的韵母,算是留住了族根,可能是氏族标志。"

店主不言语,叫了声:"小翠",饭庄的小女孩应声而到,"快叫老爷去,说来了高人。"而后解答:"据老人们说,这道幌子有两千多年历史,也不知道换了多少布胎,嘿复杂,我只晓得个大概。刚才这位叫达度的客人说对了,是'高'和'毛'两个姓合拼的一个字。我爷爷说得清白,过一会他要来的。"

大伙朝小头看去,小头面目坦然,心中却腾的一怔:真巧!头一个姓毛,这一位姓高,我的两任女友竟然聚在一个字中。取的却是相反的向度,前一个已了断,第二位正处分离的尾端。这个毫字有意境。

袍哥接过话,轻声询问店主:"您爷爷是做什么的?"

"教书的,快九十岁了。国民党时期,在巫山县当教务长,新中国成立后回村做了民办教师,山后有一所学校。现在年纪大了,在屋头享清闲。老人家古书读得多,学问大,还会测字。三个儿子,两个当局长,都是厅级干部,我老汉(重庆方言,父亲)老幺,在镇上当书记。"

正说着老人来了,高个,长髯及胸,行走稳健,气度不凡,一点不像九十岁的老翁。

众人起身让位,老人坐了上首:"欢迎各位来到半山村!"

小头也文绉绉地说:"能聆听老人教诲,不胜荣幸。"

或许职业使然,三位作家拿出了笔记本。

老人环视来客一眼,和蔼说:"看得出来,诸位都是文化人,而且有品位。一般游客上来最多瞅一圈,吃个饭就下山,很少有人住下。我孙儿的店才开一个月,只接待了二拨住客。第一拨是三个画家,第二拨是几位摄影师……"

老人话未说完,店主插道:"爷爷,刚才这位达兄弟把祖上的'毫'字给说破了。"

老人急问:"啷个说的?"

达度没立刻回答,反问道:"老人家,窗外这一片片的毛竹有些年代吧?"

老人答:"从头算来,该有两千多年,可能更早。"

"我觉得,半山村的先祖由高改为姓毛,一定是看上了漫山遍野的毛竹。林子茂密易藏身,高人隐居竹林可以至圣。楚辞里说:毛竹茂兮隐圣贤,临水问路又一天。后世王阳明参究天理,也以竹子为媒介。老人家,这小小村落可是人杰之地啊。"

老人端详达度,称赞道:"这位兄弟有眼力。"

达度赶忙说:“老人家过奖了,刚才听了店主的简介,又有点感触。”

“快说吧。”老人催道。

“‘高’去‘口’,是告诫族人,要保密,家族的底泄露不得。白起是杀人不眨眼的秦国名将,后来长平一战,一家伙就坑杀了四十万赵军。公元前277年,白起夺了巫、黔两郡,又率大军攻破楚国首府郢都。你们的祖先可能是楚国的望族,兵败如山倒,楚襄王又不见容,只好躲到巴雾峡边,建了半山村。”

店主笑着说:“我的大名叫毛三,小名高头,两个姓都用上了。”

老人一挥手:“高头,莫打岔,让客人把话说完。”

达度却不好意思地说:“感受深的,也就这几句。”

沉吟少顷,小头接过话:“老人家,我觉得‘毫’还有大彻大悟的含义。‘毫’的本意是‘细毛’,表长度,为寸的千分之一;表重量为钱的千分之一,比喻极小之物,这个字蕴含了道家与佛门的隐逸智慧。‘毫’与‘高’串通,仿佛告诫世人,再高大的宫殿,投在历史的长河中,只是微不足道的一小粒。阿房宫,几十里,一把火烧个精光。再高贵的人,再难解的儿女情长,与时间一碰,都是过眼烟云,世间万物轻如毫毛。”

老人兴奋起来:“说得好,老夫活了快九十年,从记事起,外人说得破‘毫’字的只有你们几个。”

顿了片刻,老人补充道:“祖先立‘毫’,还有一层用意:远离国事,弃戎挥毫,转向文字、书法、绘画。政治太复杂,惹不起。近三百年,半山村八十余户,五百来号人,窝在大山里,却出了两位进士,十二个举人,八名知名书法家,五位大画家。”

达度和小头暗中惊讶:半山村与刘家湾桴鼓相应。

老人停了一会,对毛三说:“上楼把我那包毛尖拿下来,酒足饭饱,再品一品半山村的新茶。喝茶不要迷信市面上的名牌,各地都有佳品。我这毛尖采的是野茶,一年只有两斤。”

茶已泡好,味道,果真不同凡响,五人细细品味,连连咂舌。而后,尾随侃侃而谈的老人,走进特殊的年代。

“文化大革命”期间,半山村来了一帮红卫兵,要拆这栋古屋,说是封资修的残余。老人指了指屋前的幌子问:你们知道这“毫”有什么说法吗?红卫兵直摇头,老人说:这“毫”上有一个去了口的高,下是毛泽东的毛,意思是说:毛主席功高盖世,是伟人。为首的一人有些文化,便问:为什么要去掉“口”呢?老人答:我们感激毛主席,不限于口头,而是打心里爱,这口埋在我们心里了。

那帮人还不甘休,老人祭出奇招:甲骨文中,“高”像一座高高的楼阁,上部是尖顶,中间是城楼,下层还开了一道门。这“毫”象征天安门城楼,里面住着伟大领袖毛主席。你们说,这楼,能拆吗?

红卫兵们直摇头,像拨浪鼓,领头人振臂高呼:毛主席万岁,众人齐呼:万岁,万万岁。

店主补充说:爷爷解字保住了祖先的古屋,还让半山村出了名。当时县里来了一个笔杆子,回去后写了一篇文章,有句话我至今还记得:半山村用一个“毫”字表达了巫山人民对伟大领袖深厚的无产阶级革命感情。

接下来,半山村成了红色基地,每天要接待大批敬仰的群众。县里拨专款,将古楼修缮一新:主柱换成花岗岩,地板翻了新,用的上等梨木。羸弱部位全都加固了,毛主席住的地方你不能让它垮。

大伙全神贯注,听得出神入化。这个看似简单的“毫”字含有中国特有的智慧,见证了历史的沧海桑田,也暗合了小头急欲摆脱困境的心声。单说“神秘”,显得轻飘,详表又找不到得体词句,隐隐响起老子的话：惚兮恍兮其中有象，恍兮惚兮其中有道。接下来，五人在古楼留住三天，参观了后村，朝拜了大溪文化遗址、瞻仰了巫山人故迹。众人齐叹：半山村浓缩了整个人类的步迹。

自然景观也妙不可言，林海绵绵起伏，小径幽渺，微风拂来归璞的清韵，山与水将历史、现实与传说融为一体。闲居半山村，世尘渐渐消散，时间一一淡化，浑然之中，不知今宵是何年。独立山头，但觉自己是天地间的主人，已无心分辨秦时明月汉时关。

过得最狂热的还是小头和秀女，两人如鱼得水，一晌贪欢，面上却不张扬。大伙戏称，这是最后的晚餐。秀女即将移民新西兰，是小头帮她办的手续。残酷的现实告诉刘总：红颜知己易找，尺度却不好把握。无论毛丽，还是高婷，女人一旦动心就很难刹住车，都会冲向婚姻的殿堂。毛丽翻江倒海，要死要活，几经劝慰拖拉，五年前终于去了美国。秀女最后也放了手，却让小头脱了一层皮。望着古楼上的“毫”字，一度摇摆的小头坚定了心念：“一如半山坡的先祖，我也要改名换姓，重新安身立情。年近五十，已折腾不起，命中的白起一旦杀过来，就会土崩瓦解家破人亡，当事者都没好下场。”

事不过三，秀女之后，小头不敢再碰雷区。偶尔陪客户去洗浴中心，又另当别论，那是宏伟事业的一个组成部分。纯粹用钱说话，许多事要好办得多。

那几日过得尤为充实，赏景归来，便与老人摆龙门阵，领悟了山间智慧。临别前，又与老人和店主聚了一次。人熟了，说话更随意。小头恳请测个字，老人家欣然应许，并补充：“今儿只相字，不测字。”达度便问：“测与相有什么区别？”老人答：“‘测’通未来，我没那个眼力，不能胡诌。相字只言当下，说处境，偏重文字游戏，可以胡言乱语，图个乐趣。”

小头庄重写了个“黄”。

静了顷刻,老人开说:“‘黄’拆开为‘共田’,有三解。第一,你与土地在一起,是做房地产的,而且是儒商。在甲骨文中,‘黄’像一个人在胸前佩戴一块玉。玉形君子,其质儒雅,这是《诗经》上说的。第二,‘黄’的中心为‘田’,那是安身立命之土,你看重家庭,顾恋正妻。第三,‘黄’上还有个表花草的字头,下端有两点,合起来寓指两位婚外美女。你对正室有担当,对外爱也有情意。然而,鱼翅与熊掌不能同煮,弄不好,会鱼死网破,妻离妾散。口语中,‘黄了’表‘某事不成’,此处或指‘两败俱伤’。老夫聊发少年狂,信口至此,聊博一笑。”

小头道:“老人家,您可是当代的谢石啊!”

美艳趁机打趣:“‘高’与‘毛’合为毫,都是挥笔为生的佳丽。熊掌与鱼翅却要分开煮,于是,天水一方便是一种幸福。秀女是某某的关门心肝,到了新西兰,不用担心那厮另有新欢,守着几页发黄的情书,便可安度闲暇时光,这等情怀令人羡慕。”

小头微微一笑,秀女眼里噙了薄泪。过了一会,才平静下来,坦然扬起明丽的脸。秀女已洞明:与正室相比,她高婷轻如毫毛,那条路行不通,“毫”“黄”演绎的景况坚定了秀女远走高飞的决心。

字我合一,天圆地方。

达度还想见识老人的功力,便问:“根据这个黄,您老能否测测小头是哪里人?”

老人胸有成竹,随口而出:“在中部,应是湖北一带。古代以五色配五方,东青,南赤,西白,北黑,以黄色指中部。”

美艳点赞:“老人家,您说对了,小头来自武汉,是‘又奸又狡’的黄陂人。”

袍哥立马更正:“应该是‘尖黄陂,狡孝感,又奸又狡是汉川’,黄陂人勤劳，成天带着尖尖的斗笠，所以叫‘尖黄陂’。黄陂人工心计，也坦诚，有人为证，刘总顶着尖斗笠勤奋打拼，家藏亿贯，为富而仁，有情有义，有担当，是当今不多见的厚道兄弟。”

秀女笑说：“袍哥，你终于说了两句正经话，也合情理，你老妈是黄陂人。”

戏谑交合，仿佛给探游画了个句号。

最后，老人归总道：“见几位说破了毫，老夫有些兴奋，说了几句轻狂话，万一戳到痛处，都莫上心，旗上飘毫，天玄地黄，字中有道。刚才刘总说得好，世间万物皆浮云。一时看得重的，过几年会觉得轻飘。甩掉过去往前看，总有一片蓝天。”

达度心下自语：这是一位有大智慧的善翁。

转眼到了分手时分，袍哥不愿走，提议再住两日。小头赶忙打住：“天下没有不散的宴席，事情做得太满，易损，还是留些余地，多点回味吧！”

老人抚髯微笑。

时近黄昏，众人与老翁和店家作别，下了山，登柳叶舟，欣然踏上归家的路。回首眺望，天开一线，那面蓝底白字的幌子飘动在两山之间，暮霭扬现缤纷的词场，个中意味不是对与错两个字说得清、道得明的。

妥

天 地 间 有 一 只 无 形 的 手

江湖闯荡十余载,达度浪得“半仙”的美称。好友东山不以为然,常常与达半仙明火执仗。东山是物理学教授,用孔子的话说,不语怪力乱神,认为测字纯粹是诓人的伎俩。那日,达度与王涛等学者在露天咖啡店聚谈。恰巧,东山也带一位朋友去闲坐,都是故交,碰了面,招呼打得亲切。

“老伙计,好久不见,忙什么呢?”

王涛接过话:

“在给我们测字!”

东山轻蔑一笑。

“又是那套鬼把戏。还好,大头没来,要是两个凑在一起,那才叫乌烟瘴气呢。”

达度未反驳,热情吆喝。

“相逢不饮空归去,洞口桃花也笑人,一起坐坐吧!”

众人就座,点了饮料,海阔天空聊将起来。东山是纠结人,老跟测字过不去。

“达兄,拿句实话,你到底能看出些啥名堂。”

达度如实相告:“我没有特异功能,看不出未来,但就你的现状或许能说上几句。假如我知道了你的某件事,无论你写个啥字,一般说来,我都能连靠上去。三个字以内,把握较大,过了三,准确度会打折扣。最后声明,和你一样,我反对迷信,我测字依托的是文字本身的能量。”

“别说太多,今日我就具体瞧瞧你半仙的手段。”

“那好,咱们就玩个游戏——定向测。你随便写个字,我一口咬定你有外遇,没有也让你有。”

东山接招,想了半会,刻意选了个生僻字眼“妥”。

字一写出,达度便说:

“先卖弄点金石学问,‘妥’是会意词,在甲骨文中,字形为一只大手按住一个跪着的女子,表示制服了她,本意是‘安定’、‘安稳’,如《汉书》:‘北洲已妥。’汉字的‘爪’表示用手抓。我这么一说,答案就明了。‘妥’中有个横放的三点水,表数字‘三’。你同时按倒三个女人,这不是外遇是什么?”

以字推事,人赃俱获,东山无言辩驳。过了一会却说:“科学反对孤证,实验不能只做一次。我再写一个字。”

达度顺水推舟:“我今儿给你测三次,你还可以写两个字。”

东山又写了一个“思”。

"呵呵。"

达度禁不住笑起来,这个字他测过多回,种种取向了然于胸,字与性勾肩搭背,可以纵横捭阖,肆意妄为。随后,却脑中一闪,来了别的灵感,便说:"我先扯几把野棉花,再解字。我突然发现本山给人测字常常落到'性'上,起先以为是现代人骚瘾大,古时相字大多围绕功名利禄转,也测婚姻,却都与性绝缘,流传下来的文献没有一处扯到性。细下一想,觉得这里有说头。以开放的眼光回顾古代测字文本,一如鲁迅在孔孟之道中找见'吃人',我也读出两个字:压抑。民间鲜活的测字也逃不过大文化的局限,可见存天理、灭人欲对中国人的制约之深,影响之大。"

"达兄高论!"东山点赞,多少带点敷衍,"哪天,就这个题目,请你到我们院去做个讲座。这会儿,先把我刚才那个字说完吧。"

达度浅浅一笑,不假思索,快速拆解:"'思'上田下心。'田'拆开是两个'日',暗示日日思念,你每天想些什么呢?想日,日作动词的俗义,不用我啰唆了吧。你横着想,竖着也想。而且,日的对象不止一个人。'日'再拆,是两个口,两口子之间的房事属正当行为,不日,夫妻关系前拱后翘。'田'中含了四个口,两家人,你整了自家那口子不说,还在人家两口子间插一腿。这算不算外遇?"

话至此,东山脸上微微一沉,他的朋友也瞟了他一眼,达度看在眼里,不再调侃外遇,收口说:

"老兄魅力大,艳福不浅,令人羡慕。如果不服,再写第三个字。"

东山口气缓和许多:"还真有点板眼,不完全是蒙骗。"

最后,又写了个"东",补充道:"别扯外遇,往性上说,我倒要看看你如何勾搭得上性欲强这层意思。"

这个字,达度首次测,一时没有感觉,遂仰头向上,靠着椅背面天思索。东山有些得意:“怎么样,没招了吧?”

举头仰望,但见枝叶繁茂,树盖几乎遮住了天空。“繁”字引发了灵感。

“‘东’的繁体是‘東’,拆开便是一木一日,老兄你靠着树干便日将起来,性欲不强能这么急吗?你说这东字与性欲强沾上边没有?而且,‘日’压扁一点是个曰,当心你野外干的那点事被人说了出去,有个成语叫东窗事发。偷欢事小,传到老婆那,弄到网上,就会满城风雨翻江倒海,让你久久不得安宁。”

众人叫绝,东山连连称服:“看来测字还真有些名堂,不过,关键看人,造化高的,有可能说出些道道,比如达兄,但街上大多数测字的都是诓人的。”

众人还想往外遇上拉扯,东山闪烁其词,王涛挺身解围:“达兄,我写个字,你定向测测我的专一,我没东山的能耐,只能围着老婆打转转。”

刚才三测太费能量,达度没应答,王涛却匆匆写了个“五”。达度见过,坦陈:“对不起,这个字,木感觉,没啥可说的,绕了老衲。”

东山惊呼:“怎么,半仙也会哑口?”

达度坦言:“我常常无语,还经常出错。没得第一感觉,我会举手投降,坦白从宽。”

东山赞喝:“此乃大家风范,见了半仙的屁股,更觉达度正面端正,虽然眼小鼻子有点歪。”

众人欢快一笑,又谈起测字的大背景。

测字是巫术的一种形式。巫术乃人类最早的文化模式。在时间表上,只有工具的制造与使用排在它前面。几乎所有民族在原始时代都有巫术。印度的《吠陀本集》就有不少上古时期巫术的记录,中华民族,更是如此,甲骨文可谓巫术大全,是最早的测字记录。

东山便说:“巫术与科学背道而驰。”

王涛不以为然:“不一定,英国人类学家弗雷泽在《金枝》一书中提出,人类的精神生活经历了三个历史阶段,这就是巫术——宗教——科学。开初,人们认为,往天上泼水,就会下雨,这就是巫术。这一招不管用之后,便叩拜神灵,乞求赐雨。这就是宗教。后来发现拜神也不奏效,人类才真正踏上科学之路,学会了天气预报,学会了人工造雨。没有巫术就没有科学,巫术是前科学。换一种说法,科学是巫术的孙子。如此说来,测字作为巫术的遗留形式,自然有它的价值。不可迷信,也不能小看。”

东山哈哈大笑:

“文人就会瞎掰,居然把测字说成是科学的老爷子,我今儿算是开了眼界了。”

又闲摆了一会龙门阵,东山与朋友留下续谈,其余人各自散去。

事后,达度得知,那日东山拉朋友坐咖啡店,正是为了排遣外遇垒积的郁结,他的一位相好突然闹将起来,索要感情劳损费,东山怕影响家庭只好破财了断孽缘。心头却愤愤不平,声声抱怨世风日下,人心不古,纯洁的爱情也沾染这等明目张胆的铜臭味。

未曾想到种种隐情都被达度在文字游戏中无意点破。而且有理有据,合情入理。心下有所感悟:这个世界除了物理规律之外,或许还有一只神秘无形的手。对于测字也宽容许多,最起码,不再骂达度是骗子了。

皮

遇水起波，逢石则破

给东山测过字的第二天，王涛又独自找到达度，举态神异。

“有空吗？找你谈点事。”

达度瞟了王涛一眼，见他脸色庄严，已猜到七分来意。便说：“稍等片刻，有个急件要处理，半小时后我净手焚香听候差遣。”

“不急，先忙你的，我看会书。”

于是，各自为政，急赶与闲读并驱，亲密共静默一气。此乃文人间的默契。

王涛是达度的挚友，在省社科院供职，任常务副院长，论官品还是厅级干部，专业名望在国内社会学领域数一数二。仁兄资历老，能力强,但书生意气浓厚,副院长干了十多年也没再升一级。

心态却平和,用王涛自己的话说,能上就爬一级,上不了做副手也心满意足。现任院长半年后退休,几个副手都加紧活动,八仙过海,各显神通。唯独他依旧埋头做学问。达度提醒过几次,王涛却说:该走的关系我自然会走,但不会超常扳命。运势自有定数,有些事不是你想要就能得到的,还是顺其自然吧。现在吃穿不愁,出门有专车,看病全报销,科研经费用不完,我已经很知足了。再过五年也六十岁了,这把年纪何必不要命地上蹿下跳。

官场潇洒的王涛却信玄术。搬一次家,人家一两天完事,他却要折腾半个月,先请风水大师拿着罗盘前后转悠,要么在东面砍一根树枝,说是明阳,要么在西边栽棵小苗,号称避阴。最后选定黄道吉日,搬过家,又在屋内这儿压一块硬币,那里放一只花瓶,玄关上还要搁上一尊面目狰狞的小怪兽。

达度打趣道:"你学问潇洒,官场轻松,家里却玄甸甸的,不觉得过分吗?"

王涛回驳:"行走大漠,必须想到水;年月荒芜,人得有点精神追求。"

往深处一想,这话也有道理,最起码,有落脚点。

如达度所料,王涛找达度正是为了测字,他求测过场还挺多,讲天时地利,还要露天作业。

"你若搞完了,我们去溜达溜达。"

便出了门。

沿小路,步入公寓花园,丽水蜿蜒,景观别致。行至一块临水的卧石旁,王涛提议:"咱们歇一脚吧。"

两人坐在石头上,王涛取出备好的本与笔。

“我写个字,你测两句。”

达度笑了笑,“老兄如此隆盛,不测也得测了。”

于是,王涛写了个“皮”。

达度起身,绕巨石兜一圈,看看流水,开说:

“逢水掀波涛,逢石则破。”

“怎讲?”

“你在水边写了个皮,皮加三点水为‘波’,波与你的名字相连为‘波涛’,水太盛,不吉。三点水常指女人,柔情似水,女人如祸水,这一正一反,应的便是这个景。适中则吉,过则凶。其二,你坐在石头上写皮,石加皮为‘破’,估计官场有些坡坎。”

“达兄有何指教?”

“谈不上指教,只能就字面,说说感触。第一,偷鸡摸狗、拈花惹草的事最好敬而远之,老兄为人太实,架不住情场的惊涛骇浪,我们这把年纪,谁都折腾不起。即或闹出点名堂,日子长了也会麻木。天下乌鸦一般黑,遮了头,八哥、鹌鹑、金丝燕全都一个鸟样。逢吉水,则光明正大亲近女人。何为吉水?‘波’下加个‘女’是‘婆’,老婆的婆,你夫人叫周洁,洁字拆开一边是吉,一边三点水,这便是吉水。待老婆好一些,凶波可化为缕缕柔情,令你享用不尽。第二,破,看似不祥,其实未必。遇到具体变故,看你持什么心态,心地豁达可逢凶化吉。心不正,好事也会变成坏事。就说这几句吧。”

“足也,我知道咋办了。”王涛胸有成竹地说。

到了年底,王涛的妻子周洁破天荒地给达度拜了一回年,开口鸣谢,闭口感恩,达度一脸茫然。

细谈一阵才明白就里。

测了“皮”之后,王涛对老婆关怀备至,体贴有加。王兄本来也没太多花花心肠，只是埋头学问，常常冷落了妻子。测过字，便自我修正，时常陪夫人散散步，谈谈心，去去公园，逛逛商店。妻子对丈夫更是巴心巴肝，两口子如胶似漆，王涛做起学问来也顺畅得多。

末了，周洁说："老王突然转变，我一时也摸不着头脑，问了几次他都不肯说，大年三十才告诉我，是因为你给他测了个字。谢谢了，测字和谐家庭，造福国家，功德无量。"

达度不知说啥为好，他也未曾料到测字还能给国家带来福祉，只好付之一笑。

几个月过后，老院长退了休，王涛一度是热门人选，过后，也不知啥原因，从上面空降了一位院长，新院长恰好姓石，正是破皮的石。王涛坦然处之，一如既往，该配合的配合，该做主的则独当一面。石院长专业过硬，为人大度，工作有声有色，成就斐然。院长敬重王涛，破格给他提了二级研究员。就文科而言，这已是最高职级了。三个月后，王涛又获得一项国家一等奖，破了研究所的荣誉纪录。一个"破"字波谲云诡，饱含为人处世的辩证法。可谓：石破天惊逗秋雨，善破为立又一春。

人

关 键 时 刻，轻 轻 一 推 力 胜 千 钧

仕途，有如华山的攀天道，越往上走，路越窄，而且，高低不平，明暗交合，曲折多险。关键地段，没人拉一把，你很难爬上去。友林做了五年政法委书记，也遇到同样的困境。他人品好，能力强，政绩显著，但是，在高层没有过硬的靠山，久久不见上升的迹象。刘书记常年浸泡官场，也懂局中套路：赞歌会唱，礼数周全，私下打点也是有的，大多限于合理范畴。用大头的话说，“都是些不痛不痒的小把戏。点头哈腰是做官的入门素质，如同人会直立行走，可以从略。关键时刻，你得拿出让人动心的举措。”

友林是儒官，守底线，不愿超常折腾。然而，看到某个能力不如自

己，却更能拍、超会送的同行突然被提上去，心里又会失去平衡。

郁闷时，常找大头喝酒。两人同处天涯岛，相距几十里，算是近邻。周末，友林又与大头闲聚海滩，背靠椰树，喝着当地的啤酒，小女慧儿在一旁画画儿。友林苦苦说："我也想通了，混到副厅，已够本。升不上去，在这个位子上熬到退休，也是一种活法。到时候，可多抽点空，会会文友，看看史书，写点法律文章，自娱自乐。"

大头道："有这等心态自然好，生意上有句名言：钱，不能追。官位，也不能跑得太急。但是，你的本分是做官，而且，越大越好。你这样的好官多几个，对国家也是一大贡献。"

"老弟过奖了。"

"我没夸张，我做书生意，走南闯北，历高官无数，心里有个谱。如果说你不是好官，中国就没几个好官了。当然，我这么说，仅指你当下，将来如何，是个未知数。官场是个大染缸，要洁身自好，难上加难，人在江湖身不由己。这是当今政体的顽结，就看新一代领导人如何改革了。"

话到真诚处，酒兴起，杯一碰，各自又喝一大口。

"我们都是明白人，话说得太透，反而是负担，还是摸着石头过河，谋点实用招法，我这处境，贤弟有何指教？"

"心态放平，不懈努力，谋事在人成事在天。人要发挥自己的特长。虽说你曾经是名牌大学法律系的高材生，又一直在政法部门供职，但是，你所接触的带有中国特色，是一方特产，拿到国际上，往往难登大雅之堂。理论研究又不是你的专长，牵制也多，即便给你十年，也搞不出《拿破仑法典》这样的大作。老兄是心高之人，甘于平庸你会痛苦一辈子。"

"知我者，大头也。"

慧儿画了一阵，觉着无聊，便从杂志中撕一页广告，溜到友林身后，将彩纸悄悄贴在爸爸背上。友林起身，后背披挂一个明晃的"朝"字，他浑然不觉。

大头笑曰:“有了,慧儿已为你指点迷津。”

友林不知就里,淡然说:“几岁的孩子懂个什么,这样吧,我写个字,你测一测,瞧瞧我该往哪个方向走。”

“要是达度在就好了,他测字比我灵。”

“老大说,测官运,你比他强。”

“你写个字吧,若有感觉,我诌两句。”

友林靠在树干上,写了个“人”。

大头看了字,会心一笑,友林便问:“有感觉了?”

“的确有,而且,很强烈。要突破瓶颈,你得走上层路线。刚才,慧儿在你背上偷偷贴了个‘朝’字。”

友林伸手往身后一抓,果然,扯下一张印着巨大“朝”字的房地产广告。慧儿直乐:“背上驮画,爸爸当海龟了!爸爸当海龟了!”友林慈祥地摸了摸女儿的头:“再画两张,我和大头叔在等你的大作呢。”慧儿一甩小辫,又去涂鸦。

“兄弟,接着刚才的话讲吧。”

“‘朝’指朝廷,你又写了个‘人’,两字拼合,意喻:要高升,必须朝中有人。”

“问题是,我在朝中没人啦。”

“但字理预示,有个人会帮你一把。这个人就是我大伯、你干爹刘道朴:刚才,你靠在树上写字问卜,‘木’加‘卜’便是‘朴’,联通大伯的高名。”

“真糊涂,我把至亲都忽略了。”

此刻,道朴已调到中央军委,任某部首长,中将军衔。友林是刘先生大弟的独儿,身世悲惨,八岁时,父母一同开山造渠,双双遇难。族人一合计,将友林过继给了堂伯刘道朴。过继更多是名分上的,但经济资助却实实在在,道朴每季度都要寄一笔钱。友林平时住外婆家,大学毕业后,仕途一路畅通,干爹颇省心。道朴有自己的理路:孩子能闯,就让他自己去闯,拼爹不是长久之计,我们都有爱莫能助的一天。干爹经历了珍宝岛和中越反击战,出生入死,对名利看得透,做人守底线,是那种有真信念而今为数不多的老革命。再过一年,也该离休了。老首长也通人情世故,关键时刻,曾背着友林,打过几次电话。小头经商,他帮了些忙;大头找来,他鼎力相助,侄儿们所求的往往只是写张便条,应该说,都在不违背原则的框架之内。

大头盈笑说:“山重水复疑无路,背靠椰树又一村。刘书记,看到曙光了吧。”

友林嘿嘿一笑:“多谢贤弟指点。”而后,面露难色:“说出来也许你不相信,我与干爹情同亲父子,但不知为什么,这么多年,我从来没有为升官求过干爹,这会去找,觉得挺别扭的。”

“这有什么,你不好说的话,我去说。正好,下周要去北京,这几句话包在我身上,只是通个气而已。大伯常对我说:自个的儿女可以马虎,遗孤的事必须上心,不然对不住族人的信任。我敢担保,遇到时机,即便你我一声不吭,大伯也会主动推你一把。”

说风,便来了及时雨。

一个月后,南海局势紧张,大伯奉军委之命,带队来天涯岛筹划新概念海防。沿海防御是一项综合策划,涉及地方土地购置,各项工程,比如建沿海公路,又将大力促进地方的建设。天涯省全力配合,一把手主政,又派常务副省长全程陪同。规划完成后,天涯省设宴庆贺,党政一把手双双到场,气氛融洽。话到兴头上,大伯淡淡说:“我有个侄儿,也是我的养子,在天涯工作。这孩子从小失去双亲,是我扶扯大的。孩子还挺争气,一路走来,很少让我操心。往后,还请各位领导多批评,多指导。”

省委书记“哦”了一声，急问：“您养子叫什么？”

“刘友林，在三洋供职。”

书记高兴嚷道：“您说友林啊，那可是三洋市有口皆碑的好干部，品行好，能力强，我们都很器重。”

“孩子还年轻，毛病不少，你们该说则说，该骂就骂。”

书记立马表态：“首长放心，友林在天涯一定会有用武之地。好苗子不重点培养，对不起国家呀。”

话题又转到海防和地方建设上，大伯深情说：“感谢天涯岛对部队的鼎力支持，部队也会大力支持地方建设。用毛主席他老人家的话说，军民团结如一人，试看天下谁能敌。”

最后，书记提议：“为军民鱼水般的情谊，我们干了这杯中酒。”

宴席携欢而散，余音缭绕。

半年后，正好是开篇测一的第九个年头，友林提升为三洋市党委副书记。再次见面，自然谈到达度当年的妙算和高升的玄机，友林略显瑟缩，仿佛做了件不体面的事儿。大头便说：“理直气壮一些，这副书记，是你干出来的，民心所归，当之无愧，大伯只是在背后推了你一把。”

“这我知道，但关键时候，这轻轻的一推力胜千钧啊。”

大头想了想，说：“也是。”

又过四年，友林当选三洋市长。那日，大头去友林办公室小坐，在一本精美的文件夹里发现一页彩纸，打开一看，竟是四年前慧儿贴在友林背后的那张房地产广告，大大的“朝”字分外醒目，藏得庄严，未曾想到不信鬼神的友林也起了玄念，或者已彻悟贵人提携的奥秘。大头本想调侃几句，见广告放得那般神圣，看到友林一丝不苟的模样，又打消了念头，独自叹喟：

官场啊，官场。

程省

邂逅某异人，获取一宝典

程省没当官，却满腹经纶，是清代的测字高手。他的传世功劳不在于说准几个字，而是写了一部书，这便是大名鼎鼎的《测字秘牒》。

我国传说中的测字秘籍有四部，第一，《心易秘占》，据传为青城真人著，宋代谢石得传之后，成为"名动公卿"的顶级大师，但其他人都没见到此书。第二，《五行六神员诀》，北宋邵雍之作，已失传。第三，《神机相字法》，作者景齐，大概也是两宋之间的人物。第四，《龟鉴易影皇极数》，为邵居敬著，估摸是元代以前的著述，以上两本书在《四库全书》中仅有存目，不见内容。一句话，都只是传说，真正意义上的宝典仅《测字秘牒》一部。

中国的好些古书喜欢玩玄乎，动辄天旋地转，惚兮恍兮。老子有超常智慧，惚恍得实在，他老的五千字真言成了全人类的经典。诸子百家以降，许多大名高扬的这家那家，有价值的话不多，玄乎的饶舌却喋喋不休，用毛主席的话说，比王二娘的裹脚布还长。

《测字秘牒》写得却敦实，字怎么测，丁是丁卯是卯，说得一清二白。也有几句玄乎话，但点到为止，那是与《易经》及邵雍接头的通道，旨在点示理论建构，说明秘籍的悠远来历。

程省乃清初江阴人，字以三，以测字为生，家世不详。江阴在江苏境内，清代的测字大师几乎聚集在江浙一带，那儿文人多，气场大，适合于方术。据程省自叙，早年，他邂逅一异人，随其学测字，最后，得到一本秘籍，叫《相字心易秘牒》。这事真假难辨，中国的传奇人物几乎都附有神奇传说。比如刘伯温，他是朱元璋的主力谋士，也是一位测字高手，神机妙算，足智多谋，为打下大明江山立了汗马功劳。年轻时，刘伯温在山崖下读书，突然一声响，崖壁像门一般打开，里头传来可怕的声音。刘伯温胆子大，径直往里走，在石洞深处看到一座小石屋，石壁上刻着六个字"卯金刀、持石敲"。刘伯温当即明白，"卯金刀"即劉字，指他自己，立刻拿起一块大石敲击。石壁开启，其中藏有四卷兵书。刘伯温拿起宝典，走出洞外，身后的石壁立刻闭合。凭此秘籍，刘谋士成就一番事业，名留青史。

程省得《相字心易秘牒》，如虎添翼，苦学数年后，独闯江湖。得空时，潜心研读异人传授的秘牒，悟得"五行六神八卦万汇之道，阴阳消长刚柔进退之理"，结合自家经验，写成《测字秘牒》一书。

这是一部后出转精之作，也是现今有关测字的一部权威经典。依程省之见，测字成书，始于北宋，创始人即邵雍，程氏测字源于邵子的"先天学"。作者常引邵雍的名言，如："当添亦添，当减亦减，认定用

神，体立而后用行。”

邵雍何许人也？

他是北宋大名鼎鼎的哲学家，未卜先知，家喻户晓的“一去二三里”也出自他的笔下。邵雍之死颇具方术色彩。弥留之际，司马光、程颐、程颢等大家守在床边，商议着后事。邵雍听闻，把儿子叫到床前，提出三点要求：“第一，我死后不能埋在洛阳，要葬在伊川先人茔地。第二,墓志铭由程颢程伯捉笔。第三,不要陪葬任何东西,头枕辘轳头,身穿粗布衣,衣服要抹上油。入殓时把李家的小秃女找来,让她亲眼看着。”儿子一一点头,邵雍闭上双眼,离开了人世。入殓时,家人按遗嘱,把李家的小秃女找过来,让她看着给邵雍穿上粗布黑衣,在衣服上抹上油,然后装进棺材,枕上辘轳头。小秃女在场看得清清楚楚,棺材里什么随葬品都没有。钉好棺盖,送往伊川墓地。送葬的路上,男女老少哭天抹泪,感念邵先生的种种好处。棺椁由八个棒小伙抬着,起初他们觉着很沉。走去十来里后,棺椁变轻,抬着一点也不费劲。到后来,人们发现遇到上坡的时候,里边“咕噜咕噜”地响,声音由前往后,下坡的时候,里边也“咕噜咕噜”地响,声音由后往前。有人害怕起来:“啥在响?”一人说:“像是那辘轳头在来回滚动。”辘轳头怎么会滚动呢?老人们答:邵夫子已得道升天,棺材里没人了。

一晃六七十年过去,那个小秃女嫁了人,生了子,儿子又娶媳妇,得了孙。这个孙子长大后不成器,专干盗棺掘墓的勾当。有一天,和别人嘀咕着要去偷邵雍的坟墓,恰巧被小秃女听见了,赶忙阻拦说:“你们可别去,邵先生入殓的时候,我看得清楚,里面什么东西也没装,连衣裳都抹了油。”这样,邵雍的坟墓便没有遭劫。邵雍死前已料到,小秃女的孙子将是个盗墓贼。

在《测字秘牒》中,程省反复提到的另一本书,即《易经》,此乃万经之首,正规学术依靠它,方术也离不开它。论语的许多思想来源于《易经》,《道德经》里也常见《易经》的身影。

读了《测字秘牒》,仿佛可以为测字理出一条成才之路。第一,读读《易经》和《说文解字》,这是基础课。《易经》构建理论,《说文》奠定基础。对说文还不能太迷信,许慎写书时,尚未发现甲骨文,他对有些字的解说不完全正确。达度建议,再读读李乐毅著的《汉字演变五百例》,此书图文并茂,读起来轻松。第二,通晓邵雍的理路,了解阴阳五行。第三,翻一翻《字触》,熟记十余则测字典故,最后集中精力攻克《测字秘牒》,这是重头戏。

《测字秘牒》凡三万八千余字,分七大部分,全方位展示了我国古代的测字体系。在题首语中,作者说了这么一段话:“字从太极出,各具首尾,各有结构,测字之法不离羲画之理,生生化化,变幻万端。因其所问之事而推出,据吾所触之机而断之,百不失一。”这番话向我们透露了三则信息。第一,程省的测字与伏羲所创的阴阳八卦紧密相连;第二,给测字下了一个总体定义;第三,交代了作者测字的基本套路。

七个大章节是:第一,测字十法;第二,心易六法;第三,测字取格大法;第四,双句格法;第五,散格法;第六,杂占赋;第七,至理测法。

七章之中,精华是第一部分,讲测字十种基本方法,归纳起来主要有加笔法和减笔法,只是加减的部位各不同。有的加在字头,有的添在字脚,有的插在字中间,有的框在字四周。无论加也好,减也好,对关也好,就技术而言,测字的关键是有根有据从一字过渡到另外一个字。测字十法将在后文细说,此处不赘述。

《测字秘牒》第七部分为“至理测法”,记录了程省本人五十四则测字故事,谨举一例。

有人写鄉字问逢合,程省曰:“从字上看,男女相配,姻缘易成,只是这童男为何要娶一个与婚姻沾了边的女人呢?”

那人道:“这女孩小时候做过童养媳,还没成亲丈夫就死了,婆家想把她嫁出去,刚才的判语您是怎样从字中看出来的呢?”

程省详解:“‘鄉’是牛郎织女相逢之象,郎是个整字,织字只有半边。再者,‘贞节’的节右边的包耳是直的,你写的鄉字是双包耳,曲了一个弯,所以我判定那女孩是二次嫁人。”

“这样的女人可以娶吗?”

程省断然回答:“可以,鄉字最后一个包耳与贞节之节同形,结了婚那女人能守妇道。有了一次痛苦经历,女人对男人会更体贴。”

后来,那对男女结了婚,幸福美满,他们的儿子三十年后考取了进士。程省曰:测字结善缘,逢合靠爱心。这也是测字的一道秘牒。

恶

现 在，可 以 叫 你 达 半 仙 了

达度携家人出游，途经湛江去成都。抵达西厅空港，女儿小布点惊叫起来："爸爸，你看，好小的机场！"果然，出发大厅只有六百多平方米，两个登录口，五六位职员。时近黄昏，天尚亮，盛夏的苍穹湛蓝一片。过了安检，用过餐，已到晚上八点。班机九点起飞，偌大个机场，只停有一架波音737。登机时，既未走廊桥也没用渡车，乘客直接出候机厅，过停机坪，徒步进客舱，两厢的距离只有两百来米。妻子惊奇："坐了多年飞机，这般登机还是头一回。"

飞机颇大，人也多，两弦桥，前后上人。

客机缓缓驶入跑道，待命起飞。一晃过了二十分钟，仍旧待命。机长通告:“各位旅客,你们好,我们正在等待成都机场的起飞指令,请各位在原座上等候。”

这一等便是一个小时,天气炎热,机舱的空气开始混浊,空姐来回送水,旅客的耐心却在渐渐消退,出言便有些激烈:到底怎么回事?搞什么鬼名堂?走不了就别让我们登机啊!也有幽默人,一位官员模样的壮年打手机嚷道:“喂,对不起,我们还在湛江机场,飞机舍不得离开,机上的空姐很漂亮,很热情,大伙都想多看几眼,还不知要看到猴年马月,你们不用接机了,我们打的过去。”

大伙心下明白,问题肯定不出在湛江,这儿只有一架飞机,跑道空空,不存在调度问题。叫来嚷去又过了半小时。众人坐以待飞,情绪开始沸腾,空姐们久经沙场,不为所动,依旧和颜悦色,或送水,或解答。又过了半小时。

妻,兰花,悄悄对达度说:“我俩靠测字相识,已领教过你的手段。今儿我再写个字,你测一测,飞机将晚点几小时。说准了,我加倍服你。”

“请写!”

兰花写了个“恶”字,还补充一句,“一等再等,恶心。”

达度看了字,想了片刻,道:

“我们马上会下飞机,估计晚点四小时。”

“说仔细一点。”

达度详缕经纬:“恶”字的上节,为亚,含了“上下”二字,因为“上”倒过来便是“下”,意寓:先上,后下。“亚”字取出中间两点,拉长,直立两旁,便是个“四”字。我们将晚点四小时。

未几,坐在窗边的兰花小声说:“你可能说对了,桥车正向飞机前门靠拢。”

随后,机长广播:“各位乘客,刚刚得到消息,成都机场遭遇暴雨,积压了很多航班,我们的起飞时间难以确定,请乘客下机,在候机厅等候。退票的旅客,请到柜台办理手续。诸多不便,敬请原谅。”

兰花对丈夫说:“你已测对了一半,且看下一半。”

众人又返回候机厅,也还平静,没人退票。湛江至成都一周两个航班,中间隔三四天。退了票,只能困居他乡,谁也耗不起。候机厅热闹起来,已下班的工作人员复又归位,开始发水和方便面。孩子们跑来跑去,形同幼儿园,小布点参与其中,不亦乐乎。

兰花表面温柔,生性暴烈,遇点不顺心的事便心潮跌宕、牢骚满腹。达度则静心读书,不为所动,抬头看见焦躁的妻子,和言劝道:“仔细瞧瞧,刚才,你写‘恶’,拆开,是心在上下折腾,内中太浮躁,有损健康,催人衰老。凡事皆有不测,既来之,则安之。反正是旅游,在哪都是挨时间,滞留也是人生一大体验嘛。”

妻安然,叫回已困乏的女儿,选一条长凳,双双歇息。

达度踱到窗边,居高临下,久久凝视聚光灯下的波音737,心头一动,又想起刘先生临终赠送的那个“貴”字。先生手书的“貴”中间一横特长,上宽下瘦,就像一架飞机。看俯视图,汉语中形状最像客机的字,正是“貴”:尖尖的头,前方伸展两条长机翼,后尾拖带两个小翅膀。还分了等级,前部两个“口”,空间稍大,是头等舱,下端的“目”隔了三行,间隙小,是经济舱。二十多年前,达度给先生烧纸钱,举头看到一条航迹,当下自语先生飞西方去了。此刻,似乎可以确定:冥冥之中,先生乘机去了法国,而且,坐的头等舱,因为,“貴”叠合先生名字(刘贵德)的第二个字,常常用于“贵宾”。达度欣然自语:老人家挺会生活的,在那个年代,该用钱时一点也不吝啬。这也是一种智慧,民谚说,穷家富路,出门在外,宁可钱受罪,莫让人吃亏。

如此着想，达度掏出钱包，给自己买了一瓶依云矿泉水，又为妻子女儿买了两根哈根达斯。

时间悄然流淌，过了一会，广播响起：

“CA2381 航班去成都的乘客，请马上登机，我们即将起飞。”

兰花睁开睡眼，叫醒女儿，抬腕一看表，已是夜间一点，正好晚点四小时，便柔柔地对丈夫说：“达娃不愧刘先生的大弟子，现在，可以叫你达半仙了。”

奇

有 大 人 领 着，小 孩 才 能 出 门

悠悠万事，唯此为大：

——教育。

海棠是侗族佳丽，可育二胎，嫁给友林，生了一儿一女。儿子十八岁，叫中明，在清华读大一。慧儿九岁，与小布点是闺蜜，两孩儿德行端，教养好。正道之外都爱画画，也善书法，还有些笔力。海棠学医出身，开了三家药店，挣的钱，明面上比当市长的友林多得多。业余时间，也迷丹青，与兰花很投缘，相互之间往来密切。

寒假伊始，达度一家又抵天涯岛，落居友林家，小头也来了。亲人重逢欢天喜地。两个小女最兴奋，一见面，便躲进慧儿房里，叽叽喳喳，

说个没完,还不让大人进。

闺门紧闭,小头有感而发:

“如今的孩子和我们当年大不一样,讲独立空间。我那一儿一女在国外长大,更重个人私密,父母进他俩的房必须敲门在先,孩儿的抽屉是不能随便翻的。培养后代比做生意难得多。孩子主要朵儿在管,我负责提供经济保障。”

海棠说:“孩子的教育是大事,两人都得管。讲个性是一方面,更为重要的是,不能娇生惯养。”

小头两手一摊,嘿嘿一笑。

片刻之后,保姆备好丰盛晚餐。大伙围上桌,热热闹闹吃起来。两位娇女频频交头接耳,仿佛在密谋什么,中明也掺和几句。谈笑之间,两小时过去。饭桌尚未收拾完毕,小布点便开了腔:

“妈妈,没忘吧?我的写字布,你什么时候买?”

慧儿也跟着嚷:“爸爸,我也要一套。”

友林问:“什么写字布?”

小布点解释道:“练毛笔字用的,也叫水写布。不沾墨,用水写,出黑字,几分钟后,水就干了,又能再写。特爽!”

“多少钱一块?”友林笑问。

小布点答:“机场卖,480 元。”

兰花解释说:“中午在机场候机,小布点非要买,我嫌贵,没同意。”

小布点瞥了妈妈一眼,拉着慧儿,“走,让大人讨论去,我们回屋继续玩陀螺大战,给你青蓝冰伞,我出暴烈巨拳,哥哥当裁判。”话毕,三个孩子又溜进了房。

小头责怪兰花:“嫂子,孩子的理由正当,480 元都舍不得,过分了吧?”

兰花答:“几百块钱,不算大数目,但是,不能让孩子觉得钱是大水冲来的。水写布,我看过,一般文具店,只要 40 多块,机场的质地可能好一点,标价也太离谱了。这种情况,应该让孩子自己对比一下,懂得节约。”

海棠接过话:“小头对孩子太大手大脚,幸亏有朵儿把关,不然一儿一女早被你惯丢了。”

小头耸耸肩,不再言语。

“达度也是一路货色。”兰花又增补一个。

正说着,三个孩子又窜了出来,小布点高声问:“各位大人,你们谈好了吗?”顿了一会,又说:“刚才中明哥哥出了个主意,如果你们定不下来,就请妈妈写个字,爸爸测,测出来可以买,我和慧儿一人买一块。测的不行,我们也不闹了。”

“呵呵,”友林笑起来,“这是个好主意。别看年纪不大,这小布点说话紧锣密鼓的,不留一点破绽,以后可能不好对付呀!”

“别说以后,现在就经常冲得我们一愣愣的。好吧,我写个字。”

话音刚落,慧儿从身后递出纸与笔。

兰花莞尔一笑:“你们早有预谋啊。”

随手写了个“奇”字。

达度一瞧,立马表态:“看来今天非买不可,‘奇’拆开是‘大可’,大大的可以。”

“还是爸爸好。”小布点叫道。兰花拿出两百元钱,友林拦截:“到了天涯该由我撑头。”兰花不依:“解铃还须系铃人,不然就前功尽弃了。”友林不再吭气。小布点接过钱,拉着慧儿直奔大门。

达度急忙阻拦:“慢一点,还有话呢,光你们两个去不行,你们看,‘大’中含了一个‘人’字,合起来是大人,必须有‘大’人领着小孩才‘可’以出门。”

中明便说："达伯，我带她们去，楼下就有文具店，我们买完就上来。"

三人欢呼而去。

小头笑道："达哥的心比女人还细。要论惯孩子，我俩可能有得一拼。看你刚才，表个态猴急猴急的，想做好人，也稳重一点嘛，又没人和你抢。"

海棠插话："刘总，你自己毛病多，还要拉一个垫背的。"

嬉欢而笑。

或许被触动了灵魂，小头当即给朵儿发了条短信。过一会，海棠的手机响了。

"是朵儿呀，都好吧。别谢我，是兰花给你那位上了生动一课。小头悟性高，有责任心，会改的，以后经常把孩子们带回国玩玩……大头和翠菊见了宝贝女儿一定很开心吧…… 等会他们起来了，我们在屏幕上碰个头。放心好了，小头乖得很，特老实。"

友林与达度相互弄眼，小头一脸的无奈，还夹杂着无辜。

一刻钟的光景，三个孩子返了回来，兴高采烈，小布点和慧儿各自买了一套写字布。

"多少钱一块？"兰花问。

慧儿说："两块 96 元，外加毛笔 30 元。"

小布点接过话："妈妈说对了，商店比机场便宜多了，以后买大东西，听大人的。给，这是没用完的钱。"

"还是嫂子教子有方啊。"小头诚赞。

两个小家伙又溜进闺房，却没声息，可能在水写布上练字。临近九点，中明接通视频。海内存亲友，天涯若比邻。在地球另一端的加拿大，大头和妻子正陪女儿吃早饭，朵儿在给孩子们朗读三字经。

不端

达度测字也有说走调的时候

事没说准,测字行话叫不端。达度相字也有说走调的时候,破"半仙"之身的大多是羞花闭月般的美女。

其中一位,是刘市长招的。

相约在茶楼闲谈,聚来一拨文友,有两名男作家,三个靓女,其间一位,号称天香,举手投足之间,风韵颇为显眼。此媛善书法,聪慧机敏,气场大,是位近乎绝色的中年落雁。其余两佳丽乃国内知名画家,都是友林的高朋。达度心下叹慰:高官敬交文士,如同在内心经营一块不施化肥的园地,这情怀堪称陶渊明在当今留存的余香遗韵。

品茗闲聊,说来道去,又扯到测字。天香写个"洒",达度测出她女儿将留学法兰西,说端了。天香找达度正是为了咨询赴法择校等事宜,达度一一解答,皆大欢喜。末了,绝色美女轻声问:“达教授,还能给我测一字吗?”

达度不好推拒。

天香又写个“受”,测夫妻感情。

“受”有两种截然相反的解法,其一,“愛”无心,暗示夫妻间缺乏真感情;其二,表示同甘共苦,忠心耿耿。本书“愛”字一章中已说过,“爱”中有个“受”,“受”由“爪”、秃宝盖加“又”三部组成。“爪”在甲骨文中形同抓东西的手,下面的“又”也是一只手,中间的秃宝盖由“舟”演变而来。“受”字的笔画拼合这么一幅图:两手同执一舟,一只手给,另一只手接。意喻:男女同舟共济,此乃人间大爱。

凭直觉,达度欲取忠心之说,因为天香的美,艳而不妖,眉宇之间含藏定性。于是,开解:“大海波光艳丽,海底却悠然宁静,大美之下有忠诚……”

说着,却瞟了天香一眼,只见她两手摊开,身体向椅背靠去。按行为表情学,这个举动意味“否定”。

达度踯躅少时,改弦易辙:“繁体的愛,有个心,‘受’是无心的愛,夫妻感情可能有些问题,最起码,爱得不够深。”

天香的同伴立马更正:“达教授,这个字可能说岔了,天香和她丈夫是一对远近有名的恩爱夫妻,妻唱夫和,爱得死去活来的。”

达度抿口茶,两手一摊,自嘲道:“又多了一则不端记录,看来,我修炼还不到家,以后加倍努力。”

天香不动声色,沉默片刻后,小声探问:“达教授,刚开始,你是想说恩爱的,中途为什么要变卦?”

达度坦言:“测字离不开察言观色,行话叫班色。中途,我瞄了你一眼，发现你两手外摊，身体向后一靠。这一动作暗示你对我开头的判语不以为然，所以，我换了方向，取了相反的说法。”

天香莞尔不语，友林开怀大笑：“达哥落入美女的圈套了。你知道天香是做什么的吗？她是天涯省的谈判高手，书法只是业余爱好，国家商务部的许多重大谈判都要请她出马。挤眉弄眼、挪腿动手之类的小把戏她清楚得很，比谁都娴熟。”

天香笑曰：“那个动作是我故意设计的小圈套。”

魔高一尺道高一丈，达度遇到攻克班色的高人了。

诗人雷霆赶忙打圆场：“遭国色的暗算，也是人生一大艳遇，虽错犹荣。我想被套还没机会呢。幸福的教训也是有的，往后测字，像写诗一样，要凭直觉，跟着感觉走，休管它传统之言、权威之色。”

“雷兄的发挥精道，高见。”达度由衷敬佩。

友林追问：“达兄，你平时测字，端与不端各占多大比例？”

“十个字，总有两三个没啥感觉，只能挤眉弄眼，为赋新诗强说愁。五六个说得比较准，三两个字超有感觉，往往一语中的，这两三个字属于机缘之会。测字对我而言，更多是游戏，但是，文字本身藏有大秘密，需要我们与时俱进，不断破解。”

“测字有禁规吗？”

“当然有。我不以测字为生，也守几条规矩。第一，不测自己，不测至亲；第二，正规测字每天不超过三个，定向戏说另当别论；第三，遇到难言私密守口如瓶，好事未成时，不四处传扬。”

“你相字，哪个档儿最拿手？”

“戏说是我的强项。如果你定个向，比如，硬说某某有外遇，或者，我知道了你的某件事，无论你写什么，十有八九，我都能把话说圆了。”

散文高手宇峰推波助澜：“我们之中，雷霆最风流，艳遇连连，女人不断，雷兄写个字，让达哥测测你的花花肠肠，如何？”

“写就写，我正想见识一下达兄的戏说手段呢。”

拿过笔，龙飞凤舞，写了个“执”。

达度笑了笑：“‘执’，左边提手旁，表示用手拿着，右边是个丸，那是睾丸的丸。提手与丸笔画紧紧连在一起，你整日拿着那玩意，不寻花问柳还能做什么？”

众人大笑，雷霆却不服气：“我再写一个字。”

“写吧！”

诗人又写了一个“男”字。

达度环顾四周，警示道：“这字有点邪乎，涉及女性私密，在座的都是成年人，我就照直说了。‘男’上田下力，‘田’取出加号‘十’，剩下一‘口’，暗示女性生殖器，测字行话称阴口，‘十’与‘力’合表加力。雷兄成天待在那洞洞里使劲，做的什么，还用我明说吗？”

女宾窃窃嬉笑，友林打趣：“怎么样，椰风诗人，你那些风流杂碎都给剥露出来了吧！”

雷霆诚恳说：“达教授，老衲服了你。就这些事，达兄完全可以写本书，也许会创造一个新文体。”

“不瞒各位，这书正在写，题为《字行天下》。以小说的形式展开，一字一事，努力昭示汉字幽妙，拨弄文化差异，也说世态人情。今天的事可能也会张冠李戴写进去，完稿后，再请各位指点斧正。”

雷霆建言：“把刚才的不端教训也写进去。正与反相互关照，作品更耐读。”

达度说：“肯定会写的，不端也是一笔财富。”

朝

笔画间藏有惊世密码

想当年，毛主席高踞神坛，颂歌如潮，天花乱坠，刘先生便断言：历史将给出切实的评说。对毛泽东的诗才，先生却赞赏有加，常说《沁园春·雪》是中国近百年屈指可数的杰作。

几十年后，某高人悉心把读，发现《雪》文的确非同凡响，字句里含有惊世密码，个中境况意味深长。

先从背景说起。

1935年10月，红军完成长征，抵达陕北。翌年2月5日清晨，毛泽东率军来到陕西清涧县高杰村，这一带已飘了好几天的鹅毛大雪。登高环顾，北国的雪景雄浑壮观，毛泽东心潮澎湃，豪迈吟诵：

北国风光，千里冰封，万里雪飘。
望长城内外，惟余莽莽；大河上下，顿失滔滔。
山舞银蛇，原驰蜡象，欲与天公试比高。
须晴日，看红装素裹，分外妖娆。
江山如此多娇，引无数英雄竞折腰。
惜秦皇汉武，略输文采；唐宗宋祖，稍逊风骚。
一代天骄，成吉思汗，只识弯弓射大雕。
俱往矣，数风流人物，还看今朝。

这是一篇“气势磅礴，风调独绝”的大作。就空间而言，行文从千至万，由内向外，从小到大：“望长城内外，千里冰封，万里雪飘。”所涉动物全是大个的：银蛇为蟒，是地面最大的爬虫，象乃地球上最大的哺乳动物。在历代诗人中，毛泽东用数字单位最大，《雪》中最小为千，别处则成万上亿，如：“坐地日行八万里，六亿神州尽舜尧。”以浪漫见长的李白憋足了气，才捣鼓出一千公尺：“飞流直下三千尺。”

垂直向上，《雪》的上端趋于无限：

“欲与天公试比高。”

宇宙无边无际，这一比所达的高度，用电脑以光年计算，也不知要算到猴年马月。就时间而言，《雪》跨越两千三百多年的历史。忆古，高高在上，历代显赫君王皆作陪衬，以“略输、稍逊、只识”一带而过。重点落在“今朝”，这是诗眼。

“朝”是多音字，含带两种读音，具有双重意义。其一曰 zhāo，指时间，此为《雪》的表面取义。同时，“朝”又可读 cháo，指“朝廷”、“朝代”。依循符号学的联想原则，未现而实存的 cháo（朝廷、王朝）隐示了作者的某种帝王观念。临终前,毛主席还在读吴晗的《朱元璋传》,开国元勋几乎都被整倒。立国灭功臣是众多君王的惯伎:天地不仁,以万物为刍狗;没有好制度,就得拿人开刀。刘邦如此,赵匡胤也不例外,只是做法更人道,喝杯酒便夺了宿将的兵权。朱元璋登峰造极,几乎斩尽杀绝。由此看来,《雪》中的"今朝"与秦王汉武唐宗宋祖的"旧朝"就划不清界线了。

《雪》作于1936年,1945年11月14日首次发表在重庆的《西方夜谭》上。蒋介石颇有眼光,《雪》一登出,立马看出毛泽东的潜意:"我看他毛泽东野心勃勃,想称王称霸,想复古,想倒退。""文化大革命"十年浩劫似乎印证了中正的评价。只不过,蒋委员长身边当时没有测字高手,若有,或许能看出时间上的机关暗道。

"数风流人物,还看今朝。"作为时间状语,"今朝"是否隐指某个具体日期?若把笔画视为表意单位,"朝"可拆为"十月十日",正好吻合国共《双十协定》,民国的国庆也同日。说得玄乎一点,早在九年前《雪》已预示:作者将赴重庆与蒋介石谈判,立今朝的关键是国民党与共产党之间的较量。

再关注于"朝",我们好像又看到十月一日从天安门城楼上升起的一轮红日,耳边响起"中国人民从此站起来了"的宏伟声音。因为"朝"还可拆为"十月一1日",即十月一日的一轮太阳,这正是中华人民共和国成立的日子。一轮红日象征毛泽东,有歌为证:东方红,太阳升,中国出了个毛泽东。说得再玄乎一点,这"朝"字依附伟人的气度,早在十三年前就设定了毛主席立国的佳期。

兴许,这只是巧合,或不堪一击的牵强附会。也不尽然,文字乃历史悠久的沉淀,它构成了荣格所称的集体无意识,默默之中代代相传,笔画之间潜藏了众多的文化密码。文字乃文化遗传的首要基因。

“今朝”还给予我们一个启示:测字能为文学评论提供独特手段,只不过,这方法并非万能妙丹。单执一法,读者会坠入云里雾中,因为汉字正朝着符号化的方向发展,名与实的关系相距渐远。若能结合其他方法,以其点破诗眼,测字或许曲径通幽,为我们展示意外的玄美。

爱

你 勾 引 上 床 的，可 能 是 东 欧 女 郎

汉字简化是时代使然，或许不可逆转，但是，有几个字不能随意简，比如“爱”，这个字含有一个民族的精气神。

爱的繁体为“愛”，心居其中，脉脉含情，朗朗大气，早在2600多年前，我们的祖先已明白其中的奥秘：“中心藏之，何日忘之”（《诗经·隰桑》），简单说，用了心才有爱。

殷墟甲骨堆里，尚未发现爱字，金文中，“愛”状一个人双手捧心，张大了嘴，在诉说心中的恋情。“愛”中还裹了个“受”，其上的“爪”在甲骨文中状形抓东西的手，下面的“又”也是一只手。中间的秃宝盖由盘子或“舟”演变而来。于是，我们眼前呈现这么一幅图画：两手同执

一舟，一手给，另一只手接。意喻：爱乃相互的给予和接受，大爱需要男女双方同舟共济。

仔细观摩，再与其他语言比较，还能发现更多的意趣。

德语的爱 Liebe 通激情，激情的背后是性冲动，liebe 与 libido 是同源词。libido（力比多）义为性本能，或曰性冲动，它构成了弗洛伊德精神分析学的核心。弗氏认为：Libido 乃人的一大本能，是人类活动的原始动力。

从词源中可以瞧出，德国人比较务实，看重爱的生理基础，不避讳本能冲动，比中国人要坦直许多。

英国人肯定比法国人保守，因为，法兰西堂堂正正、明媒正娶的 amour（爱情），在英语中却是偷情之类的编外激情。围绕爱，英语构词也有神来之合。请看 family（家），将六个字母作词头，可引申出这么一句话：Father and mather, I love you（爸爸妈妈，我爱你）。爱与家妙合，由此可见，在英美等国民众的心目中，家庭举足轻重，成员之间颇有爱意，其中含有中国人所看重的拳拳孝心。

法语的 aimer（爱），源于拉丁文 amare。Amare 似乎可以溯源到希腊语的 ammia（妈妈），是一个象声词，孩子们都喜欢"阿妈、阿妈"地叫着。从语义上讲，"妈妈"总是和"亲"、"爱"密切关联。就读音而言，aimer 后三个字母是 mer，词义即"大海"，它的读音却与 mère（母亲）一模一样。一句话，法语的 aimer 源于浓浓的母爱，其文化一如中国，含有许多阴柔成分。用老子的话说：此两者同出而异名，同谓之玄。玄之又玄，众妙之门。

用拆字法解读，还可从 aimer 中得到以下信息：

其一，aimer 的开头字母为 a，a 又是法语 26 个字母中的第一个字母，字母的次序表明：爱情至高无上。这般演绎自有道理：全世界当众接吻频率最高的城市是巴黎。在法国地铁,常常可以碰见白发苍苍的两老人,面对面,喁喁私语,脉脉含情,这是别国不多见的景观。

其二,从 aimer 中可以抽出 âme(心灵),这一点与汉字的“愛”字遥相呼应,字相告诉人们:爱必须用心。去年游江南小镇,达度遇见一位在法国待了半年的富二代,问他能否说一句法语,小伙儿脱口而出:Voulez-vous coucher avec moi(你想和我睡觉吗)? 语音语调还挺地道,估计是身体力行的结果。达度又问:还会说第二句吗? 小伙儿直摇头,达度失笑。中国人有个误解,以为法国女郎可以轻易上床。其实不然,法国女孩是很重感情的,一如 aimer 所示,没有心灵(âme)交流,她不会轻易与你肉体来往。富二代轻易勾上床的或许是会说法语的东欧女郎。

其三,aimer 抽去 i,为 amer,表示苦涩、痛苦。也就是说爱与痛苦相辅相成,没有痛苦就没有真爱。由此可见,法国人对爱情的理解有深度。众所周知,爱有三个阶段,心动,心念,心痛。心动,只是喜欢;心念叫钟情;心痛才是大爱。19 世纪的法国浪漫派诗人尤其钟情于“痛苦”,他们认为缺少痛苦的心灵没有价值。雨果、缪塞、拉马丁、维尼等作家都爱诉苦,并以痛苦言说爱的崇高和永恒。

其四,上段已说,将 aimer 分拆,最后三个字母 mer 指法语中的大海。由此,我们发现,法国的爱与广博连通。这里有两层含义,第一,法国人不太接受从一而终的观念,情人较多。2005 年,权威机构的调查表明:巴黎男士人均拥有情人 4.5 个,女士 3.5 个,居世界第一。第二,法国讲博爱,这个词与自由、平等一道构成了法兰西的核心价值观。广博的爱在英美等国也一脉相通,因为 love 中的 o 是个包容万象的圆球。在汉语字典中,与“爱”相邻的常用字是狭隘的“隘”,仿佛告示,我们的爱,空间与受益面似乎要狭小一些。

十年前,小头去华盛顿游玩,肚子突然绞痛,只好找一街头长凳坐下，满脸的痛苦。仅五分钟，便有四位行人主动过问："先生，需要帮助吗？"小头连连摇头。最后一位是一个年近八旬的老太太，她拄着拐杖颤悠悠地走过来，小头以为老人要小憩，赶紧挪了个座，老太太却关切地问："小伙子，是不是病了，需要我打电话叫救护车吗？"小头忙说："没什么，老人家，有点不舒服，一会就没事，谢谢您了。"也许是受了爱心的感动，一瞬间，肚子也不疼了。

望着老人缓缓离去的背影，小头感慨万千。

我们动辄高喊大公无私，西方人则各自为政，也许他们缺少人与人交往的温暖，但在公共场合，却充满了爱心，助人为乐已成为一种本能。我们呢，将爱留给子孙及亲朋好友，将冷漠抛给陌生人，缺少的正是这份博爱和公共道德。开车我行我素，胡拼乱抢；买东西，哪怕有两个人也要挤来挤去；公共场合，只图自己方便，不顾他人死活，垃圾随手乱扔，说话大声武气，尿往池边撒……

当愛简化为爱，有形无意之中我们抽去了民族的灵魂，我们的爱已被"文革"和庸俗的政治掏空了心，最后变成社会的虚浮。近几十年，向钱看的心态又死死盯住简体爱上的"爪"(抓取)，众多人只想获得，不愿给予，强取巧夺，甚至贪赃枉法。为此，我们特别怀念繁体的"愛"，那里曾有孔子的仁与慈，有墨子的博与厚。

如今，情形已有改观。在新版《现代汉语词典》中，"爱"的条目下，增了"爱心"一词。定义"博爱"时，修订本堂堂正正删去了旧版"是剥削阶级用来掩盖阶级矛盾、麻痹被剥削者阶级斗争意志口号"等定语，理直气壮地标明："博爱即对人类普遍的爱。"

名正则言顺，我们的行为才有依持。刘先生曾说，爱心是富民强国的起点，是长治久安的脊梁。就当下而言，爱是中国梦的通道，没有爱心的梦只能是黄粱美梦。

芙蓉

地 官 里 残 现 一 句 王 维 的 诗

大头做生意，可以说，狡兔三窟：定居天涯岛，立足成都，又在武汉设个支点。十余年间，每个月都在武汉盘留一周，一段时间内主要精力用于开发中小学辅助教材，又挣了一笔钱。稍后，却轻松考上南京大学的历史学博士，做学问丝毫不马虎。2006 年元月，约莫 6、7 日，大头窜来武汉，找见达度，神秘兮兮地说：

“终于轻松了。后天，我们跑一趟钟祥。”

“又去帮你推广中小学地方志爱国教材？”

“不，这回是我陪你。”

达度凝视童年伙伴。

“到底什么事?”

“别紧张,达教授,天寒地冻的,没人逼你上青楼,我说的是一件你感兴趣的好事。”大头调侃,而后正言道:“最近,湖北文物局发掘了明靖王墓,地点在钟祥三岔河,明天开膛,老同学钱坤在工地当副领队,他知道你迷恋考古,昨天打电话,邀请你我去现场走一趟。你要是忙,我们过一夜就回。靖王墓,你知道的,非同寻常,机会难得啊。”

达度眼睛一亮,旋即又现出疑犹。大头也不催促,径直走向厨房,嚷道:“有吃的吗?我还饿着呢。”

“冰箱里有排骨汤,下面是土鸡蛋,你自己煮点面。下午有场重要演讲,我要理一理提纲,马上完。你先弄吃的,待会细聊。去钟祥的事,我再考虑一会儿。”

达度犹豫事出有因,学期即将结束,一堆作业还没改完,还要出两套考题。更重要的是,学校马上要发年终奖,身为一院之长,得四下活动,求爹爹告奶奶,为全院几百多号人多捞点实惠。口袋暖和了,做起事来才顺畅。

然而,靖王墓又是超大的诱惑。茔冢里陪葬了世间罕见的爱情,与测字也沾了点边。墓主朱栋是朱元璋的第二十四子,封郢王,谥号靖。郢王于1414年病逝,时年27岁。一个月后,王妃郭氏为了陪伴亡夫也自尽身亡,朝廷为此落下滚烫的泪。“闻而贤之,恤典加厚”,简单八个字,落到具体时境不知含裹多少动人的故事。郭氏的祖父郭山甫是一位破字高手,当年朱元璋带兵经过他家,写了个“音”,求测未来,郭山甫见了字,一愣,抬头端详朱元帅,而后,正了衣冠,俯身三叩,解曰:“音”上见“帝”王之头,下托太阳而立,元帅您日后一定会坐龙椅。随后,让两个儿子跟从朱元璋打天下,为创建大明王朝立下汗马功劳,郭氏家族也享尽荣华富贵,郭山甫的孙女嫁给了朱元璋的儿子朱栋。

踌躇再三，达度毅然定夺：去！大头笑了笑："知尔者，大头也，我就知道你抗拒不了爱情和测字的联合诱惑。为你着想，这一次，不自驾，我们坐特快，火车上三小时还能干点活。后天是周五，小住一天，不会影响你跑官要钱。"

猛然想到什么，达度补充道："听说你对符号学的热恋又从格雷马斯回到罗兰·巴特，而且，对测字与符号学做了比较研究。好路子，这也是我近年的兴趣点。我托法国朋友买了一套刚出的法文版《巴特全集》，提前送你做生日礼物，我才看了《情人絮语》，挺有意思的。"

"谢了，谢了。谈不上研究，只是读了几本书，发了两篇文章。我的博士论文也借鉴了符号学的方法，前天终于完稿，预计今年 6 月答辩。"

"难怪你左一个轻松，右一个舒坦，恭喜，恭喜！"

大头翻着《巴特全集》，爱不释手，喃喃道："巴特看问题别出心裁，是法国近百年罕见的天才学者，与福柯、德里达一道，在国际上享有盛名。我接触符号学有些年头，20 世纪 80 年代后期，我认识一位酷爱巴特的法国书商。某日闲谈，书商问我：你们中国人现在热衷什么？我自豪回答：我们统一思想，统一行动，上下一心搞改革。在我眼里，'统一思想'是个褒义词。法国书商却说：如果全中国十几亿人都一个想法，惯用同一种思维模式，那可是一件令人担忧的事啊！我听了一愣，细下想，觉着有道理，这里用了符号学的视角，'文革'不也是思想禁锢的恶果吗？从此，我对符号学产生了兴趣。"

"读过这套书，你可以开天眼了。"

"再次感谢老兄的厚谊。"

聊过一阵，达度赶往学术报告厅，大头回去安排行程。

第三天一大早，两人一同上路，不到 12 点便赶到现场。考古工地四周,围了铁丝网,门口有士兵把守。大头拨个电话,钱坤立马赶来,送上通行证,将两人带向地宫。

一路上,钱坤简要介绍了出土成果。靖王墓共发掘文物400多件,最珍奇的是六个梅瓶,其中,青龙和四爱是绝品。钱坤说:“六个瓷瓶都放在地宫,赶紧去看看,上上手。”

走进存放梅瓶的中室,达度久久抚摸,专情于青龙和四爱。迷上考古后,达度实地看过二十多个现场,随同行家勤跑博物馆,常常进到库房,他上过手的国宝少说也有三百件,价值上百亿。别的不说,那件青龙瓶当下的估价就是5~6个亿。随州出土的编钟他也摸过,这套钟是无价之宝,比尔·盖茨出两百个亿,也未见得能买到。

摸来抚去,达度悟出一个理:历史不仅要读,还要摸,上过手后,往事显得实在,时光也多了定性,做起学问来心中更有底气。

抚摸青花瓶,达度浮想联翩。靖王逝于1414年,据总领队院文青推测,可能是服丹所致。此刻,建文帝已离开刘家湾,不知浪迹何方;刘氏兄弟正小心翼翼地教书,授拳,测字,农忙时还要去地里栽秧割谷。透过墓中瓷瓶,达度仿佛窥见建文帝孤独的背影,察觉刘家兄弟惊闪的目光。在腥风血雨的背后,又感觉出大明王朝的家长里短、儿女情长。

最后,停留在后室,这里是安放靖王与郭妃棺木的地方。两樽棺椁之间,置有两具早已腐烂的木箱,细下观察,达度发现残腐的锦帛上留有一行依稀可辨的诗句:木末芙蓉花。这是唐朝诗人王维的名作,诗题为《辛夷坞》,全文如下:

木末芙蓉花,山中发红萼。
涧户寂无人,纷纷开且落。

赶紧叫来钱坤和大头,钱坤观摩一阵,幸喜推测:“史书上记载,靖王朱栋是一位尊亲厚友的贤孝,今日看来,他还是一位怀有仙风道骨的睿贤。王维是我国著名的禅家诗人,‘山中发红萼’,‘纷纷开且落’隐现了作者大彻大悟的境界,以此诗陪葬反衬出靖王在世时的心态。众所周知,明成祖朱棣一如他老爹,是容不得床边有人打鼾的,许多亲属都被他灭了,靖王与他相处却好。墓志铭上记载,朱棣得知靖王去世后,悲痛欲绝,一连半个月没有上朝。由此可见,没有道禅的智慧,藩王与皇帝难以处好。”

说完,钱坤俯身细查,连连摇头:“可惜,锦帛已完全腐化,一动就成灰,没法挽救了,只能在此多观瞻两眼。”

顿了片刻,钱坤猛一扬手,叫道:章波,把二号瓶拿来。两分钟后,一小伙子蹑手蹑脚抱来一只青花瓶,瓶的底部还残留几段枯枝。

钱坤解释说:“这只瓶出土时斜放在锦帛旁边,估计当时搁在箱子上,瓶里还插了一枝花,先前,我们争辩了半天没有结果,现在看来可能是芙蓉花,应该是墓主人,或靖王,或郭妃,酷爱的花种。”

观瞻地宫,聆听行家解读,达度又开了一次眼。“幸亏来了,不然,会遗憾终生的。”匆匆吃过盒饭,又在地宫流连三小时,大饱手福,所有文物几乎摸了个遍。黄昏时,宫内清理告一段落,文物均已登记入库,只剩收尾工作。钱坤长长舒口气:终于可以睡个懒觉了。

“你们俩今晚别去城里了,考古队在附近村租了一栋小楼,房东做饭,有吃有喝。等会要走五六个人,有空床,晚上,我们安安心心喝点酒,好生聊一会天。”

大头和达度都酷爱野居,异口同声说:你是老大,你说了算。

“晚饭早安排好了,我让房东烧了两只土鸡,炖了一罐土灶排骨汤,外加本地特产盘龙肉、河水鱼,都是地道的乡间美味。”

回到住地，已近七点，原来的住客果然都进城庆贺去了，三层小楼内，只剩钱坤、大头、达度和房东四个人。饭菜已备好，房东还为客人架起一个大火盆，四围烤着土豆。窗外寒风凛冽，屋内暖融融，村庄里一片静，繁星泛出清冷的微光。饭菜的口味，只有一个字：绝。若再加个字：妙绝。

达度不沾酒，一个劲喝汤，钱坤和大头你来我往喝将起来。酒过三巡，大头幽幽提起锦帛残诗。

“墓中的芙蓉花，说不出的美，开在郭氏身边，别有意味。”

钱坤接过话：“我也有同感，整座墓一共发现十个箱子，估计装的丝绸字画，其余的全都化为灰烬，就剩这么一句诗，就像大头说的，意味深长啊。残诗与枯枝好像在说：世间万物皆虚幻，唯有真情经久留长。《兴都志》记载：‘王薨之逾月，妃郭氏痛哭曰：贤王舍我以去，我寡而无子，尚谁恃邪？念自幼嫔贤王待如宾友，今安忍独生乎！乃整妆对镜，自写其容付，谨密宫人掌之。云：候诸女长成识母之遗容也，遂自尽。’墓中的残句对王维的诗作了超时空的注脚：当户中没了那个人，艳然开放的‘红萼’也自折而落。临死前，郭妃还描了一张自画像，一如王维面对芙蓉写就这首诗。爱情伟大，考古光荣。”

“对王维这句诗，法国华裔学者程抱一作了独特解说，撩起了众多法国人对唐诗的浓厚兴趣。”达度也掺和进来。

钱坤起了兴，催道：“快说来听听。”

达度细说经纬：

从“木末芙蓉花”的字句排列中，程抱一看出了开花的过程。辛夷即芙蓉花，它不同于梅桃等树，花儿开在枝头的末端，形同毛笔。第一字为“木”，点明所咏之物，“木”上添一笔为“末”，宛若枝头绽出一个花蕾。“芙”亮出表植物的草字头，花已成形。“蓉”袭用草字头，笔画增多,恍若花瓣渐多的朵,最后完形于“花”。而且,物与人合一,五个字中均有“人”迹。“木”下一撇一捺像“人”,“末”中有人,“芙”下为“夫”,夫者,男子也。“蓉”则秘通人的相貌,有口有鼻子有眼睛。“花”中有“亻”旁,由草木(艹)与人(亻)相化而成。笔画透出了诗中潜含的禅意:芙蓉既是自然界的花,也是物我合一的植物。今儿看了地宫的残诗,我再追加一句,这墓中芙蓉花是靖王与郭妃合二为一的绚丽见证。

这段文字取自程抱一的《中国诗学》,作者用符号学的方法分析唐诗,在法国引起轰动,对弘扬中国文化作出了巨大贡献。

钱坤欣然点评:“高见,高见。不过,我觉得这种符号学解读和我们的测字很相像。可不可以这样说,符号学与测字息息相应,遥遥相通。”

“钱兄有眼力。我花了20多年悟得的道理,你几秒钟就参破了,不愧为考古界的巨头啊,而且,能从国粹中考出外国的理。”

钱坤赶忙推挡:“别给我戴高帽子,符号学,我只看过几篇文章,我外语是半瓶水,只能读译文,常常云里雾里,见头不见尾,达兄通晓法国文学,见识不凡,能不能点一点符号学的眼睛?”

“我掌握的也不系统,只能谈点体会,大头对符号学有深刻研究,我先说几句,他来补充。概括地说,符号学是研究意义产生、传输、接收的一门学问,它的创始人是瑞士语言学家索绪尔。索氏的一大贡献,是从关系的角度研究语言,提出了语言符号是由能指与所指构成的重要命题,并且阐明了著名的句段关系和联想关系。

“所谓的句段关系,就是语言的横向组合,比如‘我在桥上看风景’,此句从‘我’启始,各个词依次出现,到‘风景’就位,最后形成一个完整意思。在这个横向链条中,词语之间存在一种相互重新拼合的潜在可能。汉语文本，可以跳读，也可以逆读。因此，‘我在桥上看风景’能演化为：‘风景上桥在看我’等句子。我国的藏头取尾诗就是鲜活的例证，比如：

我立长江头
爱晚求唯一
你独守黑夜黎明久久不回

“这是一首现代诗，顺着读，三句话构成完整的意思。这也是一首藏头、取尾诗。摘出三句的头与尾，可以得到以下两层意思：‘我爱你，头一回。’——表白爱情，注明是初恋。反着读：‘你爱我，回一头。’——如果你也爱我，请回头看看我。同样的道理，法语的 Plan（方案），按读音，平行换位可以组合出 Lampe（灯），Ample（宽大）等词。

“联想关系是指语词的纵向聚合，简单说，就是各种不在场的同义词与所选词相互之间的替换。比如：我赞成你的计划。此句中，‘赞成’可以由‘同意’、‘赞同’、‘认可’等词代换。‘赞成’便与上举的词构成了联想关系。借助这些未出场的同义或近义词，我们可以更好地界定说话人的真实用意，了解某种社会的真实风貌。前年，我去日本开会，一位日本学者借助法国诗人瓦莱里一句诗的中文翻译探讨中国社会的变迁。诗中的关键词是女性的 sein，改革开放初期，我国的七八个译本用的都是‘胸、胸脯’。最胆大的用了‘酥胸’，近十几年，开始译成‘乳房’‘香乳’。几个同义词反映了中国社会日渐开放的新景观。”

钱坤附和：“说的还真是那个事，这些我们都经历过，‘文化大革命’期间，女孩穿衣宽大臃肿，都不敢露出乳房的轮廓，裤子一律上大下小，像萝卜。我还记得，刚进华师不久，大头不知从哪弄来一条牛仔裤,穿在身上,到处招摇,轮廓分明的屁股暗中勾搭了好多抱春的女孩,表面上,却骂流氓。辅导员还找大头谈过一次话。好在改革开放了,随后没有作检讨、大批判之类的功课,如果早几年,大头非脱一层皮不可。”

“往事不堪回首,那裤子我穿了两个多月,喜欢的女孩,一个没勾上。倒是成全了你老兄,你第一次和女孩约会借了我的裤儿,屁股一扭大功告成,气得我干脆把那条裤子送给了你。”

两人开怀大笑,又干了半杯烈酒。

钱坤复又严肃:“考古界,我还认识几位日本朋友,他们做学问很严谨,有些新意。达兄,你刚才的话还没讲完,接着说吧。”

“我已江郎才尽,让大头补充几句吧。”

大头便说:“我接着达兄的话,谈谈联想关系,在这个纵向轴上,美国学者罗伯特·休斯将不在场的隐缺成分归纳为三大类:第一,语法功能相同的其他词;第二,意义相近相关的其他词;第三,读音同、近的其他词。

“结合汉语的特征,俞建章、叶舒宪又将隐缺成分总结为:语音的接近;词头、词尾的接近(汉字中字形与笔画的接近);词意的接近等三大项。

“这样划分是有道理的,我可以从日常生活和古籍中找到许多鲜活例证。相传,中国的围棋高手在大赛之前一般都不摸书,因为‘书’和输赢的‘输’谐音,属于不祥之兆。某围棋国手当年得了全国大赛的冠军,但他就是不领奖,因为奖品是一套百科全书。成语中,因为‘灯’与田登的名字同音,尚忌讳的州官就把‘点灯’改为‘放火’,留下‘只许州官放火,不许百姓点灯’的千古趣谈。雍正年间,查嗣庭去江西做考官,出了一道作文题‘维民所止’,源出《诗经·商颂·玄鸟》。原文是

‘邦畿千里，维民所止’，大意说：国家广阔土地，都是百姓的居住地。本来有爱民的意思，也合乎儒家规范。雍正皇帝却别具慧眼，认定‘维止’是‘雍正’两个字去了头，硬说有人用心不良，要取他的脑袋。于是，下令严办查氏全家，杀了查嗣庭。如此看来，即使意义风马牛不相及，只要读音相同，字形有牵连，两个相距甚远的词也能产生秘响旁通的意义联系。每个词、每句话都织有一面纵横交错的关系网。

“符号学另外一对基本概念是所指（signifié）与能指（signifiant）。以词为例，所指就是词的概念；能指是这个词的字形和读音。一个能指往往含有众多的所指，与时俱进，还会获得新的意义概念。比方说，长城是一座绵延万里的防御高墙，这是原本的所指；在孟姜女的哭声中，高墙变成了苦难的同义词；当你临高俯瞰，欣然感慨：长城啊，你是中国人民智慧的象征，万里高墙又获得一项所指；终于有一天，那是20世纪30年代，法国诗人米修站在烽火楼上高声吟诵：长城，你是中国封闭的标志。米修又为长城找见了一个国人只缘身在此山中不识庐山真面目的所指。”

钱坤被说兴奋了，插道：“这般说来，我钱某也当过符号学家。我常去巴黎，观览市景时，我发现一个有趣的差异：国内高墙林立，大学都有围墙，巴黎的大学却是另外一个样，除了索邦由高楼合围，其他学校都没有围墙。我若有所悟：我们见惯不惊的墙，既是一种自我保护，也是一种限制。没了围墙，空间更开阔，两相比较，我觉得法国人更自由，精神更开放，中国人更拘谨封闭，条条框框满天飞，遍地的高墙有形无形中禁锢了国人的创造精神。城墙好比孙悟空头上的紧箍咒。湖南卫视的节目点子新，好多比央视都办得好，为什么？原因很多，我只举一条：长沙的几所著名高校都没有围墙。”

大头高举酒杯：“钱兄，真虚伪，你慧眼独具却自称目盲，刚才几句，比罗兰·巴特说的还精道，用楚国的典故说，这叫不鸣则已，一鸣惊人。”而后，顺着刚才的思路，趁着兴头，娓娓描绘测字与符号学交合的美景，大意如下：

将测字与符号学糅合起来，更能凸显汉字的卓绝。比如“旧”，看起来简单，用测字法一摆弄，可以变出众多的所指（意义）。将左边的丨拿出来，往“日”中一放，可组成“田、甲、由、申”；往上下一搁，又可构成“白、旦。”如果再加一笔、减一笔，组合的词更多，测字先生想怎么说就可怎么说。用观梅法，更玄妙。一人在地上画一横，你说是什么字？可以是“一”，也可以是“王”。因为土上加一横，即王。按符号学的划分，这是句段关系还是联想关系？由“旧”到“田、甲、由、申、白、旦”是句段关系。“王”既有句段关联，也是联想组合，拆字可将索绪尔提出的两个轴串连一起，从文字中我们窥见了天人合一的文化特征，这便是汉语的独妙，也是测字的高绝。

一晃到了11点，房东窜了进来。“唧个们好，工程完哒，好生喝个酒哒，都是土东西，一点污染也没有，你们放开吃，敞开喝。”说着又去侍弄火盆，“土豆烤熟哒，趁热吃味道更好。”

话毕，不顾钱坤挽留，又退出房门。三人津津有味剥吃土豆，啃嚼鸡腿，一大罐排骨汤也快见底了。酒逢知己千杯少，土菜遇城里人消得快。现在，黑心烂肝的商贩太多，油从地沟里回收熬一熬又投放市场，牛奶里掺加这氰那胺，西红柿用毒液逼红，内忧外患，城里人都不知吃什么好。

憨吃一阵，又回到开初的话题。达度恋恋不忘梅瓶里的枯枝，缓缓说：“墓中的那枝残花有说头，我又想起罗兰·巴特的几句话，符号学大师在论证一个所指会有多种能指时，援用的例证就是花，他举的玫瑰，娓娓说：长在花园里，玫瑰是一株植物；做成菜，端上桌，玫瑰是一道佳肴;撒在浴缸里,红红的花瓣暗示某种贵族或小资情调;当一位小伙子举一朵红玫瑰献给一位女孩时,这玫瑰又成了爱情的象征。我再添补一句,就植物学而言,花是植物的生殖器,献一朵玫瑰隐含了某种潜在的性乞求,这是一种远古的本能沉淀,只是当事人常常没意识到。这一举动也印证了弗洛伊德的论断:性冲动是人的原始本能,是爱情的根基,也是社会发展的主要动力。依循玫瑰的缤纷含义,我在想:王妃棺旁放一枝芙蓉花一定有特定的意味。"

听了巴特的花语,钱坤心有所动,某些昏暗的角落似乎被照亮了,针对达度的提问,详细解答:

"摆在王妃棺前的是一只青花四爱梅瓶,瓶肚上印了四幅画,取材高雅,都与花相关。所谓四爱,即东晋书法家王羲之喜爱兰花,宋代理学家周敦颐酷爱莲花,北宋诗人林和靖痴爱梅花,东晋诗人陶渊明深爱菊花。四种花的寓意可以归纳为八个字:傲然淡泊,心存高远。显而易见,安葬墓主人时,朝廷很看重花的寓意。芙蓉花可能是王妃的自喻,也可能是他人对女墓主的褒奖,有两层含义:第一,芙蓉代表玉洁,象征痴恋。《红楼梦》中,痴情的黛玉号称'芙蓉妹妹',当她抽到芙蓉签时,众人笑说:'这个好极。除了他,别人不配做芙蓉。'第二,结合王维的诗句,可以推断,墓中的芙蓉花在盛赞王妃与墓主同生共死的壮举:芙蓉常常朝开暮谢,生命短暂,但绚丽无比,光艳照人。我觉得,芙蓉花是众人献给王妃的无字碑文。"

大头笑曰:"了不得,不得了,钱兄已经是符号学大师了。"

"只是猜度,算不上正经考古。"

"此言差也,考古就是一半考证,一半估摸。"大头说着找来公文包,取出一部原版书:

"昨天,看了巴特的《情人絮语》,是达哥送的,真过瘾。作者操使轻盈柔美的语言论说情话的本质,也谈到殉情,借用巴特的书名,我觉得,搁在王妃墓边的芙蓉花是一曲情人絮语,是此处无声胜有声的千古绝唱。”

钱坤感叹不已:“参观了地宫,两位高人浮想联翩,妙语连珠,一枝芙蓉花引发这么多妙知灼见,今晚的聚谈价值连城,其珍贵丝毫不亚于一只青花梅瓶。”

忘情热谈,时光飞梭,转眼到了子夜,风变弱了,三人灭了谈兴,出门溜达一圈。发掘工地灯火通明,映亮了五百多年前的皇家私密。聚光灯射向天空,划出两束末端交合的光柱,宛若一男一女携手奔向天堂。

大头意味悠长地说:

“真美啊,墓中那枝芙蓉花。”

跨

长 此 以 往，历 史 会 报 复 我 们

金涉从巴黎归来，大头设宴洗尘，王涛、东山等好友一并相聚，重点交谈国外学术界的前沿动态。金涉刚刚参加了一个题为“女性之战”的国际会议，发起人是法国当代著名女学者克里斯蒂娃。研讨会别开生面，不仅邀来学者、作家，还聘请了神父、医生、演员和心理学家，是一次名副其实的跨学科大聚会。众人就同一议题各抒己见，友善交锋，发掘众多靠单兵作战难以获见的奇景妙观。金涉大开眼界，感慨良多。

对“跨学科”三个字，王涛兴趣盎然，每每刨根问底，因为他所在的社科院正大事张扬跨学科研究。院长一马当先，逢人说跨，遇会必谈学科交叉。只是，雷声大，雨点小，口号喊了一年多，却无实际行动，也不

见具体成果。各个部门依旧独自为政，文字所皓首穷经，孤居小楼成一统；历史所总在几卷古籍里苦苦考证；文学所虽然全国各地满天飞，说来道去还是那几个陈旧话题。王涛分管科研，想做点事，却无经费支持，又没相应平台，闹得水响，最后一事无成。现在的体制，没有主管支持，单位副手很难辟开一方天地。大伙明晓王涛的苦衷，你一言，我一语，帮他牢骚，共同发泄。

也情有可原：院长一年半后退休，船靠码头车到站，多少有点惰性。跨学科是上方指令，不应，不行。要全身心投入，又没那份激情。只好打打官腔，喊喊口号，这一套官员娴熟，如今学者也不陌生。近十年，大学、科研机构纷纷行政化，官场习气浓厚，学术气氛日渐淡薄。王涛断言，长此以往，历史会加倍报复我们的。

金渺则破口大骂，连绵不绝。

也许是上方施压过大，也许是王涛催促太紧，朱院长终于决定召开一次小型跨学科研讨会。开会那天，请了三十多位知名学者，主管部门派来三位要员。大头去了，代表出版界。金渺也在其中，但不作主题发言，朱院长知其禀性，怕他凌空放横炮，只请他敲敲边鼓，在小组会上说说国外动态。

会议开得热闹非凡，领导开场，众星捧月，随后，主题发言人就跨学科的重要性纵横捭阖，高谈阔论。有的头儿开口几十分钟，词语华丽，语调铿锵，说完后，却不知到底讲的啥意思，这功夫可不是一年半载练得出来的。大头讲话却独出心裁，学界与官场他都熟，也会周旋，即便臧否，话儿拿捏得也颇为圆润。

"尊敬的苟书记、马厅长、牛主任、朱院长，各位学者，上午好！刚才几位领导和专家都谈了跨学科的重要性，金声玉振，我听了受益匪浅。接下来，我不揣简陋，就落实两字谈点粗浅想法。

"首先，让我们解一解'跨'字。字的左边上从口，下为止，右边是夸。字形仿佛告诉我们：如果仅仅'止'于'口'，只说不做，言与行分家，'夸'相应分开就是'大亏'，用武汉话说，叫掉得大。我认为跨学科研究的关键是落到实处。具体怎么做，还是看这个'跨'字。去掉'止'上的'口'(空谈)，下面加个'少'是'步'字，表示脚踏实地，千里之行始于跬步。'少'中又含了个'小'，意味着跨学科要从小做起，一步一个脚印。言与行相合,‘夸’不分开,便呈褒义,表示赞赏,被夸奖是一件好事。

“具体运作起来,我觉得选题宜小不宜大。题目过大,只能泛泛而谈,难得出有影响的成果。以小见大,更容易展现高端学术的奇丽景观。为此我建议分三步走:第一,贵院一楼开了一家咖啡馆,你们可以利用这个平台,先设一个学术沙龙,每周定一个小题目,提前通告,预先准备,再召集不同学科的专家就一个小题,各抒己见,找出差异和共同点。碰撞几次,火花就迸出来了。第二,组建跨学科研究团队,反复论证,定好选题,集体攻关,做一两个大项目。第三,结集出版沙龙讨论和集体攻关的成果。出书,我们可以承担,我社的重点是确保质量,做好宣传和发行工作……”

金渺由衷起敬,会后连连称赞:“大头,讲得真好,我要有你一半的圆润,早就做江都大学的校长了。”

大头却说:“如果学者个个像我,中国的学术就走不出家门。当今,像我这样的人,国内一抓一大把,你那路的却凤毛麟角,老兄的率直丢不得呀。”

金渺感慨道:“狡胜耿汰,适者生存,炎某也得学一学你绵里藏针的技巧。”

顿了片刻,归结说:

“我敢肯定,听了你的一番话,老朱一定会有动作。”

大头的演讲的确发挥了作用。

朱院长是语言学家,对文字经纬尤其敏感,大头拆解的跨字深深触动了他。随后,他动了真格,从小做起,步步为营,一年之后,出了两本书,在全国学术界引起轰动,还得了一项国际大奖。退休时,朱院长深情地说:“跨字给我的职业生涯画了一个圆满的句号,我要感谢出版界的大头——刘总编。”

是

再度出行，红颜一一变蓝脸

隐约记得是在武昌的一家豪华饭店，十余人聚会，大头做东，场面极其隆盛，因为主宾是中央某部的一位厅级干部，人称韦局。饭店装潢别致，包房的墙上印有许多汉字，色彩和谐，形体各异，文化气韵十分浓郁。大头设饭局总有独到之处。

韦局坐上首，达度落下席，由下往上看，发现韦局身后的墙壁上镶了一个硕大的“是”，楷书，直径约半米，那字正好齐韦局的肩。“是”的上方还斜卧一个“晨”字，四周配有抽象图案，古朴而不失现代气息，场景幽玄诡妙。

约莫6点正式开席，大头一声吆喝，气氛立马活跃：“各位同仁，今晚请来了大名鼎鼎、德高望重的韦局，这是我等的荣幸。各位有今天全靠韦局的栽培，我们得的奖杯里，每一座都刻有‘韦局厚爱’几个大字，在座的我们先敬韦局一杯，祝首长身体安泰，节节高升，飞黄腾达。”

众人起身一干而净。韦局则抬了抬屁股，坐下，抿一口，意思了一下。

接下来，海阔天空聊将起来，陪酒的大多是出版社社长、总编之类的人物，还有两位著名作家。谈吐雅中裹俗，含藏诙谐，充满机趣。韦局每每开口，都居高临下，不时打断他人的言谈，安插自己的灼见，社长总编们则曲意迎合，极力捧场，虽然个别人脸上也会滞留片刻的尴尬。

喝到兴头，韦局朗朗说：“各位兄弟，一个好汉三个帮，韦某能得心应手，全靠在座的鼎力抬庄。往后日子还长，咱们还得协心齐力，共谋文化大业。”看得出，这是一位豪爽能干的聪明人。客观地说，如今的高官都有过人之处，不然，也混不到这个份上。

随后是单个敬酒。众人一一离席，敬韦局，一扬脖子，杯儿见底，韦局依旧抬抬腚，意思一口。当事人巧言吆喝，妙语连珠，高潮一个紧接一个。

桌上还坐着一位年轻美貌的女孩，号称新派作家，却看不出作家的灵韵，言谈倒很得体，举止也优雅。她敬酒，韦局会稍稍起身，脸上浮出和蔼的微笑。

偶尔提起文字的玄奥，大头立刻推介达度：“达教授是名牌大学的知名学者，身怀绝技，会测字。”

韦局瞟了达度一眼，脸上不见特别反应，敷衍两句又去指点江山，和女作家高谈阔论，或窃窃私语。其貌不扬的达度自嘲几句，私下与邻座闲谈。除了韦局和女作家是第一次见，其余人他都认识，也常来往。达度与两位作家身处行当之外，不用刻意讨好，尽了礼数便独酌慢饮，悠悠自乐。

冷眼旁观，世相生动晰明。当今社会以官为本，以爵为荣。高官出场，每每众星捧月，所到之处，前呼后拥熙熙攘攘。一旦退休离岗，则门庭寥落，孤寞惆怅，偶尔逮着一个故旧，便喋喋不休，一缠一个上午。同一人，反差如此之大，这不仅是个人的凄凉，也是制度的惆怅，更是一个国家的悲哀。

觥筹交错，虚华喧闹，一晃两小时过去。韦局还有安排，由女作家陪同上了车，其余人一一散去。大头留住达度，在楼下咖啡店小坐。

“你今晚好像不在状态，事先打过招呼，请老兄借测字说两句高升之类的吉祥话。我借机推举，你倒好，一点热情也没有，也不帮我捧捧场。”

达度却说：“测字也要讲个面缘，那个韦局我看不顺眼，在座的有几个年纪比他大，全都站起来了，就他一人坐着，过分了。部长、上将我都见过，官大，你谦逊一点，魅力更大。那年邓小平在乡间小道遇见一位高寿老人，也赶忙主动打招呼。他小小一局长也太自以为是了，这等人，走不了多远。”

大头苦苦说：“官场就这习性，人在屋檐下，不得不低头，韦局能耐挺大的。”随后，话锋一转，“都说韦局还要往上升，你觉得怎样？”

“我看未见得。说实话，不是我不愿给他测字，今儿一坐下来，我就给他测了，这人官运不长，可能还会出事。”

“真的吗？你咋看出来的？”大头急问。

“你可能没注意，今晚韦局坐上首，由我这看去，他的身后背了一个‘是’字，头上悬了一个‘晨’字。字象告诉我，这人家庭有些背景，父母是过了气的高官：‘是’上为‘日’，日为天子，是天子手下的人。‘晨’下有个‘氏’，氏别贵贱，是贵族的象征，韦某应是高官之后，但‘晨’在墙上印的不正，是斜躺着的，不属在职高官。”

“这一点说准了，韦局的父亲‘文革’后期做省委书记，早已离休。”大头补充道。

“再说，‘是’拆开为‘日下人’。这个字，因时而异，有两种破法，如果在中午12点之前，太阳处上升阶段，是吉象，表一人之下，万人之上。过了12点，太阳西沉，这个‘是’又表走下坡路、趋于黑暗之意。我见到韦局已是黄昏，我估摸，他升不了，只会往下走。而且，这人太好色，老是‘日下人’，生活作风会出问题。”

大头附和：“现在当官的，有几个不搞女人的，这韦局的确是花出了名的，许多省市都有他的情妇。”

达度接着说：“我知道，这些都是公开的秘密。关键是，这姓韦的太不知天高地厚，犯了《易经》中的一忌：亢龙有悔。强势过了头，会走向反面，用老子的话说，叫物壮则老，物极必反。做人，适当要服弱，退后一步天地宽，软弱胜刚强。

“最后看韦局的姓，‘韦’遇上‘人’是伟大的‘伟’，但这个人没出现，他一时伟大不起来，升不了官。如若成天拈花惹草，还有断折的危险，今日紧靠韦局的正是一位号称作家的美女，是一束鲜活的花草，韦加草字头是芦苇的苇，稍一用力，就会折倒。”

大头笑了笑：“达兄测字，手法越来越多，堪称大师了，但愿这次别说端了。”

事与愿违，半年之后，达度的猜测一一验证。韦局紧随其后的高官落马，他被牵扯进去。一年前，他的一个情妇，又拿着亲子鉴定实名举告，闹得满城风雨。好在这人贪色不贪财，要么做的精巧，经济上没查出太大问题，又有些后台，双规之后，便离开原岗，降级任闲职。再度出行，吃饭半天找不到埋单的，过去的情况（武汉方言：情人）推的推，躲的躲，红颜一一变成冷色蓝脸。

韦某出局，大头很惋惜，连连哀叹：要混熟一位局座，可是一项劳心费神的苦差，用钱事小，你还得隐藏本性，口是心非，强颜为笑。韦局落了马，还会来赵局、钱局、孙局、李局，腌菜缸里哪能泡出甜萝卜。

食

洒扫以待，恭候贵人

应邀去湖南师大讲学，题为“测字与诗评”，主要针对外语学院的研究生。这道题，达度已讲了近十场，可以天马行空，纵横捭阖。开讲后，大厅鸦雀无声，达度娓娓道来，神采飞扬。

讲座完后，按惯例，是提问解答。湖南师大的英语专业为全国重点学科，学校又紧靠岳麓书院，藏龙卧虎，学生提问中肯而睿智，得体而尖锐。最后，话筒落到一位哲学博士手里：“我是研究中国神秘文化的，听了您的讲座，受益匪浅。”此乃学术交流的惯见套路，客套之后利剑出。“老师敢选这一题目，想必身怀绝技。毛主席说：理论要联系实际，刚才，您讲了测字理论，十分精彩，现在能否结合实际给我们测

个字?”

博士口才好,说话软中带硬。

上百双眼睛,箭一般,射向达度,掌声四起,看来,这一招非接不可。达度不轻易在大庭广众拆字。

“好吧,今天破例说一回。不过,有个小要求。”

转向主持人:“刚才讲得有些累,我先歇一会,能否抽支烟?”湖南师大不薄方术，主持讲座的是一位学识渊博的副校长，还是国内外语界响当当的人物。

主持人点头，学生也殷切，立马找来烟灰缸。

达度点上烟，踱到窗边，遥望岳麓山，歇了两三分钟。复返讲台，哲学博士在黑板上写了个“食”。

报告厅一片静。

达度开讲：“在甲骨文中，‘食’像一个盛食物的器皿，揭了盖的，演变到后来，成为上‘人’下‘良’。‘食’上位的人，不是你，是别人。下面的‘良’是你，你自认为良才，却屈居人下。细看，‘食’中含了两个人，一人高高在上，一人横躺‘良’底端。居下之人，心有不甘，可能在闹矛盾，‘食’下有个×，那是纠结在一起的表象，难解难分。其二，你的家庭有些背景。‘良’下端有个‘氏’字形。金文的‘氏’像一根木杆，上面挂着龙蛇状的图腾。‘氏’乃种族的标志。中国古代，姓氏有别：第一，姓属母族，氏归父系；第二，先有姓，后有氏；第三，姓别婚姻，氏别贵贱。所谓‘姓别婚姻’即一母所生兄弟姐妹不能通婚。古时，氏乃贵族的专利，一般人只有姓，没有氏。”

达度洋洋洒洒，说了一大通，也是别有用心。当众测字，又在高等学府，不能沉溺玄技，要借助字相，说笔画玄机，讲些传统文化知识，学外语的尤其要加强国学修养。

测字时，达度一直关注听众的反应。说到家庭有背景时，许多人朝哲学博士看过去。达度心中有数，语气坚定地说：“你父亲是大干部。”

掌声四起。

博士当众回应：“达老师，敬佩。我与人合开了家公司，我是副总，与老大合不来，才分的家。许多人都知道，我父亲是某市的市委书记，您都说对了，学生佩服。”

掌声又起。

达度赶紧收场："岳麓书院，学养丰厚，在这儿斗胆测字，第一，需要勇气；第二，特别费能量。站在岳麓书院脚下，你们瞧，我已吓得满身大汗，就此打住，谢谢各位捧场。"

掌声再起，讲座完毕。

刚出报告厅，哲学博士便找过来，拦住达度："达老师，我是湖南师大与香港大学联合培养的博士，我的香港导师也是算命高手。"

达度附和："香港靠海，水很深。"

博士提议："能否要您的生辰八字，让我老师给您算一卦。"

遥遇同行，心心相印，达度欣然点头，交换了手机号码，当晚，给博士发去生辰八字。博士回复：老师，收到，请等结论。

一等便一个月，没了下文。达度揣度：可能是一时起兴，说说而已，没再理会。

两天后却收到博士的短信：达老师，前日才从香港回来，导师给您算了，判论如下：年内遇贵人，官至正部级，一年之内，会走一位老人。

达度付之一笑："可能言过其实，我现在只是一院之长，该院又不是全校的强势学科，且年过五十三，怎可企望部长，就是提副部，中间还隔着副厅、正厅两个档，世间哪里有这等突兀的鸿运，再说当官也不是我的热点追求。我酷爱自由，压根不是混官场的料。"

不在话下。

"遇贵人，走老人"倒有点儿影。院长虽是芝麻小官，接触面却宽广，与市长、部长常有来往，达度还给中央一号首长讲过课。家中四个老人都年过八十，病也多，随时可能走人，然而，老来生死只能听天由命，忧与虑都无济于事，这贵人两字却暗暗揪着达度的心。

于是，专心等候生命中的贵人。离年底还有一百八十多天，岁月悠悠,来日方长。

十天后,接到上方通知:法国前总统将来武汉,中方由外交部副部长陪同。达度与副部长在法国有过一面之交,这副部长莫非就是达度的贵人?

前总统来了,法国驻华大使点名让达度参加鸡尾酒会。随访的有一位法国著名作家,是达度的故友。离别多年,重逢便忘了东南西北,两人找个角落,昏天黑地聊将起来,规定的一小时很快过去。返回大厅时,法国前总统与中国外交部副部长早已不见身影。

达度微微一笑:今儿没有我命中的贵人。

教师节前夕,又来了一位高官,人称中央首长,点名要见达度。两年前达度曾帮高官的女儿在巴黎大学注册了博士,在学业上给予了实实在在的指导,由此成了高官的朋友,断断续续,也有些来往,逢年过节秘书会派人送点烟酒。达度不善攀附,从未主动去拜访;首长日理万机,平时也无暇顾及千里之外的小小教授。这次点名相见无疑含有提携之善,高官也有重情义的。

约定在一家高档饭店聚会,场面宏盛,大型圆桌旁围坐了近二十位各级官员,达度位居高官的右首,属于二号人物。高官尊师重教,每逢下属敬酒,便说:先敬达教授,明天是教师节,今儿他是主角。于是,厅长、局长、处长们众星捧月,纷纷给达度敬酒,而且,礼待优厚。碰杯时,敬者低首下心,杯拿得低低的;喝酒时,达度只抿一口,意思意思,敬者个个一干见底。高官知道达度不堪酒力,事先打过招呼,不然的话,达度很难端直走出包间。逢此场景,达度内心也不自在,耳边总会响起"狐假虎威、狗仗人势"之类的成语。

喝过一阵,便有局长提议:"正好,我们单位有个与法国相关的项目,达教授,你们院可以承担吗?"问明项目内容,达度急忙回答:"完全可以胜任。”局长当场拍板：“明天将表传给您，填好盖个章，让手下送过来就可以了，其余的我来办。”这时高官发了话：“达教授是国内外语界响当当的人物，小说在法国拿过大奖，国际名声大着呢，你们谁也不能怠慢我们的知名学者，教育关系到国家命运，在座的要鼎力相助。”

下属纷纷表态，铿锵有力。

达度忙说：“过奖了，过奖了。”心里却乐呵呵的：他接到了一个两百万的项目。对文科而言，这是个巨额立项。而且是横向资助，钱用起来比较活泛，容易出大作。现在的大学，不知为什么，不敬成果，却重项目，每个院都有立项指标。

“这下可好，本院今年可超额完成学校下达的项目指标了。”达度暗自庆喜：“总算遇见了贵人。”

随后，姿态恭敬给高官敬酒，一干而尽，可见，号称“半仙”的达度也是一俗人。

然而，好景不长，三周后，传来噩耗，那位高官，不知为什么，被双规了。中国的官员，无论大小，都经不起规，用大灯逼他几夜准能照出破绽。

两百万的立项便没了下文，煮熟的鸭子飞了，真真郁闷。看来，这中央首长也不是达某的命中贵人。

达度心有不甘，继续等待。两个月后，又等来一位贵人，是过去博士班的同学，资产数亿，在全国做了几十家中外办学项目。达度喜上心头，他领导的院财务赤字运行，老师们辛苦，福利亟待改善，中外办学项目若搞成了，教职员工的收入会大幅度提高，这院长也就好当了。如今在大学主事，有两大任务：一是牌子，即各类教学科研平台，比如说，博士点、博士后流动站、重点学科、211 项目、985 平台，不一而足。众多的牌子，达度都争到了手。二是票子，当下缺的是钱。一般人都认为老师收入高。其实不然,许多院系副教授一年的收入也就七八万元,一二级教授只是凤毛麟角。

折腾两三个月,最后一关卡住了:没有拿到教育部的批文。达度胆小,不敢先斩后奏,中外联合办学项目也泡了汤。

俗话说,事不过三。过了三,要么物极向反,要么,幡然醒悟。达度悟得后一道:告别等待,把贵人抛到脑后,脚踏实地,专心做自己的事。年底,国内某权威机构发布一则学术征文,题为“熟识与陌生”,是个比较文学的命题。达度专心致意,按要求写了一篇文章,也没存心中彩,却得了一个头奖,喜出望外。

因此感叹:寻贵人,不可有心栽花,只能无心插柳,守株待兔将一事无成。这些道理其实都隐含在“贵”字中:甲骨文的“貴”,上部是两只手捧一团土,“貝”是财富的象征。无论花还是柳,都离不开土,土地能生长万物,是人世间最宝贵的财富。在五行之中,“土”寓“本分”,表“踏实”。依字相,求贵,就是要脚踏实地,顺其自然干你该干的事。抑或,这也是当年刘先生赠给达度一个“贵”字所含的意思吧。

加减

佛教的精髓可归纳为三个字：做减法

人要穿鞋戴帽，测字也需装头接脚。所谓装头，就是在字上加个脑袋，接脚即在字下添几笔。若某字笔画过多，有碍透现瞬间的妙念，则做减法，大刀阔斧去掉几笔。测字的众多玄理都潜伏在这加与减之间。

十多年前，达度认识一少妇，叫小玲，是友林妻子的闺蜜。那日，少妇满脸愁容写了个"里"字，问夫妻感情，字是站着写的。达度便说："你站着写'里'，加'立'，是个'童'，即孩子。"此刻，达度借用了装头法。"你丈夫姓王，'王''里'相合是'理'，你们因小孩论理，在为孩子闹别扭，有些不愉快。"

小玲急说："达哥一语中的。"而后，愤然宣泄："昨天和老公大吵一架,气还没消呢。老公抱怨说自从有了孩子,我对他漠不关心。你说像不像话,快四十的人了,还吃八个月婴儿的醋。”

字测多了,便有济世度人的责任感,达度常常借字解惑,这回又逮着一个机会,便说:“‘童’的下端是个‘二’,幸福啊你,计划生育抓得那么紧,你却有两个童儿,老大近四十,老二八个月。手心手背都是肉,老大老二你都得管。男人再大都有孩子气,九十岁的白头翁还返老还童呢。”

冰雪聪明的小玲轻松一笑:“我懂了,回去试试,做一回两个孩子的妈。”

达度的开导似乎起了作用,一个星期后,小玲的丈夫专门请达度和友林夫妇吃饭,感谢达半仙重新给他家里带去了和谐与温暖。

再看接脚。

大头有个芳邻,二十来岁,天生丽质,近乎绝色,还上过正规大学。美女独居豪宅,开着宝马,没工作,却挥金如土。见了人,鼻子向上一翘,两眼漠然。可能与大头有一腿,大头请客常把她带上。美女知道达度会测字,对半仙还挺客气。那日在大头工作室聚会,美女来了,眼里闪烁愤懑,一开口,便骂世间男人薄情寡义,猪狗不如。骂一句,喝一口酒。可能是秃头太久没临幸,再要么,这个月的钱给少了。达度曾经看见她傍着一个干部模样的秃老头逛精品首饰店。

为了平息美女的愤怒,大头提议:“芮芮,有什么苦闷,请达度测个字,帮你稀释稀释。”美女欣欣然,写了个“立”,并说:“先测一测我的身份。”

“有话可以直说嘛?”达度预警在前。

美女笑曰:“这里都是亲朋好友,除开你,大伙都知根知底,不用遮遮掩掩。”

达度立马开解:“美女写立,字下加女,便是个‘妾’,你可能是被人包养的二妻。”

芮芮噗嗤一笑,率直说:“不愧是大教授,用歪词,也这般温柔。就说二奶吧,通俗易通。”

达度戏言:“大美女,生不逢时啊,若在民国以前,做妾也是女人的正道归属,许多小老婆比大老婆都幸福,杨贵妃至死还是唐玄宗的小妾呢。”

美女笑云:“达哥真会逗女人开心,我估摸,女人跟你,无论大老婆还是小妾,都会快快乐乐的。”而后话头一转,颇为真诚地问:“达哥,你说说,我今后该咋办?”

达度因势开导:“你未来的路已写在‘妾’字中了。女上加立,表明女人即便做妾也要自立,仅仅靠男人,或许有钱有车有房,但不会有经久的幸福。青春饭只能吃一时,你应该未雨绸缪,作长远打算。”

沉默良久,美女轻声道:“听达哥的,先工作起来。”

这一测,达度用的是接脚法,而且,还真帮漂浮的美女接上了地气。一个月后,芮芮开了一家服装店,生意红火。半年后包养她的高官卷款跑到国外,又莫名其妙客死他乡。美女却立了起来,开了三家店,结了婚,日子过得甜美实在。

最后瞧减笔法。

公司上市前,小头与证券局的官员打得火热。五月的一天,他请一位马局长吃饭,叫达度作陪,事先叮嘱:“马局是省证券的高官,人品不错,钱看得轻,对官位却很在意,而且笃信测字、算命之类的玄术。最近可能会升一级,你给他测测官运,话儿尽量往好处说。”

达度欣然接下小头的订单,定向测字是他的拿手好戏。见了面,相互递了名片,立马成为朋友。喝到兴头,小头插说:“马局,达兄是国内的知名学者,还会测字,江湖号称达半仙。”

马局眉毛一挑,惊喜道:“真的吗?给我也测一个?”

达度踯躅片刻,轻声说:“请用墨。”

马局不假思索,写了个“牢”字。

字一出,达度已有感觉,但没立刻解说,故作神秘地停了一会。点支烟,转身观望长江的夜景。而后,缓缓道来:“马局想测的是官运。我先说说字理,‘牢’最早的字义就是牛圈,后来转化为家畜圈,亡羊补牢取的就是这层词义,发展到最后,用来关人,字义的演变说明一个道理,在监狱里别想过人过的日子。这个字看似不祥,实乃大吉。‘牢’与‘房’相连,暗示证券局是高危场所,做事要谨慎。然而,马局明然写牢,表明心中无鬼,行的端,走得正,明朗之气破了牢狱之晦。若测官运,这‘牢’字透出的又是另一种信息。”

马局急问:“什么信息?”

顺势看了局座一眼,但见他嘴角上翘,眼中透出虔诚,达度暗忖:小头交代的任务可圆满完成了。达度阅历高官无数,深知判说的幽妙:绝大多数高官都是绝顶聪明之人,平时生活在恭维的蜜罐里,你一味说好话会减轻他对你的信任度;但坏话说得太实,又会遭其记恨,只能先蹦几句不痛不痒的歹话,再奉美言。而且还要顺其自然、恰到好处地抖一抖学识,最好拉拉易经,谈谈文字演变,别让对方把你看成街头卜卦混饭的小贩。官场有官场的道道,测字有测字的窍门。

马局等不及了,催促道:“达教授,说说下文。”

达度接着测:“‘牢’由‘宀’和‘牛’组成。宝盖头(宀),代表官帽,‘牛’表牛市;就您管的证券所而言,没有哪个词比‘牛市’更吉利了。按字相说,您头戴官帽,牛气冲天,在不久的将来会再升一级。”

从“牢”中取“牛”,达度用的减笔法。

马局笑容可掬,也客气了三分,说话声音更洪亮:“达教授,托您吉言,真有那一天,我一定专程酬谢。”

达度忙说："我只不过依您的运势说说而已，按测字信条，暗字明说可以去凶定吉，保佑官运畅通。但有一条，得了意就要忘言，话到此告结，事成之前都别张扬。测字书上说：一扬一抑大道畅。马局高升后请多多关照我这小头兄弟，他从小习染仁义礼智信，是个靠得住的实在人。"

马局举杯定乾坤："好，一言为定，小头是我多年的朋友，他的事就是我的事。"

马局是否高升，达度没打听，结果不详，只知道，一年后，小头的公司上了市。

字理通世相，历经众多加减变幻，达度悟出一条理：测字有加减之分，人生一世也在加减之间逶迤穿行。大体上说，五十九岁之前，以加法为主；六十岁后，以减法为主。有智慧的人善于加减并用：拼搏之余，静心休闲，安享天伦之乐；与人交往，该争则争，该退则退，该糊涂的时候绝不透出半点精明。拉开了说，佛教的精髓可用三个字概括，"做减法"：除去盛欲，人归其本，获其真。老子更是减法高手，他技高一筹，善于以减法做加法，软中带硬，以退为进。

《道德经》曰：

> 虚其心，实其腹，弱其志，强其骨；
>
> 为道日损，损之又损，以至于无为，无为而无不为；
>
> 天下莫柔弱于水，而攻坚强者莫之能胜。

老子从一中生发万物（道生一，一生二，二生三），而后，又见素抱朴，回归于零。生活的本质即 1 和 0，也可叫阴阳，两者交合，得"中"。"|"竖立表示向上进取，横着放是个减号，字理提醒我们：当水被污染，空气变浑浊，文化趋向繁杂时，地球人要多做减法。

田

说 你 是 龙，你 想 当 蚯 蚓 都 行 不 通

《辞海》释义：

1. 耕种用的土地。如：稻田；麦田；桑田。比喻可以耕治播种而有所滋生的事物。如：砚田，心田。2. 通“佃”，耕种。《汉书·高帝纪上》：“令民得田之。”3. 通“畋”，打猎。《淮南子·本经训》：“焚林而田，竭泽而渔。”

《古代汉语词典》释义：

1. 田地，土地。2. 古代主管农事的官。《吕氏春秋·孟春》：“王布农事，命田舍东郊，皆修封疆。”3. 耕种田地。4. 打猎。5. 古代一种地积单位和生产活动单位。《管子·乘马》：“四聚为一离，五离为一

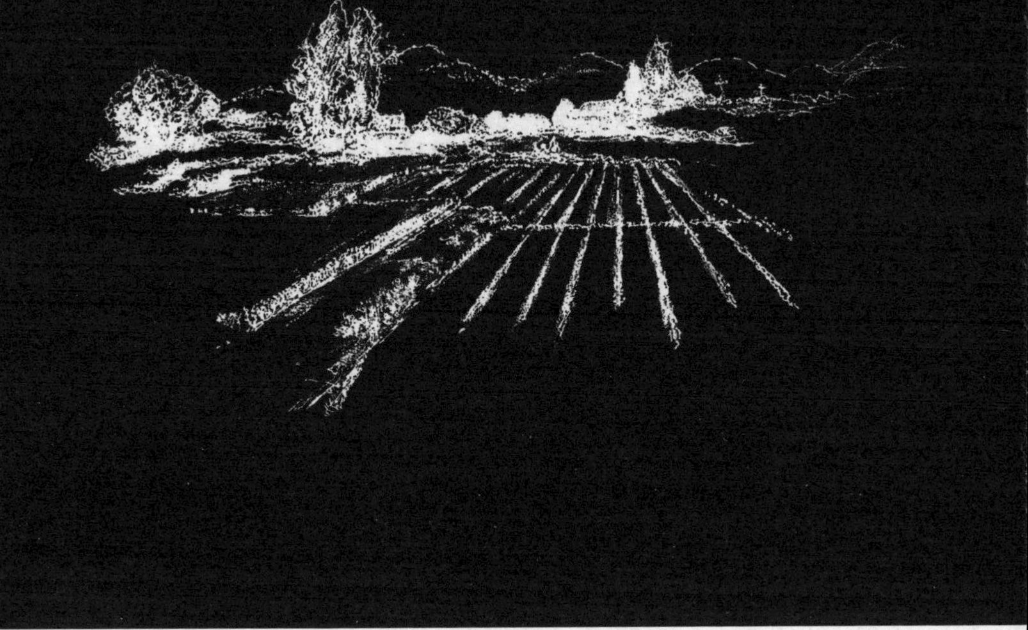

制，五制为一田，二田为一夫，三夫为一家。”

《现代汉语大词典》释义：

1. 田地(有的地区专指水田)：耕田。李广田《乡虎》：“我有田，我有园，我是个庄稼人，我是个种菜人。”2. 姓。3.(书)打猎。4. 指人体部位：心田，丹田。5. 可用于开采资源的地带：煤田，盐田。6. 众多，茂盛。朱自清《荷塘月色》：“曲曲折折的荷塘上面，弥望的是田田的叶子。”

风雨三十五年，四大弟子终于汇聚一堂，落脚在友林家中。先前也常来往，大多是一对一，或者四缺一。凑到一起，才恍然大悟，四合会原来也容易。岁月沧桑，中国人心中都揣着“团圆”二字，那是一块向往聚合的心田。

为了这一天，友林奔前顾后，忙了整整两周，还请了一位特级大厨。以往客人来得多，几乎都去餐馆。这一回在家里隆重设宴，虽麻烦，却温馨，论酬宾级别，属于最高档。

美中不足，大头和翠菊的女儿留学加拿大，暑期另有安排，朵儿陪儿女到美国参加夏令营去了。

人到齐后，海棠欣然宣布：

“开饭了！”

午宴以海鲜为主，原料全野生，还煲了三种汤。众人围上桌，兰花又想起什么，急说：“稍等片刻。”随即，从行李中取出三幅水彩画，给中明和慧儿带了两套法国文具。

三幅水彩，画的全是刘家湾，分为夏秋冬。春，达度收藏了，为了纪念他与兰花的邂逅。冬给了友林，夏与秋送与大小头。

“嫂子，画得真好啊，看得我眼泪都出来了。”友林评点道。

大头、小头一言不发，两眼微润，久久凝视画上的水塘、村后的竹林、祖上的老屋，还有那若隐若现梦牵魂萦的稻田。离开乡土几十年，冒着气雾的田字依旧盘桓在两兄弟的心目之中。

海棠笑责兰花：“就你会煽情，快吃饭了，非要把几个大老爷们弄得泪眼汪汪的。你们住武汉，离家乡近，不觉着，友林和大头只要凑到一块，总要唠叨那个刘家湾。”再扭头高声吆喝：“吃饭了！吃饭了！画儿待会看，想哭，肚子填饱了再痛痛快快地哭一场。”

孩子们伸舌挤眼，扮起鬼脸。

兰花盈盈微笑。

杯已斟上酒，友林与三弟子落缩一隅，海棠主持家宴，“达哥，你是大弟子，你先说两句吧！”

达度没谦让，举起杯，平缓说：“我们四家能有今日光景离不开刘先生当年的栽培，我提议，先敬老人家一杯。”说完，离席，走向朝北的窗口，将酒洒在窗台上。大头、小头、友林也起身跟了过来，四人一道，向北，鞠了三个躬。

慧儿直乐：“爸爸，你们在拜兄弟呀，三洋四结义。”

友林一本正经地说：“别胡扯，我们在祭拜老爷爷。”

祭过刘先生，正式开吃，气氛热烈起来。友林又斟了一杯酒，起身道：“我们兄弟四个是恢复高考第一年分开的，一眨眼，三十多年过去了，如今都携家带口，和和睦睦。平时，天各一方，各自忙碌，今日相聚是一大盛事，我们再举杯，共同庆祝四家团聚。”

众人欢呼，一干而尽。

酒过三巡，小头问友林：“还记得吗，三十五年前，爷爷给我们讲村史，临别时，你写了‘田’，请爷爷测一测未来。爷爷看过那字，微笑不语，问急了，便说：‘几十年后，你们自己品尝，自然就知道这字里的味道了。’这田里到底有啥滋味？”

转向达度：“兄弟，这个田字，你说说，到底有什么玄机。”

达度推给大头：“你哥文字功夫比我扎实，又是嫡孙，还是他来解吧！”

大头赶忙推辞：“什么嫡孙、外孙，你是大弟子，我觉得爷爷对你比我还上心。再说，我弄小黑是性格演员，只会咬文嚼字，有形无神，你老兄字感好，是本色大师，当年爷爷就这么说的，这个字只能由你来说。”

“好吧，我诌两句。慧儿，你数数今天桌上坐了几个人？”

“一、二、三、四、五……”慧儿用手点着，很快数了出来：“一共十个。”

达度静了片时，开说：

“友林当年写的‘田’确实暗藏玄机，早已预示我们今日的十人聚会。‘田’拆开，正好是‘十口’，而且隐示四家人。‘田’中含了四个口，一口一家。田又与甜蜜的甜谐音，爷爷要我们品的可能就是这四家人团聚的甜蜜。还有，‘田’往下拉一笔，是甲，表天下第一，暗示四家的人个个都很优秀。”

小布点接过话：“爸爸，我书法在全校拿过第一，语文也得过全班第一。”友林锦上添花：“我们的小布点可了不起，往后起码要当中央政治局委员，弄不好，整个常委。”慧儿也不甘落后：“大伯，我语文数学都考过全班第一，哥哥的建筑设计也得过学校一等奖。”达度笑曰：“慧儿人中女杰，前途无量，你低调点，将来做个撒切尔。女王是世袭制，咱们再努力也没门。上阵父子兵，治国靠亲戚，哥哥中明给你做建设部长，我们几个叔叔伯伯婶婶阿姨都给你当顾问。”

众人欢笑。

达度大受鼓舞，抿口酒，继续调侃：“孩儿们个个出类，家长也都拔萃。论官，友林居顶，做了一市之长，下一步上中央。论富，小头首屈一指，钱多得流油，‘富’下面也是个‘田’。小头做房地产起家，靠田地发的财。论学问，大头最霸道，且文笔独特，如今出版界没人不知道你的大名。你还买了几百亩海田，地价翻了十倍。学问好又能挣钱，这能耐不是优秀两个字包得住的。你们三个就是蒙顶寺长老当年预说的大贵、大富、大才之人。三位的背后，又站着三尊羞花闭月、造化各异的贤妻良母。我稍差一点，但在外语这个小圈圈内，可能还算个人物。若论测字，我应该是当今为数不多的大师之一。”

说到此处，达度不禁笑了起来，用手连连拍脑袋。翠菊便问：“达哥,好端端的,拍头干什么?"

"我三代贫农,自卑感强,一逮着机会,就往自家脸上贴金。五年前,兰花给我下了禁令:在公共场合不许自夸自擂。我坚守了 4 年零 11 个月加 29 天,刚才一激动,金身就给破了,真可惜!"

兰花嗔道:"谁给你下禁令了,我只是谈了我的观点,一个人的长处,别人说出来更有魅力。"

大头道:"嫂子是明白人,达哥呢,也是难得的俊才,我去巴黎,经常听到法国佬提起他的大名,书店有他的大作,电视里有他的图像,这可是货真价实的国际影响。达哥的成功,有大嫂一半的功劳。"

海棠立马反驳:"什么呀,兰花厉害着呢,嫂子卖一幅画,要顶达哥半年的工资,人家还是美术学院的一枝花,艺色双绝,高名远扬。今儿送给你们几个的画,一定留好,那可是一大笔财富,将来可能是无价之宝哟。"

友林拿话制止:"人家两口子好好的,要你瞎掺和。"

海棠辩解:"我只是想提醒老大,要加倍儿珍惜这如花似玉才华横溢的好媳妇。"

"放心好了,我珍惜得很,每天含着怕化了,抱着怕融了,捧着怕碎了,看着怕老了,像宝贝疙瘩似的。"

"就你嘴贫。"兰花半嗔半责。

大头一拍脑袋,叫道:"有了,我从当年爷爷留给达度的'貴'字中又看到一景。兰花曾写虫求测……"

兰花更正道:"不是'虫',是'中'。"

"你们的故事我都背得出来,你在地上写了中,又气鼓鼓在旁边画一横,戳一点,'中''一''、'加起来不是个'虫'吗?达哥是测字高手,说是虫,就是虫;说你是龙,你想当蚯蚓都行不通。唉,咋扯到蚯蚓上来了,都怪嫂子打岔,我先前说什么来着?"

小布点提醒:“大头叔,你刚才说的‘貴’。”

“对,接着说‘貴’。爷爷是高人,二十八年前,就预测到,有个绝色美女——杨贵妃也有个贵,写‘虫’求测,这个女孩就是达哥的心肝宝‘貝’。貝象征财富,说明写虫的女孩家境好,自己也能挣大钱,达娃,你就远离铜臭,专心致志做学问吧。我再啰唆一句,老大,你心里要有数,没有嫂子那支画笔给撑着,这会儿,你可能还在四处上法语培训课,灰头灰脑挣点血汗钱养家糊口。”

大笑,又一阵憨吃,桌上堆满了海鲜壳。

翠菊接着开初的话头,追问达度:“刚才,你往田字下加一竖,用的添笔法,给你出个难题,不添盐加醋,就字论字,你能说出田与成功有什么关联吗?”

翠菊说话时,达度的脑子已开始飞转,话音刚落,便说:“你把田中的一横一竖取出来,接直了往口中一放,是个什么字?”

中明反应最快,“是个中!”

“对了,正是刘家湾的那个神奇祖训。刘家湾人都知道,‘中’可表示‘达到目的,意外获得’,中举、中奖、中彩取的就是这层含义。这‘田’中包含的不仅是成功,而且是超出预料的成功。”

友林随声附和:“说得妙,想当年,我离开刘家湾时,只有一个理想,就是做公社书记。本地人中那是我见到的最大一匹官,有吉普车,漂亮女孩他随叫随到,真叫威风啊。爸妈在时,家里穷,当了孤儿又自卑,我那阵子老怕娶不上媳妇呢,哪曾想到今儿混了个市长。”

小头补充:“当年我与友林在重庆读书,酷爱广柑,一次最多买两斤。我大学毕业时,最大的心愿,就是茶几上堆满水果,想吃就吃,吃也吃不完。”

“你们几个见了面老爱忆苦思甜。别忘了,沉湎往事可是衰老的表现哦。”兰花笑着说。

小布点插话:“我就怕爸爸去我班上,上学期老爸来过一次,我不在教室,回去后,同学们说:小布点,刚才你爷爷来了。”

朗朗大笑,达度最怕女儿幽默。

海棠接着又问:“达哥,刚才,你说我们十人相聚,个个优秀,那没来的四个人呢,翠菊的闺女毛毛,小头的夫人朵儿和两个孩子,他们就没份了?”

“四家人都优秀,包括没来的啊。”

“‘田’中哪儿有另外四个的影呢?”

达度从桌上取几根牙签,摆了一个“田”字,然后,将中间的一横拿掉,竖着往字中一放,调了调间距,便弄出个“四”字。

“你看,这四个人不也在‘田’里吗?”

翠菊连称佩服:“难怪大头老跟我说你是测字大师。”

达度笑曰:“今儿可是据实说话,你女儿毛毛、小头家的三口如果不卓越,我想编也编不圆合。我刚才说的,还带点命定色彩,三百多年前已写在《字触》里,原文是这样解‘田’的:‘四山相对顶相连,横也川,竖也川。团圆一家共十口,另有四口不周全,皆秀于异方。’这句话说的就是我们四家人,没来的四个都在国外。不信,你们可以翻一翻杨昶、宋传银著的《古代测字术注评》,在第183页。”

海棠喟叹不已:“好久没有今天这样开心了,一顿饭,不知不觉吃了三小时。大头兄弟,你是嫡长孙,最后也发点心声吧。”

大头握杯站了起来,郑重地说:“刚才我们一直在‘田’间寻景,古汉语,‘田’可作动词,表示耕耘,先前戏说的功绩都是我们几家人艰辛劳作的结果。达哥的调侃看似轻松,其实很庄重,饱含酸甜苦辣。我提议,为过去的勤奋,为将来的继续奋斗干了这杯中酒。”

众人一饮而尽,午宴在欢快声中告结。

字说

说到底，人活的是心态

家宴完毕，又兵分两路，各行其道。海棠带着兰花、翠菊去逛商场；中明领着两个小妹到门前海滩抓螃蟹去了。须臾间，屋里静了下来，客厅只剩下当年的四大弟子。天高气爽，白云悠，阵阵海风吹走了酒气。躺在沙发上小憩两刻，保姆沏了茶，大伙临窗而坐，面海倾谈。

时光无情，岁月匆匆。

从第一次见面算起，一弹指，接近半个世纪溜了过去，当时的幼童如今都五十居中。脸上爬出皱纹，两鬓开始花白，聚在一起，慨叹万端。此间说话，没有妻子监护，没有孩儿吵闹，可以推心置腹，畅所欲言，这等时机平时少有，此刻弥足珍贵。

友林喝口茶,依托文字,谈起五十多年来的人生感悟:“我在官场闯荡三十多年,喜怒哀乐,酸甜苦辣,都尝过,官场的事,一两句话说不清楚。文字却拨亮了许多道理,五十岁那年,我突然对‘舒’‘绝’和‘失’三个字另眼相看。第一个是‘舒’:‘舍’得给‘予’,才能获得快乐,活得安心。当官要懂‘舍予’的智慧。大鱼想吃,中鱼想要,连小鱼也不放过,这种人早晚要出事。第二个是‘绝’:众多官员走上绝路,都与‘色’有着千‘丝’万缕的联系。‘失’也很有哲理:人一大出头,就失。凡事不能过度,要讲中庸。为官者一定得有所顾忌,狂妄自大等于自掘坟墓。”

大头赞同:“说的精彩,如今当官的犯事,一般都栽在财与色两个字上。色是一把刀,钱是双刃剑,你们看,‘败’左边贝,指钱,右边像造反的反。如果取之无道,钱一造反,就会让你身败名裂。”

小头接过话:“我们做生意的,对官字最敏感。官场的事说难的确难,说容易也很容易。说难,是因为受限于体制,有些话不能明说。这一点,友林的体会比我们都深。说易,随便找几个汉字,就能戳破许多人为官的秘诀。请看‘官’字:两口相连戴上乌纱帽,就是官。上面的口用来蒙骗朝廷,下边的口用于欺骗百姓,说得天衣无缝,自己口中却无内容,没心没肺,这样的人才能做大官。说到这儿,我不得不佩服友林,你敢讲实话,有真性情,能做到市长实为不易呀。”

“现在的官场还是有很大进步。”友林更正道:“大家都是聪明人,少打几句官腔,多办些实事,有时候可能更引人注目,提得更快。新领路人上台后更务实,中国的官场还会有大改善。”随后,话锋一转,“别老扯乌纱帽,大头,你五十岁有何感触?”

大头缓缓道来:“四年前,我抓住了一个字,那就是‘返’,悟识了老子的心声。弱水三千,个人能耐再大,也只能取其一瓢。《道德经》说:

‘返者道之用。’马王堆版,用的是‘反’。‘反’通‘返’,有两层意思,一是逆着来,二是归返。五十岁前,我的生活,几位都知道的,在某些方面是倒行逆施。老婆在家潜心念佛,我在外面花天酒地,经历的女人已记不清数目,到头来,麻烦连连,身心疲惫,精神还是个空壳。五十岁生日的前几天,我做了个梦:花园无边无际,我四处追赶翻飞的彩蝶,一个踉跄,跌在玫瑰丛中。正是夏天,穿的少,全身都扎出了血,两手空空如也。这时,我听到一个熟悉的声音:‘他会回来的。’抬头一看,是翠菊,她正跪在佛像前祷告,人便醒了。第二天,买了机票,丢下嗲声嗲气的挽留,毅然回天涯岛,回到家人身边。随后,在先前买的一片地上,建房种树,返璞归真。工作也没耽误,只是折腾少了。”

大头说的真诚,几位伙伴没再像以往那样用各种花边轶事开涮这位才华横溢的花花公子。

“看到嫂子近几年开开心心的样子,我和朵儿真为兄长高兴。嫂子苦苦坚守,念了十几年经,总算修到了正果。”

达度笑着说:“浪子回头金不换,人间正道是沧桑,你老兄学问那么好,成天给人家出书,自己若不留下点什么,太可惜了,愧对刘家湾,对不住历史啊!”

“多谢达兄高抬,专心写作是我的计划,后半辈子想写几本有分量的书。不瞒各位,已写了十几万字,完稿后再请你们指正。我建农庄就是为了后半生写点什么,也是一条生财之道,如今树木、地皮都涨价了。”

卯粮寅吃,后话前说,半年后大头发表《成都,别怪我》,以蓉城为舞台,展现了十余年间一帮文人和书商的激荡生活,柔情逶迤,跌宕有致。众人齐呼:这是近些年一部少见的好书。中篇小说《翻过那道坎》得了一项国家奖,还出了英法两种译本。

大头抖完家丑,冲达度说:“摆摆你自己,别老让我脱了外套脱短裤的,你也坦诚让我们见一回吧!”

达度剖析说:“男人都有晃荡的时候,四十岁前,我也不是省油的灯。我们几个,除了友林,感情档案里,都有几份花边材料,这也是一笔财富。近十几年,本山却没有出过作风问题。有些事看起来风光,其实很累,这把年纪也经不起折腾。五十岁,是我生活中的一道坎。那年,我突然明白当年释迦牟尼为什么不当王子而要在菩提树下静坐九个春秋。我说的‘明白’,是切身感受到那么一种大慈大悲,仿佛看到某些人卡在什么地方。从字中找原因,‘悲’上下分开,是‘非心’,也就是说,心态不正,会悲;‘心’上‘非’分之念太多,也会悲。要远离痛苦,就得换一种心态。”

“什么心态?”

“人之痛苦,按佛教的说法,是欲望太强,降低欲望是获得快乐的第一要素。这些道理佛经里已说得很透彻,落到日常生活中,我认为,关键是扩大心间的容量。就字面而言,‘容’即一间房里住着八口人,人多拥挤,所以要有肚量,有容乃大。‘容’也是象形字,见眼、见鼻、见口,佛家称之为五蕴。字画暗示,人要想多些快乐,首先要容下自己的脸嘴。这里有个辩证法:容得下自己才有内力容人;宽容别人,是在为自己扩宽未来的路,为今后的心态埋下乐源。”

友林追问:“依你之见,该怎样容法?”

达度接着说:“还是拿字说事吧,‘宽容’的同义词有‘恕’,拆开是‘如心’,也就是说要设身处地,将心比心。用孔子的话说,叫己所不欲,勿施于人。生活中,磕磕碰碰在所难免,谁不犯点小错呢?只要不太过分,只要不有意使坏,别人不小心得罪了你,想想事理,以心比心,也就过去了。当然,如果有人蓄意作恶,且反复再三,又另当别论,该狠的时候，绝不手软。用四川话说，手不黑当不了希特勒。”

友林对人生哲理兴犹未尽，接着问：“你这一生受用最大的几句话是什么？”

“第一，人生在世必须努力。但是不要过分操劳，最好将努力和兴趣合为一体。第二，努了力，仍没达到目的，要学会安慰自己，这时我会对自己说：谋事在人，成事在天。第三，有了挫折，不要耿耿于怀，过去的让它过去，但要总结经验，吸取教训，丢掉阴影向前看，把每一天当成一个新起点。用毛主席的话说：雄关漫道真如铁，而今迈步从头越。活人，说到底，活的是个心态。”

小头评点道：“这几句话，经典，智慧！看似简单，落到实处，还不那么容易。”

正说着，手机“叮叮叮”连响几声，划开一看，是一则幽默短信。达度读着笑了起来。

“又是黄段子？”

“不，是夫妻间的日常小趣。”

“读来听听，我们歇一歇再谈。”

达度读道：

和老婆闹别扭，我就在小房间睡觉。老婆还在生气，拿把剪刀给我的蚊帐剪了一个口，说，让蚊子咬死你。我心想，今晚蚊子有口福了。一小时过后，老婆拿着透明胶走过来。我的心啊，感动：老婆就是刀子嘴，豆腐心，大人不记小人过。我刚要说点什么，老婆却自言自语道：蚊子进的差不多了，别让它们跑了。

四人笑了一回，又到阳台上，观看大海。蓝蓝的一片，镶着黄边，涌荡着铺向天际。白云二三朵，在碧空闲游。海滩上，人不多，孩子们叫着，嚷着，四处追戏，来回奔跑，其中便有穿白裙的慧儿和小布点，远远看去,像两只白鸽。大头诗兴大发,吟诵道:容纳整个海洋的图画/叠成了两只小白鸽。这是北岛的名句,只不过,末句将一改成了二,还加了一个"小"字。

回到客厅,重又拾起刚才的话题。

"小头,三人都交了底,该说说你的大彻大悟了!"

小头道:"友林过奖了,彻悟谈不上,感受倒有一些。我说说'商'字吧。中国是农耕社会,人分四等:士农工商,商人排在最后。篆文的商从辛从呐。'辛'原义为雕刀,是用来给罪人额上刻字的。从辛表示地位低贱,形同犯人。商人历来名声不好,官怕他们造反,民恨他们发财。而今国人向钱看,商贾的地位明显提高,但很辛酸。在一般人眼里,我们开奔驰住豪宅,一掷千金,风光无限,却没看到我们低三下四与官员打交道的一面。"

友林插话:"官场也大同小异,你不服小就升不上去。"

小头说:"点头哈腰,别人请客我埋单都不在话下。各行有各行的路径,是狼就磨好牙,是羊就练好腿。现今最令人担忧的是,商人的财产没有后延保证。钱挣多了,心里不踏实,吊甩甩,悬晃晃的。汉语的'法'三点水加一个'去',条文像流水,说来就来,说去就去,没有定性……"

友林赶紧拉住跑得过远的话题:"好了,吐酸水、忧国忧民的话到此告一段落,今天聚会,时机难得,还是摸着石头过河,多谈点实用招法吧!"

达度便问:"小头,这'商'字中是否藏了致富的秘诀?"

小头喝口茶,继续破解:"各位请看:'商'上为'立',下面是'八口',在中国,商人要立住脚,关键是与人口打交道,这里说的人不是平头百姓，清代有八旗，八口指达官贵人，是当今的各级书记、这长那长什么的。将‘口’上的‘八’接直往下一放，可拼成一个‘回’字，是回扣的回。甲骨文的回，外圆内方，像铜钱。商人想要成就一番事业，就得用钱开路，这是国内行商的第一要诀。朋友冯唐有句俏皮话，说得很精彩：在中国做生意既简单又复杂，说复杂你转了半月可能还找不到庙门，说简单只是 ABC，即白酒（Alcohol），美女（Beauty），回扣（Comission）。其次，刚才我说过，古汉语中，商上从辛，下面是呐，呐喊的呐。最早的商人沿途叫卖，用嗓子喊。现在做生意一般都官商结合，大项目不塞钱你拿不到手。有了私下交易，就不能大喊大叫。‘商’字口上有一撇一捺，像两扇门，字形告诫商人：口这道门你要把严。口风不紧，传了出去，就没人敢和你打交道了。”

达度评说：“小头说的招招见血，都是商业宝典。不过，这金钱二字也不能端得太重，人在天堂钱在银行是人生的一大悲剧，活比命长，该歇的时候要歇一会，快乐生活是第一位的。”

“谢达兄忠告，以后我们多聚一聚。”

保姆又上了一壶茶，众人远离宏伟话题，悠然观赏海上的落日，领受潮息，晚风吹来，兴奋与舒坦融为一体。

最后，大头又将了达度一军。

“我们来自刘家湾，‘中’是村里的祖训，达兄，能不能用这个‘中’侃一侃我们今儿四个人？”

这个字太熟了，达度不假思索，随即调侃：“诸位看端详了，此间的口指人，这个‘中’字，一竖串立两个一模一样的口，活像一对双胞胎。字相仿佛在说，早在六百年前，建文皇帝就预测到刘家湾今天要出大名鼎鼎的大头、小头一对双。两口中间一竖是国之栋梁刘友林市长，市长的‘市’上面一横挪下来也是个中字。想当年，小头破解‘中’字时曾说：中，一竖一口，表示以口而立。我当老师，以口立身。你们三位是刘家湾的嫡传，是顶梁柱。我属偏支，今日聚谈，只能在一旁品头论足，说三道四。‘中’还可拆为‘口三’。”

喝口茶，稍事停息，又说：

“‘貴’字上端也是个‘中’，这会儿，我对先生的遗墨又有一解：‘貴’的经典拆法是‘中一目人’，出自周亮工的《字触》。这里藏有大智慧，既是历史的，也是当下的。依托古籍，先生仿佛告诫我们：做人要学会睁一只眼，闭一只眼。人世间，碍眼的事多多，不见就是宁静，心宽人才高贵，活得也更舒展。”

大头由衷称赞：“达哥呀，这个‘中’简直被你说神了。知道吗？当年那本《测字秘牒》，我找爷爷要了几年，老人就是不给，最后送给了你。还对我说：这是命运的安排，达娃与中字有缘，是神贵之人。今日回想，爷爷的确比我们看得远。达哥字感卓越，独具慧眼，堪称说文解字的大师，这达半仙的江湖称号也该换成达全仙啦。”

四人相视一笑，千万感慨融于一杯清茶之中。暮色渐浓，文字在霓虹标牌上闪烁，海浪涌向沙滩，依旧在喧述人世间的奥秘。

测字杂合

除开上文已说的谢石、程省、周亮工、大不同，我国古代方术界还有许多测字名家，如汪龙、朱安国、张九万、张德元、马守愚、郑仰田、范时行等，这类旁门传奇人物大多出自宋清两个朝代，身怀绝技，各有奇招。接下来，补充介绍几位小黑高手，展现十种测字基本方法。本章的来源有三，第一，取自周亮工的《字触》；第二，平时读书所积；第三，在民间收集而来。

汪　龙

汪龙是南宋时代的人，家住安徽新安，双目失明，以拆字为生，名扬天下，号称瞎龙。如果要给中国古代的测字大家排个座次，谢石第一，这第二把交椅非汪龙莫属。程省、周亮工以书立身，但算不上实践大师。据大头考证，汪龙并未全瞎，右眼还有点视力，准确地说，是个独眼龙。

某日,四五个举子进京赶考,途中找到汪龙,写一貴字问考试的运气。汪龙说:“你们几个,将有一人考取。”举子之中,有一人独眼。临走时,汪龙叫住他,私下说:“将取功名的人就是你。”

问其故,汪龙答:“‘貴’拆开,是‘中一目人’。”

果然应验。

有人以“耕”字问行人的音讯,汪龙说:那人已来乡井。“耕”分开左边一字像来,右边一口井。仿佛想出出难题,求卜者又换了一个“耘”字。汪龙则说:来人相去咫尺,正在田间跟人说话呢。未几,行人果然来了,问及刚才的情况,答曰:适才在田边井字亭,与人说了一会闲话。

小黑高手不仅可以拆字,还可以测物。有一位没有儿子的权贵,仰慕汪龙大名,叫一个姓袁的门生(官为工部员外郎),拿一粒白围棋子,测问子嗣。袁员外郎脱了官服,装扮百姓求测。汪龙摸着圆溜溜的棋子,问:“官人大概姓袁吧?”袁回答:“正是,请问我是做什么的?”汪龙又摸了摸围棋子,答:“员外郎。”

袁又问:“我要问什么事呢?”

汪龙答:“这是一粒白棋子,应当来自北方,是当局之贵人,要问的大概是子嗣。”

袁问:“是有还是没有?”

汪龙:“此物非木非石,经水火煅炼而成,全无一点生气,又哪来的男丁后人。”

汪龙名气飙升,求测的人络绎不绝,上到高官权贵,下至土匪强盗。郡守怕他聚众闹事,想找一借口,将他赶出新安。

于是,汪龙被带到官衙,古时抓人,借口多得去了。郡守拍过惊堂木,厉声道:“瞎老头,四下传说你招摇撞骗。本官必须求个实证。现在,给你一个机会,测一测,我手中握的什么东西。说对了便放了你,说错了,打三十大板再将你赶出本郡。”

汪龙说:“大人能否指一件东西,做个提示,无依无托的,您让我怎么测呢?”

当时,大堂内正好有一个妇女在申冤。郡守指了指少妇。汪龙立刻回答说:“您手里握了一只麻雀!”

郡守惊诧地问:“是死的还是活的?”

汪龙答:“生与死都在老爷手里掌握着。”

郡守听后,口气缓和地说:“这半瞎人有些手段,可以在一起谈谈术数。”

并问:“你咋知道,我手里握的是麻雀?”

汪龙答:“那妇女有些姿色,是个年少佳人,又披麻戴孝,所以,知道是个麻雀(少佳合为雀,孝衣是麻做的)。”

汪龙安然出衙门,继续留在新安测字。

崇祯测字

明末,朝政暴戾,官员上下腐败,民不聊生,各地农民纷纷造反,大明王朝摇摇欲坠。崇祯十七年,李自成率兵攻打北京,末代皇帝崇祯坐卧不安,虽知大势已去,但他依仗北京城高壕深,坚守不出,等待救兵。

某日,奉崇祯之命,太监王德化乔装改扮,溜出皇宫,打探民间消息,在路上刚好遇到一位测字先生。太监说了一个“友”字求测,先生问:“你要测问什么事?”

太监答:“国事。”

先生解说:“此字不佳,反贼早已出头了。”

太监听了暗吃一惊,忙改口说:“我要测的并不是友人的‘友’,而是有无的‘有’。”测字先生则说:“此字更为不祥,‘有’字是‘大’字下面掉了一半,‘明’字去了半边,大明王朝快要垮了,此乃亡国之兆也。”

太监见难不倒测字人,又改口说:“非友,非有,我要测的是地支‘申酉戌亥'的'酉'。"测字先生不慌不忙地说:"此字更凶煞,天子为至尊,而今,至尊已经斩了头去了脚。"

太监咋舌而还。

有人说这测字先生是闯王李自成的军师宋献策装扮的,目的是瓦解大明的军心,传说若真,闯王的目的已完全达到。

崇祯听了王德化的汇报,面色煞白,三魂已掉了二魄。第二天,便带着太监,在煤山自缢身亡。北京的守城官兵闻风丧胆,躲的躲跑的跑,义军顺利进驻北京。在中国历史中,这也是测字所发挥的最大作用。

范时行

测字,历代出大师,就人品和学问而言,最令人敬佩的还是范时行,理由有二:第一,他有节制,不贪财,每天只要挣到六百文,便关门谢客,或读书,或练字,或静心养神。第二,这人博览群书,学养深厚,测字经常引经据典。

范时行生于前清,是苏州人。乾隆时寓居德清紫阳观,以拆字为生,他的摊铺前常常排着长队。

某日,有人写"義"字测终身。问其年纪,求测人如实相告。范时行便说:"你属羊,'義'从羊从我,是一个属羊的我,一个孤零零的我,就字相而言,你会终身孤单。连妻子都找不到,其他还有什么指望呢?"据说,那人后来果然打了一辈子光棍,至死清贫。

某人妻子怀了孕,写一"風"字问生男还是生女。范时行解道:"将'風'字内中的'虫'抽出,移到右边,像个'虺'字(虺读音回,是一种毒蛇)。《诗经》上说'惟虺惟蛇,女子之祥',令内怀的是个女孩。"

又说中了。

有一个剃头匠,穿得整整齐齐,找范时行测字,结果拈得一个"村"字。范时行据字开解:“木以长材为贵,但一寸之木也有用处。”

剃头匠以为“寸木”暗指他的剃头刀柄,油然起敬。范时行接着说:“寸有所长,尺有所短,用老子的话说,长短相形,高低相随。只要努力,方寸之木可以胜过长材,人,即便在底层,也不能自暴自弃。”

这番话,剃头匠铭刻在心,他不懈努力,后来果然发家致富。

用测字鼓励人,乃行善,这是范时行的第三大优点。经他解说,起码有六人由后进变先进,其中两人日后做了高官。

范时行以字策人,效果胜过现今的某些说教,个中经验值得当代中国的思想工作者学习借鉴。

测字十法

“测字十法”取自程省的《测字秘牒》,是全书的精华,作者介绍了测字的十种基本方法,简明易懂,便于操作,熟读之后,稍有文字功底的人都会测几个字。

第一,装头法。

作者云:所问之事与所写之字,虽然已隐露吉凶,但是头部还藏着,如神龙不见首,我呢,在字上添几笔,字中之理便全部显现出来。简单地说,就是给字加一个头。

于是“里”可变成“童”;“古”可转换为“苦、居”;“兄”可化为“克、况、兑”;“见”可变化为“宽、觅、觉”。测字的关键是有根有据从一个字过渡到另外一个字。

第二,接脚法。

接脚就是在字下加几笔,转换成另外的字,列表如下:

采(悉、番、释);千(秀、壬);立(产、童、音、妾、辛、亲)。

第三，穿心法。

何为穿心，作者云：凡字画端正，左右俱全，而从中间穿入数笔，以变化其字，谓之穿心。

昌（量），鞋（難）、月（舟、用、冉、角）、旦（里、车、曳），弓（弗、弔、费）。

第四，包笼法。

程省解说：包笼者，字整体不动，而加数笔包其周围，另成一字。

矢（族、痴），韭（殲、韱），贝（遗、测），辛（櫬、幸），石（磨）。

以上四类可归纳为加笔法，只是加的部位不同。用加笔常常需要将原来的字与加了笔画新成的字连起来说。有人写“章”字问能否生个男丁，测字先生说：本来应生个男孩，但恐怕生不了，因为“章”为“童”无根。依此类推，“也”可解为“他中无人，池中无水，地中无土”。

第五，破解法。

破即将字体分开，从中加入几笔而成另外一个字；解是从字中取出一些笔画，或单独成字，或再加数笔另成一字。总的来说，破比较容易，解比较难，破字平正，解字曲折，需要更多的联想。破又与穿心不同，破要先将字分开，再加其他笔画成字；穿心字体不动，破解时随意抽出些笔画。

行（術、銜、衍），辛（章），共（莫、黄），衣（弈、哀、衷），乖（千、比、北、干），稱（再、和、利），膊（肘、傅、補），伐（仁、义）。

第六，添笔法。

测字，不能就字论字，该加的要加，该减的要减。但如何添减呢，程省只说了一句话：“添乃补不足，减乃损有余。”说简单一点，你觉得那人写的字不足以彰显你感悟到的景与理，就添他几笔；你觉得字太繁杂突出不了心中的要点，就减他几笔，汉字的重组能力超强。

巴（色、绝、疤、邑），才（财、木、牙），王（玉、弄、全、旺），言（诗、论、信），鸟（鸾、凤、鸣）。

第七，减笔法。

用减笔法时要谨慎,不能随便滥减,不能减得太多,减多了又与后面的摘字法混为一谈。

宽(苋、见),莫(草),袍(衪),鹎(鸣)。

第八,对关法。

对关,专取字的头足首尾说事。本书第二篇写道:友林小时候掉到河里,险些淹死,他写了个“一”,让达度测他想问何事。我解说时用的便是对关法,其判词是:“一”乃生的最后一笔,死字的第一笔,生之尾,死之头,你要测生死之际的一件事儿。说得友林哑口无言。

程省认为此法最简洁,用得又广,为测字第一要义,学者要用心研习,熟练把握。常见对关词如下:

先(牛头虎足,生头死足),善(美头喜足),帛(皇头帝足),里(男头童足),友(有头没尾),伯(伸头缩脚),推(拦头裁尾),言(文头句尾),彦(龙头虎尾)。

第九,摘字法。

仅摘取字中二三个小笔画说事,随境随机而取,为我所用。

哉(土、戈),殿(共,又,尸),调(吉、司)。

第十,观梅法。

观梅的要点即“心镜光明,随物洞照”。往往与天时、气候、环境连在一起说事。程省认为此法是邵雍测字的心诀,也是十法之中的精华,前九个只是招式,观梅是灵魂。

日:春冬拂晓测为吉象,夏天或晚上测为凶景。水:流通无阻,但冬天测不利。月:上弦吉利,下弦不利。火:日中则晦,逢水则衰,得木则旺。

以上十种方法是测字的基本功,了然于心,测字便不在话下。当然,要成为高手,还得通晓易经八卦,具备扎实的文字功底,在实践中积累丰富经验。

后 记

小作不足二十八万字，却耗了我六年心血。蓦然回首，喟叹良多。最难忘的是前年夏天。那时，家人跨国远游，我独守空舍，万籁俱寂。一早起来，便打开空调，备一壶凉水，奋笔疾书，常常忘了身处何地，不知今夕是何年。炎酷之中，我度过了近三十年中最凉爽的一个月。随后，去神农架小住两周，开窗直面高山，但闻潺潺溪流，抽支烟，抿口酒，仿佛蘸取神农的仙气，运笔时，手更灵透，书中的几个主要篇目都是在云雾之间酿造的。初稿完成后，冷却数月，潜心修改，前后用了整整一年，几近废寝忘食。到末了，家人频频威胁：再不顾惜身体，就烧了你的破书。我只能收敛，周末，即或文思泉涌，也按捺激情，陪妻女聊聊天，逛逛街，看场电影。一得空，又扑向电脑。

《字行天下》看似方术论著，其实不然。我想当小说来写，目的并非介绍测字——这档口著述甚多，我的设想是：巧置情节，妙设人物，一字一故事，间或纵横论道。原则如下：以测字为依托，着力展现汉字的独妙，解读大含细入的中国文化，破译中法文化差异，反映当下的世态人情，于其中，糅进作者五十多年来对生活的感悟。

应法国某出版社之约，本书还将出法文版，写成法文还将耗费一番心血。好在我曾用法语写过小说，拙著《毛主席辞世》在巴黎出版后得了些名声,2002年被评为法国20部最佳图书。

书稿付梓后,种种感叹化为感激两字:恩师张泽乾,年近80,三读拙稿,赐我许多高见;好友许钧、毕飞宇、吴泓缈鼎力相助;出版社郭志安先生苦心孤诣,频出高招,增添了本书的成色。还要向给了我指点或帮助的众多师友道一声谢,他们是:朱宾忠、樊星、罗顺江、肖信斌、谢武、李斐、谢红星、方方、杜度辰、胡浩、吴远南、包向飞、赵琴等。诺贝尔文学奖得主勒克莱奇奥先生的美言更增强了我再度走向法兰西文坛的信心。

写作各具追求,理想与现实却有距离,这一点我心知肚明。每每仰望理想的高峰,我总胆战心惊,生怕眼高手低,败了读者的胃口。但是,通往山巅的路已明晰可见,虽陡峻难行,却遥遥在望,而且魅惑无限。只好斗胆上路,且一步一个脚印。即或登不了顶,能攀至半腰,也算一大收获。凭高往下看,或许能发见一道意外美景。不足之处,敬请各位方家指正。

杜青钢

2015年6月17日

于武昌珞珈山